ハヤカワ文庫 SF
〈SF2289〉

逆まわりの世界
〔改訳版〕

フィリップ・K・ディック
小尾芙佐訳

早川書房
8536

COUNTER-CLOCK WORLD

by

Philip K. Dick

Translated by
Fusa Obi
Published 2020 in Japan by
HAYAKAWA PUBLISHING, INC.
This book is published in Japan by
direct arrangement with
THE WYLIE AGENCY (UK) LTD.

The official website of Philip K. Dick: www.philipkdick.com

逆まわりの世界〔改訳版〕

1

わが身をおく処《ところ》はいずこにもない。後に戻っても前に進んでも、いずこにもない。

——聖アウグスティヌス

人里はなれた、たいそう小さな墓地の上を夜ふけにエアカーで巡回中、ジョウゼフ・ティンベイン巡査は、聞きなれたあの不吉な物音を聞いた。ひとの声。巡査はただちに、墓地をとりかこむ手入れの悪い鉄柵の鋭利な先端を飛びこえ、その向こうに着地すると、じっと耳をすませた。

くぐもったかすかな声が、こういっている。「わたしの名は、ティリイ・M・ベントン。外に出たいの。だれか、わたしの声が聞こえないの？」

ティンベイン巡査は懐中電灯をつけた。声は草むらの下から聞こえてくる。予期したとおりだ。ミセス・ティリイ・M・ベントンは地の下にいるのだ。

無線機のマイクをすばやくつかみティンベイン巡査はいう。「現在地、フォレスト・ノルズ墓地——お呼びのようです——こちら１２０６あり。発掘班と救急エアカーねがいます。声の様子から緊急を要します」

「諒解」と無線は応答する。「発掘班は出動中で、朝まで帰ってこない。非常エア・シャフトをつっこんで空気を供給できるかね。発掘班がそちらへ到着するのは——午前九時か十時ごろの見込み」

「全力をつくしますよ」ティンベイン巡査は応答して吐息をつく。それは徹夜作業を意味するからだ。聞きとりにくい地下のかぼそい声は、惚《ほう》けたような調子で、早くしてくれと哀願している。くりかえし哀願しつづける。たえまなく。

仕事のこの部分がいちばんいやだった。死人の叫び。あのひびきが嫌いだった。にもかかわらずその叫びを聞いてきた、たくさんたくさん、何度も何度も。男も女も、ほとんどが老人だが、なかにはそれほどの年でないものも、たまに子供もいた。そしていつも発掘班が到着するまでに長い時間がかかるのだ。

ティンベイン巡査はもう一度マイクのスイッチを押した。「もうこの仕事はうんざりです。配置換えをしてください。真面目な話です。正式の申請です」

遠く地の底から、力ない老女の声が呼んでいる。「おねがいよ、だれか。外に出たい。聞こえるの？　上にだれかいるわね、声が聞こえる」

ティンベイン巡査はエアカーの開いているウィンドウから首をつきだしてどなった。

「もうじき出してあげますよ、おばあさん。辛抱してください」

「いまは何年なの？」年配らしい声が答える。「どのくらいの時がたったの？　まだ一九七四年なの？　それが知りたいの、どうか教えてください」

「一九九八年ですよ」とティンベインはいった。

「おやまあ」狼狽《ろうばい》。「わたしはそれに慣れなくちゃならないのね」

「そう、慣れなければね」とティンベインはいった。エアカーの灰皿から吸い殻をつまみあげて火をつけると、考えこんだ。そしてもう一度マイクのボタンを押した。「私営ヴァイタリウムとの連絡許可をねがいます」

「却下。こんな夜更けではね」無線機が答える。

「しかし、一軒ぐらい都合がつくかもしれません。大きい店では、救急パトロール・カーを夜じゅう巡回させていますから」心づもりの店があった。こぢんまりした古い店だが。商売のやり方は悪くない。

「こんな夜更けではとうてい――」

「商売第一の男ですから」ティンベインは、ダッシュボードにとりつけられたビドフォンのレシーバーをとりあげた。「セバスチャン・ヘルメスさんと話したい」彼は交換手にいった。「探してください、待ってます。まず店のほうを探して、ヘルメスの瓶ヴァイタリウム商会。住居のほうに通じる夜間専用回線があるはずです」あの貧しい男に現在それだけの余裕があればの話だが。「つかまり次第、返事をください」彼はレシーバーをおき、すわりこんでタバコをふかした。

ヘルメスの瓶ヴァイタリウム商会は、セバスチャン・ヘルメスを筆頭に、使用人はわずか五人という陣容である。この店の人間は雇われたり、解雇されたりするのではない。セバスチャンにとっては、この連中は家族なのだ。ほかに家族はいなかった。老人だし、ひどく頑固だし、とくに人に好かれるタイプではない。古手のあるヴァイタリウムが、ほんの十年前に彼を掘りだしたのだ。いまだに、あの夜の荒涼たる部分、あの墓の寒さが、彼の肌身には感じられる。おそらくそれが彼をして老生者《オールド・ボーン》の立場に同情せしめるのだろう。

商会の建物は、第三次世界大戦の戦火を免れ、第四次大戦の戦火もくぐりぬけた小さな木造の賃貸ビルである。だがこんな夜更けには彼はむろん自宅のベッドで、妻のロッタの腕のなかで眠っていた。ロッタの腕はとても魅力的で、いつもむきだしの、いつも若々しい腕をからみつかせてくる。彼よりずっと若く、非ホバート位相《フェーズ》の数え方でいくと二十二歳、ずっと年上の彼とはちがってまだ死んだことも、再生したこともない。

ベッドわきのビドフォンがけたたましく鳴った。職業柄、反射的に彼は手をのばし、それに応えた。

「ティンベイン巡査から呼び出しです、ヘルメスさん」交換嬢が愛想よくいう。

「はい」といって、暗闇で耳をすませながら、灰色にぼうっと光る小さなスクリーンを見つめる。

感情をおさえた若い男の見なれた顔があらわれた。「ヘルメスさん、フォレスト・ノルズというえらいちっぽけなところに老生者がいるんです。外に出してくれと泣いている。すぐ来てもらえますか。それともエア・シャフトをこっちで通したほうがいいですか？　むろん、装備はエアカーにつんでますが」

セバスチャンはいった。「連中をそろえて行くから。三十分待ってくれ、それぐらいならもつかな？」ベッドわきの小さなスタンドをつけて、ペンと紙を探しながら、フォレスト・ノルズという場所を思い出そうとした。「名前は？」

「ミセス・ティリイ・M・ベントンといってます」

「諒解」彼はビドフォンを切った。

かたわらのロッタが身じろぎし、ねむそうな声でいう。「お仕事ね？」

「そう」彼は技師のボブ・リンディの番号をまわした。

「熱いソウガムを用意しましょうか？」とロッタは訊いた。もうベッドから起きだして、寝ぼけまなこをこすりながら、よろよろとキッチンへ歩いていく。

「いいね」と彼はいった。「すまんな」スクリーンが明るくなり、店のただひとりの技師の、しんねりむっつりとした、やせた強靭な顔があらわれた。

「フォレスト・ノルズという墓地であおう」とセバスチャンはいった。「大至急だ。道具は店に取りにくるのか、それとも――」

「道具ならそろってますよ」リンディはじれったそうにいう。「エアカーのなかに。じゃ」彼はうなずいてスイッチを切った。

ロッタがキッチンからばたばたと戻ってきた。「ソウガムのパイプ、用意できたわ。あたしもいっしょに行ってもいい？」彼女はブラシを探し、ふさふさした茶褐色の髪をものなれた手つきでとかしはじめた。腰に届くほどの長さで、濃い色が同じような瞳の色によくあっている。「あたしいつも、あのひとたちが掘りだされるところが見たいと思っているの。すごい奇蹟ですもの。これまでに見たこともないようなすばらしい光景だと思うわ。聖パウロが聖書のなかでいわれていることが実現したみたいな気がするの。『死よ、汝の勝利はいずくにありや？』」そこで待ちうけるように口をつぐみ、それから髪をとかしおわると、タンスの抽出《ひきだ》しをあけ、ふだん着の青と白のスキーセーターを取りだした。

「いまにわかるさ」とセバスチャンはいった。「頭かずがそろわないと、この仕事もふいだ。警察にまかすか、あるいは朝まで待って一番のりできるように祈るかだ」彼はサイン医師の番号をまわした。

「サインです」中年の婦人の聞きなれた震え声が答えた。「あら、ヘルメスさん。こんなに早くもうお仕事？　朝まで待てないんですか？」

「待っていたら、この仕事をのがしちゃいますよ」とセバスチャンはいった。「起こしちゃ気の毒だけど、仕事ですから」彼は墓地と老生者の名前を伝えた。

「さあソウガムよ」ロッタが瀬戸物の容器と飾りのついた吸引チューブをもってキッチンからでてきた。パジャマの上にだぶだぶのセーターを着こんでいる。

　あとひとり連絡すればおしまいだ。商会専属のジェレミイ・フェイン牧師。セバスチャンはベッドのはしにあぶなっかしく腰をかけ、片手でダイヤルをまわし、もう一方の手でソウガムの容器をうけとった。「いっしょにくればいい」と彼はロッタにいった。「女を連れていけば、おばあさんも——老人だと思うがね——ほっとするだろう」

　ビドスクリーンが明るくなった。小づくりの初老のフェイン牧師は、夜のご道楽の最中に不意打ちをくらったとでもいうようなしかつめらしい顔をして目をぱちぱちさせている。

「もしもし、セバスチャン」という声だけは、いつもながら、しゃんとしており、目はさめているといいたげだ。五人の使用人のなかでフェイン牧師だけが、常時待機中という感じに見える。「老生者の宗派はわかりますか？」と牧師は訊いた。

「お巡《まわ》りが、いわなかったもんで」とセバスチャンはいった。彼にとっては、それはあまり問題ではなかった。店の専属牧師は、ユダヤ教であれユーディ教であれ、あらゆる宗派に通用するのだから。もっともユーディ教徒は、この考えには異論があるだろう。いずれにしてもフェイン牧師は彼らが見つけた人材なのだ、好むと好まざるとにかかわらず。

「手配はすんだのね？」とロッタが訊いた。「出かけます？」

「ああ」と彼は答えた。「必要な員数はそろった」エア・シャフトを打ちこみ、掘削機《くっさくき》を操作するボブ・リンディ、緊急——かつ肝要な——医学的措置を講ずるサイン医師。奇蹟的な再生の秘蹟を行なうフェイン牧師……そしてあす店が開いたら、さっそくしち面倒な書類作成にあたるシェリル・ヴェイル、そして注文を取り、買い手を探しにかかる販売担当のR・C・バックレイ。

　この部門——つまり販売部門——は彼の興味をあまりひかなかった。冷えこみの強い夜の仕事には着ることにしている厚手の上着を着こみながら、彼はそのことについて考えた。よくしたものでバックレイのほうは、その仕事をひどく愉《たの》しんでいるらしい。〝配置先選定課〟などと称して気どっている。つまり老生者卸し業のもったいぶった名称なのだ。当店は、老生者を〈氏素姓の正しい、格別生育に適した粒よりの環境〉へ送りこむというのがバックレイの営業方針だが、ところかまわず売りこむのが実状だった——引きわたし価格が五パーセントの歩合を保証してくれるなら。

　ロッタは、クロゼットにコートをとりにいくセバスチャンのあとについていきながら、こういった。「あなた、改訂訳のコリント前書のあの節を読んだことがある？　古くさいということはわかっているけど、あたしはあれが好きなの」

「はやく支度をしなさい」彼はやさしくいった。

「わかった」と彼女はしおらしくうなずき、ご愛用の作業ズボンとなめし革のブーツを小走りでとりにいく。「あたし、目下あそこを暗記しているところなの。なんといっても、あたしはあなたの奥さんだし、あたしたちの――いいえ、あなたの――お仕事に直接関係があるものだし。出だしはこうなの。『聴きなさい、あなたがたに奥義を告げよう、わたしたちすべては眠りつづけるのではない。終わりのラッパの響きとともに、またたく間に、一瞬にして甦る』」

「終わりのラッパは」セバスチャンは妻の身支度がすむのを辛抱強く待ちながらこういう。

「一九八六年の六月のあの日に鳴った」だれしもが驚愕した――このことあるを予言したアレックス・ホバートを除いては。のちにこの時間逆流現象は、彼の名にちなんでホバート位相《フェーズ》と名づけられたが。

「用意できたわ」とロッタは得意そうにいった。ブーツ、作業ズボン、セーターといういでたち。その下がパジャマなのは彼も知っている。それを思って彼は笑みをもらした。ロッタは彼を待たせないように着がえの手間を省いているのだ。

ふたりは肩をならべて高層アパート《コナプト》を出た。急行エレベーターで屋上においてあるエアカーのもとに急いだ。

「わたしは」とエアカーのウィンドウをぬらしている夜露をぬぐいながら、彼はロッタにいった。「欽定版のほうがすきだ」

「あれは読んでないの」彼女は子供のように無邪気な口調で、でも読むつもり、読んでみせる、という気持をこめてそういった。

セバスチャンはいった。「わたしの記憶によると、あの版ではこうだった、『視《み》よ、われ汝らに奥義を告げん、われらは悉《ことごと》く眠るにはあらず――』とかいうんだ。だいたいこんなふうだったな。でも『視よ』はたしかだな。『聴け』よりはそのほうがいい」彼はエアカーのエンジンをかけ、そして舞いあがった。

「あなたのいうとおりかもしれない」とロッタはいった。いつも快く、権威あるものとして――所詮は自分よりずっと年長者なのだから――彼をたてるのだった。こんなふうにされれば気分はいい。ロッタ自身もそれがうれしいらしい。ロッタのかたわらにすわって、その膝を彼はいとおしそうに叩く。するといつものようにロッタも叩きかえしてくる。ふたりの愛情は、いささかの抵抗もなくスムーズに両者のあいだを流れる。努力せずに、こちらからあちらへ、あちらからこちらへと流れる。

若く勤勉なティンベイン巡査は、墓地の朽ちかかった鉄柵の内側で彼らをむかえた。

「ご苦労さんです」とセバスチャンに敬礼する。ティンベインにとっては、制服を着ているあいだの行動はすべて職務上のもので、私的なものでないことはいうまでもない。「二分ほど前におたくの技師さんがきて、間に合わせのエア・シャフトを通してます。おれが通りかかったのがさいわいでした」巡査はロッタの姿をみとめて挨拶した。「こんばんは、奥さん。寒いのにご苦労さんです。パトロール・カーのなかでお待ちになったら？　ヒーターが入ってますよ」

「だいじょうぶよ」ロッタは首をのばして、作業をしているというボブ・リンディの姿を探した。「そのかた、まだ話してるの？」とロッタはティンベイン巡査に訊いた。

「喋りどおしですよ」とティンベインは答えた。懐中電灯で足もとを照らしながら、ロッタとセバスチャンを、照明のついた現場へ案内した。そこではボブ・リンディがすでにせっせと仕事をしている。「はじめはぼくに、いまはおたくの技師を相手にね」

リンディはよつんばいになってボーリング機械の計器を点検している。彼らの到着に気づいているくせに、顔もあげず挨拶しようともしない、リンディにとっては仕事が第一、人づきあいは二の次だった。

「親類がいるそうですよ」とティンベイン巡査はセバスチャンにいった。「これです。ばあさんのいったとおり書いておきました。親類の名前と住所。サウス・パサデナの。しかしぼけていて、いろいろごっちゃになってるらしいですよ」巡査は周囲をちらりと見まわした。「おたくの先生はかならず来ますかね？　医者が必要なんですよ。ブライト病とかいってるんで、それが死因ですよ。きっと人工腎臓をつける必要があるんじゃないですか」

　エアカーが着陸灯をつけて着地した。プラスチック製のモダンでスマートな保温服を着こんだサイン医師がおりてきた。「生きているのが見つかったわけか」と彼はティンベイン巡査にいった。そしてミセス・ティリイ・ベントンの墓にひざまずくと片手を耳にあてがって大声で呼びかけた。「ベントンさん、聞こえるか？　息ができるかね？」

　リンディがしばし穴を掘る手をとめたので、不明瞭な震え声が聞こえてきた。「とてもきゅうくつ、暗くて、なんだか怖《こわ》い。はやく家にかえしてほしいの。助けてくれる？」

　サイン医師は両手を口にあててどなった。

「いま穴を掘っているんだよ、ベントンさん、もうちょっと待ちなさい、心配しなくていいよ、あと一分かそこらだ」それからリンディにむかっていった。「ばあさんに声をかけてやらなかったのか？」

　リンディは唸るように答えた。「おれにゃあ仕事があるんだ。お喋りはあんたやフェイン牧師さんにまかせてあらあ」彼はせっせと穴掘りをつづける。作業が大詰めに近づいたことをセバスチャンは見てとった。彼はその場を二、三歩はなれ、耳をすませると、墓石の下の死者、パウロがかつていったところの、朽つるもの、そしていつの日かこのベントンのように朽ちぬものを着るものの存在を感じた。『而《しこう》して死ぬる者は死なぬものを着るべければなり。而してこの録《しるさ》れたる言《ことば》は成就すべし。死は勝利に呑まれたり。死よ、なんじの勝利はいずこにかある。死よ、なんじの刺《はり》はいずこにかある』などなど。彼は墓石につまずかぬように懐中電灯で足もとを照らしながら、さまよいつづけた。ゆっくり歩をはこびながら、たえまなく聞いた——さだかではないが。じじつは耳で聞いたのではなく、いうなれば心のなかで聞いたのだ——地の下のそこはかとない動きを。ここに眠るひとびとは、いつの日か老生者となる、すでに彼らの肉、彼らの細胞は甦りつつあるだろう、そして戻るべき場所を探しているだろう。その限りない過程、墓の、終わりない複雑な活動を彼は感じる、それはぞくぞくするような興奮をかきたてる。パウロがいったように、この朽ちはてし肉体の再生ほど、そしていまホバート位相《フェーズ》の発現による腐敗の逆行ほどひどくオプティミスティックで、力強く善へすすむものはほかにない。

パウロの唯一の誤謬《ごびゅう》は、存命中にそれが起こるのを期待したことだ。ほどなく復活するひとびとは、死者の最後の人たちだ。一九八六年六月以前の最後の死者。だがアレックス・ホバートによれば、この時間の逆行はあとへあとへと進行しつづけ、さらにまた大きな時間帯へとおよび、もっと前の、さらにまた前の死も復活しはじめるだろうという……そしていまより二千年後には、パウロ自身ももはや、その言のごとく『眠って』はいないだろう。

だがそのころには――いやそれよりもっともっと以前に――セバスチャン・ヘルメスをはじめとして生きているものはみな、少しずつ縮んでいき、彼らを待っている子宮へ舞い戻っているだろう、そしてそれらの子宮をもつ母体も縮んでいくだろう、そしてまたその次の子宮へと……むろんホバートの説が正しいと前提してだが。この位相《フェーズ》が一時的、短期的なものではなく、数十億年に一度起こるといわれるもっとも大規模な宇宙の変転過程だとしてだが。

しんがりのエアカーがぱたぱたと音をたてて着陸した。小柄なフェイン牧師が祈禱書《きとうしょ》をいれた鞄《かばん》をたずさえておりたった。彼は愛想よくティンベイン巡査に会釈していった。

「誉むべきことですよ、あなたがこの方の声を聞きつけたということは。これ以上寒い思いをなさらずにすめばよろしいが」そういいながら、作業中のリンディと黒い診療鞄をもって待機中のサイン医師に気づいた、そしてむろんセバスチャン・ヘルメスにも。「あとはわれわれでやりますからね。お世話さまでした」と牧師はティンベイン巡査にいった。

「ではおやすみなさい、牧師さん」とティンベイン巡査はいった。「おやすみなさい、ヘルメスさん、奥さん、それから先生」巡査は仏頂面《ぶっちょうづら》のボブ・リンディを一瞥《いちべつ》したが、言葉はかけなかった。まわれ右をしてエアカーのほうへ歩いていった。そして残りの巡回区域のパトロールをつづけるために夜の闇にむかってそそくさと飛びたった。

セバスチャンはフェイン牧師につかつかと近づいた。「あれが聞こえませんか？　わたしには聞こえるんです――別の声が。このすぐ近くにいる死者が再生しようとしている。数日か、あるいは数時間のうちに」おそるべき強力な発気が感じられる、驚くべき生命力をもった人間がこの近くにいる。

「空気はおくりこんだ」とリンディがいった。穿孔をやめて携帯用の救命器具のスイッチを切り、いよいよ掘削機にとりかかる。「用意はいいですかい、サイン先生」地下の人間の声がよく聞こえるように耳につけていたイアフォンを軽く叩く。「こりゃあ、とても具合がわるそうだ。慢性病と急性病だね」自動スコップのスイッチをいれると、スコップはたちまち泥をかきだしはじめる。

セバスチャンとサイン医師とボブ・リンディの手で棺がひきあげられると、フェイン牧師は棺のなかの人物に聞こえるように、この場にふさわしい威厳のある明快な声で祈禱書を読みはじめる。「『エホバはわが正義《ただしき》にしたがいて恩賜《たまもの》をたまい、わが手の潔《きよ》きにしたがいて報賞《むくい》をたれたまえり。われエホバの道をまもり悪をなしてわが神より離れしことなければなり。そのすべての審判《さばき》はわが前にありて、われその律法《おきて》を棄てしことなければなり。われ神にむかいて欠くるところなく、己れを守りて不義をはなれたり。このゆえにエホバはわが義《ただ》しきと、その目の前にわが手の潔きとにしたがいて、われに報賞《むくい》をなしたまえり。なんじ憐憫《あわれみ》あるものには憐みある者となり――』」

作業がつづけられるあいだ牧師は読みつづける。彼らはみんなこの詩句をそらんじてしまった、ボブ・リンディさえも。これは、彼らの牧師が、こういう場合にかならず読みあげる詩篇第十八篇の一節で、たまに第九篇などにかわることもあるが、すぐにまたこれに戻るのだった。

ボブ・リンディが手早く棺の蓋のねじをまわす。棺は安い松の合成材で軽く、蓋はすぐに開いた。サイン医師がすばやく老女の上にかがみこんで聴診器をあてがいながら低声で話しかける。ボブ・リンディが温風器をまわし、一定量の温風がミセス・ティリイ・ベントンの体にたえず吹きつけるようにする。これは肝要なことだ、温風の供給は。老生者はいつもひどく寒い。事実、セバスチャンの場合もそうだったが、そのために寒さに対する恐怖症にかかり、これがしばしば再生後も何年もつづくのだ。

セバスチャンは、自分の仕事がひとまず終わったので、ふたたび墓地のなかを歩きまわって、墓石のあいだで耳をすませた。こんどはロッタがついてきてしきりに話しかける。

「神秘的だわねえ」彼女は息をはずませて、少女のような畏怖《いふ》をこめた口調でいう。「絵に描いてみたいわ。あのひとたちが、はじめて見たときの顔、棺の蓋が開かれたときのあの表情が描ければねえ。あの表情。よろこびでもない、安堵でもない、ひとつの特別な感情ではなくて、なにかこう深い、もっと――」

「聴きなさい」とセバスチャンがさえぎった。

「なにを？」彼女はすなおに耳をかたむけたが、明らかになにも聞こえていない。セバスチャンが感じているもの、すぐそばにいるきわめて大きな存在を彼女は感じていない。

　セバスチャンはいった。「これからずっと、この奇妙な小さな墓地を見はりつづけよう。完全なリストがほしい――まったく完全なリスト――ここに埋められている人たちの」ときどき、その明細リストを調べていれば、これがだれのものか推測がつく。彼は文字どおり超能力を具《そな》えている、つまり来たるべき再生を予知する能力に恵まれているのだ。「おぼえておいてくれ。だれがこの墓地を管理しているのか、だれがここに埋められているのか、役所のほうに連絡してたしかめるのをね」このたぐいまれなる生命の宝庫よ。かつては死せる者の奥津城《おくつき》、それはいまや、甦らんとする魂の貯蔵所となったのだ。

　ある墓――そのひとつだけが――墓碑銘の刻まれた、きわだった装飾をほどこした石をのせていた。

　懐中電灯で墓碑銘を照らし、その名を見た。

トマス・ピーク

一九二一～一九七一

シック・イギツール・マグニ・クオクエ・キルクム・
モエニア・ムンディ・エクスプグナータ・ダブント・
ラベム・プトレスクエ・ルイナス。

彼のラテン語の素養はこの墓碑銘を解読できるほど豊かではなかった。ただ推測するだけだった。地球上の偉大なる存在について、究極は朽ちはて滅びさる存在についての記述。いや、この墓碑銘ももはや真実ではない、と彼は思う。ことに、霊魂をもつ偉大な存在については。直感では、このトマス・ピークが——墓碑の大きさ、石の材質などから判断して明らかに大物——いま甦りつつあるのが感じられる、その当人、ずっと監視しなければならない当の人物であると、彼は思った。

「ピークだ」と彼は声にだしてロッタにいった。「あのひとのことなら本で読んだことがある。大学でとった東洋哲学の講座で。どういう人物か——だったかご存じ？」

「あの名前は例の教祖にかかわりがあるのか？」

「ユーディよ」とロッタはいった。

「あの黒人の宗派か？　自由《F》黒人《N》共同体《M》の思想をひろめた？　扇動者のレイモンド・ロバーツがひきいる？　ユーディ教徒の？　あのトマス・ピークがここに埋められているのか？」

ロッタは墓石の没年をあらためて見てうなずいた。「でも当時は、こんな馬鹿さわぎではなかったって、先生はおっしゃっていたわ。ユーディの体験というのはほんとうにあるんじゃないかしら。とにかくサンホゼ州立大学ではそうおそわったの。だれでもみな合体する、あなたという個人はいない、そして――」

「ユーディがなにかは知っているさ」とセバスチャンはつっけんどんにいった。「ふん、正体がわかったからには、甦らせるのに手をかす気になれるかどうか」

「でもピーク教祖が甦ったら、またユーディの指導者の地位にかえり咲くでしょうね、そうすれば、ユーディもあんな馬鹿さわぎはやめると思うわ」とロッタはいった。

うしろでボブ・リンディの声がした。「そりゃ一財産つくれるかもしれないな、そいつを、およびじゃないこの世へ呼びもどさないようにしてやれば」と彼はいった。「さて、あちらさんの仕事はすみましたぜ。サインが、中古の電気腎臓を埋めこんで担架でエアカーに運びこんでますよ」彼はタバコの吸い殻に火をつけ、煙をふかし胴震いをしながら考えこむ。「そのピークってやつは、もうじきお戻りなんですかね、セブ？」

「そうさ。わたしの予知能力のことは知っているだろう」とセバスチャンはいった。そいつのおかげで、店はうるおっている、と彼は思った。そのおかげでわれわれは大企業の先をこして仕事にありつけるのだ……どんなものであろうと、とにかく、市警察が投げあたえてくれるおこぼれのほかに。

リンディが陰気な声でいった。「R・C・バックレイの耳にいれたほうがいいな。あいつなら、すぐに行動をおこしますよ、すぐにも呼びだしたほうがいいな。あいつの耳に入るのが早けりゃ、やっこさんがあみだしたあのわけのわからん販売促進運動もさっそく実践に移せるってわけだ」彼はけけっと笑った。「墓のなかのわが獲物よ」と彼はいった。「ピークの墓の上にモニター装置をおいておこう」セバスチャンはしばらく考えたのちにいった。「心臓の鼓動をキャッチするのとこちらに暗号シグナルを送るのと両方に使えるやつだ」

「だいじょうぶなんですかね」とリンディは不安そうにいった。「つまりね、そいつは違法行為だからね。もしも、ロス警察にめっかったら——おそらく営業停止ですぜ」スウェーデン人特有の用心深さが顔をだす、そしてセバスチャンの超常的な予知能力に対する疑惑も。「気にしないでください」と彼はいった。「あんたもだんだんロッタみたいになってきたな」彼はロッタの背中をぽんと叩いた。「いつもいってますがね、おれは、こういうところの雰囲気にとりつかれないようにしてるんですよ。こいつは技術的な仕事だもんな、正確な位置を割り出して、適量の空気を供給して、体を半分にちょんぎったりしないように掘りだして、そいつをひきあげて、こわれたところはサイン先生につくろってもらったりなんてことはさ」彼はロッタにむかっていった。「あんた、この仕事を哲学的に考えすぎてるよ、お嬢さん。気にするんじゃない」

ロッタはいった。「あたしはね、かつて地の下に死んで横たわっていた人と結婚したのよ。あたしが生まれたとき、セバスチャンはもう死んでいた、あたしが十二になるまで死んでいたのよ」その声は――彼女にしては妙に――かたくなだった。

「それで?」とリンディはいった。

「ホバート位相《フェーズ》は、あたしに、この地球上で、いいえ、火星も金星もふくめて、愛することのできるたったひとりの人間をあたえてくれたのよ。これはあたしの一生におよぼしたいちばん大きな力だったわ」ロッタはセバスチャンに腕をまわして引きよせ、その大きな体を抱きしめた。

　セバスチャンはロッタにいった。「明日、市民特殊図書館のBセクションに行っておくれ。トマス・ピーク教祖についてできるだけ資料を集めてきてもらいたいんだ。おおかた、ほとんどが消去されているだろうが、きっとタイプ原稿の現物がのこっているはずだよ」

「そんなに大物なんですかね?」とボブ・リンディが訊いた。

　ロッタはいった。「ええ。でも――」と口ごもって、「あたし、図書館がこわいのよ、セブ、ほんとうに。あなた、知ってるでしょう、あそこは、とても――ああ、あんなもの、消えてなくなれだわ。行きますけどね」彼女の声は沈んだ。

「その点はおれも同感だな」とボブ・リンディがいった。「あそこは好かんな。一度だけ行ったことはあるけどな」

「それはホバート位相《フェーズ》のせいだ」とセバスチャンはいった。「ここを支配しているのと同じ力があそこを支配しているからだ」そしてロッタをふりかえり、「図書館長のメイヴィス・マクガイアは避けたほうがいい」と彼はいった。セバスチャンはこれまで何度か彼女に会っているが、そのたびに不愉快な思いをさせられた。まるで雌犬のような、底意地のわるい卑劣な女という印象を受けた。「Bセクションへまっすぐ行きなさい」と彼はいった。

かわいそうだな、ロッタが、もしふみ迷ってあのマクガイア女史にぶつかったら。わたしが行ったほうがいいのかも……いや、だいじょうぶ、ロッタは、ほかの人間に訊けばいいんだ、ちゃんとうまくやるだろう。とにかくあたってくだけろだ。

2

正確に定義すれば、人間は神のなかに不断にいだかれている知的概念である。

――エリウゲナ

太陽が昇ると、機械的な鋭い声がこういう。「さあ、アップルフォード。起きる時間です、彼らに、あなたが何者であるか、なにができるかを見せてやる時間です。大物だ、あのダグラス・アップルフォードは。みんなそう認めている――彼らはみんなそういっている。大いなる男、大いなる才能、大いなる仕事。世の人々からほめそやされているあなた」声がやんだ。「さあ、目がさめましたか？」

アップルフォードは寝床から、「ああ」と答える。起きあがってベッドわきのきんきん声の目覚まし時計を叩いてだまらせる。「おはよう」と彼は静かになった室内にむかっていう。「よく眠れた。おまえも眠れたろうね」

彼のいりみだれた心には、さしせまった問題がひしめいていたが、仏頂面でベッドから出ると、まずまず汚れている服をとりにクロゼットまでふらふら歩いていった。ラドウィッグ・イングをぬきさしならないところに追いこんだら、と彼は考える。明日にすべき仕事は今日しなかった最悪の仕事になるぞ。やつのベストセラーが世界中でただの一冊しか残っていないことをイングにばらすのだから。行動するときが近づいている、自分にしかできない仕事をするときが。イングはどんな気持がするだろう？　いずれにせよ、発明家や著者というものは腰をすえて自分の仕事をすることをしばしばこばむものだ。まあ、じっさいはこれは消去局の扱う問題だ、彼らの問題であって、おれの問題ではない。くしゃくしゃに丸めた、しみだらけの赤いシャツが見つかった。パジャマの上着を脱いでそれに首をつっこむ。ズボンはそう簡単には見つからない、籠のなかをひっかきまわさなければならなかった。

それから髭《ひげ》の包み。

おれの念願は、とアップルフォードはその包みをもって浴室へいきながら考える、西《W》アメリカ《US》を路面電車で横断することだ。わーい。洗面器の水で顔を洗い、接着剤を泡だて、包みのなかの髭を、顎、顎の下、首筋にぺたぺたと手ぎわよくはりつけていき、たちまちぜんぶつけおわった。鏡に顔を映し、これで電車に乗ってもいい顔になったなと満足した。ソウガムの自分のとり分を処理したらすぐに乗ってもいい顔に。

自動ソウガム・パイプの——最新式の——スイッチをいれて、たっぷりとした見事なかたまりを受けいれ、ほうっと溜息をつき、ロサンゼルス・タイムズのスポーツ欄を眺める。それからキッチンへいき、よごれた皿を並べはじめる。またたくうちにスープとラム・チョップとグリーンピースと、火星の青苔のエッグ・ソースかけと熱いコーヒーが目の前にならぶ。食器からそれらをすくい集め——むろんまず部屋の窓々を見まわってだれも見ていないのをたしかめてから——集めた食物をしかるべき容器にいれ、戸棚と冷蔵庫にそれぞれしまった。時間は八時三十分、仕事にとりかかるまでにはあと十五分ある。急ぐことはあるまい。市民特殊図書館Bセクションは、逃げていきはしないのだから。

Bセクションにのしあがるまでに数年かかった。そしていまはその報いで、無愛想でがさつな種々雑多な発明家どもと面《つら》つきあわせねばならぬというわけで、彼らはそれぞれに割りあてられた——そして消去局の受任者によれば（彼も発明家たちもまったく理解のできぬプロセスによって結びついた）その論文の最後にただひとつ残されたタイプ原稿を消去することに二の足をふむのだ。消去局は、なぜある特定の発明家が、特定の問題に固執し、その他の問題には固執しないか、おそらくその理由を諒解しているのだろう。例をあげれば、イングと彼の論文だ、**〈私は余暇に、いかにして自宅の地下室にある日常的家庭用品より自分のスワップルを作りだしたか〉**。アップルフォードはその論文の残りをちらりと眺める。負うべき責任について考えてみる。イングがこれを完全に消去してしまえば、世界にスワッブルというものはなくなっているはずだ、ＦＮＭにいる不心得者が法を破ってかくしているいくつか以外は。イングの本のターコップ、つまり最終原稿《ターミナル・コピイ》は残っているが、実際スワッブルがどんなはたらきをしたか、どんな形をしていたか、思いだすのは困難になってしまった。四角だったか？　小さかったか？　丸くて大きかったか？　ふうむ。彼は論文を下におき、額をなでながら思いだそうとしてみた——思いだすことが理論的に可能なあいだに、その器具の正確なイメージを思いうかべようとしてみた。なぜなら、イングが、最終原稿を、インクのたっぷりしみこんだ絹のリボン（タイプ用の）と、半連の極上タイプ用紙とふたつ折りのま新しいカーボン紙にしてしまえば、もう彼にも、ほかのだれにも、その本や、その本に記された——いまでもきわめて有用な——メカニズムを思いだすことはできなくなってしまうからだ。

　だが、イングがその作業をおえるには今年いっぱいかかるだろう。最終原稿の消去は、一行一行、一語一語、すすめていかねばならない。印刷された本の山を処理するようなわけにはいかない。最終のタイプ原稿にたどりつくまではごく簡単なのだが……ともあれ、イングにとって骨折りがいがあるようにするために、莫大な給料が支払われることになり、そのうえ——

　キッチンの小さなテーブルにのっていたビドフォンのレシーバーが、ぴょこんととびあがって、レシーバーからきんきん声が聞こえた。「さよなら、ダグ」女の声。

彼はレシーバーを耳にあてた。「さよなら」

「愛してる、ダグ」シャリース・マクファデンが思いいれよろしく、あえぐような声でいった。

「あたしを愛してる？」

「ああ、愛してる」と彼はいった。「このまえ会ったのはいつだっけ？　あんまり待たせないでくれ。待たせないといってくれ」

「たぶん今晩」とシャリースはいった。「仕事のあとで。ちょっと、あなたに会ってもらいたいひとがいるの、文字どおり無名の著者なんだけれど、論文を、えへん、隕石の衝突による死の心因性起源についての論文を公式に消去してもらいたいってそりゃ熱心なのよ。あなたがBセクションにいるといったら――」

「自分の論文は自分で消去しろっていえよ、自費でね」

「一流のものじゃないのよ」スクリーンの彼女は真顔で哀訴した。「ひどい論文なのよ、ダグ、一日が長いのと同じぐらいくだらないのよ。このうすのろの、ランス・アーバスノットというやつは――」

「それがやつの名前か？」それはなかなか説得力があった。だが充分ではない。一日のうちにこの種の要請がごまんともちこまれるのだが、だれしも例外なく、これは、間抜けな名前をもった、頭のおかしい著者の、社会に災厄をもたらす論文であると主張するのだ。

彼はBセクションには長くいすぎたので、この種の主張にはちょっとやそっとではひっかからない。だがこれは調べねばならないだろう。彼の倫理観、彼の社会に対する責任がそう主張するのだ。彼は溜息をついた。

「溜息ついたわね」とシャリースがはなやいだ声でいった。

「やつがFNMから来たんじゃなければ」とアップルフォードはいった。

「ところが——そうなの」彼女はうしろめたそうな顔をし——うしろめたそうな口調になった。「やつらが彼を追いだしたらしいの。だからこのロサンゼルスにいるのよ、あそこじゃなく」

ダグラス・アップルフォードは立ちあがり、こわばった声でいった。「こんにちは、シャリース。出勤の時間だ。これ以上そういうくだらん問題にかかわるつもりもないし、時間もない」そして彼に関するかぎりは、それでおしまいだった。

そうあってほしかった。

勤務が終わり、コナプトの自宅に帰ったジョウ・ティンベイン巡査は、妻が朝食のテーブルにすわっているのに気がついた。当惑した彼は目をそらしていた、彼女が気づいてあわてて熱いブラックコーヒーをカップに吐きだすまで。

「失礼ね」とベセルはとがめるようにいった。「キッチンのドアをノックすべきよ」彼女は尊大に構えて、オレンジジュースのはいった壜《びん》を、注意深く冷蔵庫に入れ、ハッピイ・オートミールの九分どおりいっぱいになった箱を戸棚の隠し場所にしまった。「すぐにどくわよ。あたしの食餌運動はもうじき完了だから」しかし彼女は手間どった。

「疲れた」と彼はいって、ようやく椅子に腰をおろした。

　ベセルはからのボウルとコップとコーヒー・カップと皿とを彼の前にならべた。「けさの朝刊になんて書いてあるか知ってる？」彼女は夫が気がねなく吐きだせるように、さっさと居間へひきあげていった。「あの頭のおかしい狂信者がここへやってくるんだって、あのレイモンド・ロバーツとかいうやつ。行脚《あんぎゃ》に」

「ふうん」彼はコーヒーの熱い液体を、くたびれた口から吐きだしながら、その味を愉しんだ。

「ロスの警察署長は、四百万の市民が彼を見に繰り出してくるだろうっていってるわ。ドジャー・スタジアムで神との合体の儀式をやるんだって、むろんテレビで中継もあるから、みんなすっかりのぼせちゃうんじゃないかしら。一日じゅうやっているんだって――新聞にそう書いてあるわよ。あたしは近づくつもりはないけど」

「四百万」とティンベインはおうむがえしにいい、職業的な本能で考える、それだけの数の大群衆をさばくにはどれぐらいの数の警官が必要だろうかと。スカイウェイ・パトロールの特別予備隊をふくめた全人員。えらい仕事だ。彼は胸のなかでうめいた。

「あいつらはあの薬を使っているのよ」とベセルがいった。「あの合体とやらのために。ほらここに長々と書いてある。あの薬はジニトロトルエン《DNT》の誘導体よ。この土地じゃ禁止されているのに、でも彼が秘蹟を行ないにくるときは、警察は彼に――彼らみんなに――使うことを一度だけ許すのよ。なぜかというと、カリフォルニアの法律によれば――」

「知ってるよ」とティンベインはさえぎり、「幻覚剤は、真摯なる宗教儀式には用いてよい」そんなことは上司から耳にたこができるほどしじゅう聞かされている。

ベセルがいう。「あたしも、あそこへ行ってみようかなって思わないでもないのよ。そして体験してみようかって。せっかくのチャンスだもの、FNMへ飛んでいかないかぎりはね。でも正直いうと、あれをやりたいって気はあんまりないわね」

「やりゃいいんだ」と彼はいいながら、心地よさそうに、シリアルと桃のスライスとミルクと砂糖を順々に口から吐きだす。

「行ってみたい？　わくわくするだろうな。考えてみて、何万人という人間がひとつの存在に合体する、ユーディと彼はいっているけど。それはすべての人であり、だれでもないんだって、それは絶対的な知識をもっているんだって、なぜかというと、単一の限られた見方をもたないからだって」彼女は目を閉じたままキッチンの戸口へやってきた。「どう？」

「ごめんだね」ティンベイン巡査の口のなかは当惑するくらいいっぱいだった。「眺めていないでくれ。食餌運動のときにだれかにそばにいられるのはいやだということぐらいわかっているだろう、たとえそいつに見えなくたって。音が聞こえるんだよ――ぐちゃぐちゃと」

彼女がそこにいるのが感じられた。ベセルの怒りが感じられた。

「あんたって、どこにも連れていってくれないのね」ややあってベセルがいった。

「そうさ」と認めて、「どこへも連れていってやらない」と彼はつけくわえた。「だがたとえどこかへ連れていくにしてもだ、あそこじゃないね、信心の話を聞きにじゃない」ロサンゼルスには信心狂いがうようよいるんだ、と彼は思った。なぜロバーツはもっと以前にここへ行脚にやってこなかったのか。なにをいまさら……

ベセルが熱心にいった。「彼はペテン師かしら？　つまりユーディのような状態はありえないことかしら？」

彼は肩をすくめた。「ＤＮＴは効き目の強い薬だからね」おそらくありうるかもしれない。しかしどうであろうとかまわない。彼にとっては、どちらでも。「また予期せざる再生があってね」と彼は妻にいった。「フォレスト・ノルズさ、とうぜん。ああいう小さな墓地はやつらも見張っちゃいない、こちらが扱うことを知っているから――市の装備を使って」いずれにしろミセス・ティリイ・Ｍ・ベントンはロスの救急病院に無事収容され、いまごろはセバスチャン・ヘルメスに感謝しているだろう。そして一週間もしたら、人並みに、食物を吐きだしはじめるだろう。

「不気味ね」とベセルはキッチンの戸口に立ったままいった。

「どうしてそんなことがいえる？　見たこともないくせに」

「あんたのくそいまいましい仕事」とベセルはいった。「八つあたりしないで、自分ががまんならないからといって。そんなにいやなら、辞めたらどう。魚をとるか、釣糸を切って餌をおとすか、古代ローマ人がいったように」

「仕事はちゃんとやっていけるさ。実をいうと、もう配置換えを申しこんだ」厄介なのはおまえさんなんだよ、と彼は心のなかでいった。「さあひとりで、嘔吐《もど》させてくれないか？」と彼は怒ったようにいった。「あっちへ行って新聞でも読んでいろ」

「あんたのほうにも影響があるの？　レイ・ロバーツが西海岸へくると？」

「ないだろう」と彼は答えた。彼は正規の巡回区域を受けもたされている。なにがあろうとそれが変更されることはないだろう。

「鉄砲もって彼を守りにいくなんてことは、やらせてくれないんじゃないの？」

「あいつを守るだと？」と彼はいった。「撃ってやりたいよ」

「へえ」ベセルは嘲笑うようにいった。「たいした野心ね。そうすりゃあんたも歴史に書きのこされるわよ」

「いずれにしても歴史に書きのこされるのさ」とティンベインはいった。

「なんで？　あんたがなにをしたの？　このさきなにをするつもり？　フォレスト・ノルズの墓地で、ばあさんたちを掘りつづけていくんでしょ？」その口調は彼を刺した。「それともあたしと結婚したから？」

「そうさ、おまえさんと結婚したからさ」彼の口調も仮借なかった。彼はそれをベセルから学んだ、ふたりが結婚といっている長い不毛の年月のあいだに。

ベセルは居間に戻った。ひとりになり、彼は嘔吐《もど》しつづけた、平和な気分で。彼はそれを感謝した。

とにもかくにも、サウス・パサデナのミセス・ティリイ・M・ベントンはおれを好いてくれる、と彼は暗澹《あんたん》と考えた。

3

永遠とは一種の測り方である。だが測られるということは神とはかかわりがない。それゆえ永遠であるということは神にはかかわりがない。

——聖トマス・アクィナス

ジョウ・ティンベイン巡査は、ジョージ・ゴアがロサンゼルス警察でいかなる地位を占めているのか見きわめるのにいつも苦労した。一般市民のケープをまとい、先のそりかえったいかれたイタリア製の靴をはき、いささか派手なはやりのシャツを着ている。細身で背が高く、年は四十なかばだろうとティンベインはふんだ。ゴアのオフィスでさしむかいになると、相手はすぐさま本題に入った。

「レイ・ロバーツがこちらに向かっているので、身辺にボディガードをつけるようにという要請が州知事からあってね……こちらもそうするつもりで案を練っていた。四、五人、ということだった。こちらもそれには同意した。きみは配置換えを申請していたから、そのひとりに加えた」ゴアは机の上の書類をぱらぱらとめくった。自分にかかわるものだということがティンベインにはわかった。「オーケーだね？」とゴアはいった。

「そういわれるのなら」とティンベインはいいながら自分が不機嫌になるのを感じ――驚いた。「群衆整理じゃないんですね。つまり常時ですか。二十四時間ぶっとおしで」それにほぼ近いことだと彼は諒解した。身辺のといったら身辺なのだ。

　ゴアはいった。「きみは彼といっしょに食べる――いや言い方がまずかった、すまん――それから同じ部屋で寝る、とまあそんな具合だ。ふだんはボディガードはついていない。だがこの土地にはユーディ教に深い恨みをもっている人間が大勢いる。ＦＮＭにはいないってわけじゃないが、あっちのことは知らない」彼はつけくわえた。「ロバーツが頼んできたわけじゃないが、彼に相談するつもりはない。彼が好もうが好むまいが、われわれの管轄内にいるあいだは二十四時間の護衛をつけておかねばならん」ゴアの口調には官僚的な冷たいひびきがあった。

「休むひまがないでしょうね」

「睡眠時間のサイクルが狂うだろうね、四人とも。だが休むひまがないなんてことはない、つねに彼といっしょだということを除いては。たった四十八時間か七十二時間だ、彼がどちらを選ぶにしても。まだきめていないが。だがきみは知っているだろう。新聞で読んで」

「彼が好きじゃないんです」とティンベイン巡査はいった。

「そりゃ気の毒だ。だがそんなことはロバーツにはたいしてひびかんだろう。気にもしないさ。この土地には彼の信者がたくさんいる、好奇心の強い野次馬が押しよせるだろう。きみがどう思おうとへいちゃらさ。とにかく、彼についてなにを知っている？　会ったことはないはずだ」

「妻は、彼が好きです」

ゴアはにやりと笑った。「まあ、彼ならそれにも耐えられるだろう。きみのいわんとするところはわかるがね。彼の信者の大半が女であるというのはまぎれもない事実だ。おおむねそうらしいな。レイ・ロバーツに関するデータはわたしの手もとにある。彼がやってくる前に読んでおいたほうがよかろう。ひまなときに読みたまえ。興味がわくと思うよ、いろいろ奇妙なことが書いてあるからね、彼がいったこと、したこと、ユーディ教徒が信じていることとなんかね。われわれが麻薬の集団体験を大目に見ていることはきみも知ってるだろう、法的には違法行為だが。あれは、麻薬を使った乱痴気パーティさ。宗教的な側面は仮面にすぎない、まやかしだ。彼は、風変わりで暴力的な人物だ――少なくともわれわれはそう見ている。信者たちはそう見ていないだろう。あるいはそう見ながら、それがいいと思っているのかもしれん」ゴアは机のはしにのせた鍵のかかった緑色の金属の箱を指先で叩いた。「とにかくこれを読めばわかるよ——やつが、やつの力の所産、つまりおかかえの親衛隊に対して容認しているあらゆる犯罪が」その箱をティンベインのほうへおしだした。「これを読んだら市民特殊図書館へ行ってみたまえ、AセクションかBセクションへ。このほかにもあるから」

　錠のおりた箱をティンベインは受けとった。「鍵をください、読みますから——ひまなときに」

　ゴアは鍵をさしだした。「もうひとついっておく。レイ・ロバーツに対する新聞の杓子《しゃくし》定規《じょうぎ》的な見方に惑わされるな。彼についてはいろいろいわれているが、ほとんどがでっちあげで、真実のところは語られていない……だがそれがここにあるんだ、これを読めば、わたしのいっていることがわかるだろう。とくに暴力についてね」彼は体をのりだしてきた。「いいか、きみに選択の自由をあたえよう。この資料を読んだらもう一度ここへ来たまえ。そのときに決心を聞かせてくれ。率直にいって、きみはこの任務をひきうけると思うがね。公式には昇進、格上げだからな」

　ティンベインは立ちあがり、鍵と箱を受けとった。それはどうだかな、と彼は心のなかでいった。だが口ではこういった。「わかりました、ゴアさん。時間はどのくらいもらえますか？」

「五時までに連絡したまえ」とゴアはいった。そしてしたり顔の、皮肉な笑いは消さなかった。

市民特殊図書館のBセクションにあらわれたジョウ・ティンベイン巡査は、図書館長の机の前におそるおそる立った。この図書館のなにかが彼を脅かすのだ——それがなんなのか、なぜなのかはわからない。

自分の前に数人、すでに並んで待っていた。彼は落ちつきなく、きょろきょろあたりを見まわしながら、例によってとりとめのないことをあれこれ考えていた。ベセルとの結婚生活、警察官としての先ゆきの見通し、それから人生の目的や意義とか——もしあるとすればだが——、老生者は地下に横たわっているあいだ、どんなことを体験したのか、とか、そして自分もいずれそうなるのだが、だんだん縮んでいって、しまいにだれかの子宮に入るときはどんな気持がするのか、とか。

気がつくと顔見知りの人間がかたわらに立っていた。丈の長いコートを着て、茶褐色の豊かな髪がくしゃくしゃになっている小柄で美人の、だが亭主もちのロッタ・ヘルメス。

「さようなら」と挨拶をした、彼女に会えたのがうれしくて。

蒼白い顔をしたロッタは声をひそめた。「あたし——ここが耐えられないの。でもセブのために、ある資料をどうしても調べなくちゃならないのよ」不快さがにじみでている。全身をぎこちなくこわばらせているので、本来の体の線がゆがんでいる。恐怖が彼女を醜くしている。

「だいじょうぶ」と彼はいいながら、彼女の不安を意外に思った。ロッタの不安を和らげてやりたいとすぐに思い、腕をとって図書館長の机の前から、音のひびくだだっぴろい部屋から、比較的落ちつける廊下へ連れだした。

「ああ、困ったわ」とロッタはみじめそうにいった。「どうしてもできないの、あそこへ行って、あの女《ひと》、あの恐ろしいマクガイアさんに会うなんて。セブはだれかほかのひとに頼めといったけれど、ほかにはだれも知らないし。それにあたしって怖くなるとなにも考えられなくなるの」ロッタはみじめそうに彼を見上げた、すがりつくように。

ティンベインはいった。「だれでも、たいがいここにくるとおじけづくんですよ」彼はロッタの腰に腕をまわし、出口のほうへ連れていこうとした。

「帰るわけにはいかないのよ」とロッタは烈《はげ》しくいって、ティンベインの腕をふりほどいた。「ピーク教祖について調べてくるようにって、セブにいわれたの」

「ほう？」とティンベイン巡査はいった。なぜだろうと彼は思った。セバスチャンは、ピーク教祖が近い将来、再生すると考えているのか？

これはことによると、レイ・ロバーツの行脚に、ちがった光を投げあたえることになるかもしれない、実際まったく新しい光を。なぜいまなのか、なぜロサンゼルスなのか解きあかしてくれるかもしれない。

「ダグラス・アップルフォードがいい」とティンベインはいった。あの男なら知っている。

しかつめらしい形式ばった人物だが、まあ役に立つ人間で、館長のメイヴィス・マクガイアよりずっと気楽に話しあえる。「彼のオフィスへ案内しますよ」彼はおびえている女にいった。「紹介してあげましょう。実をいうとぼくも調べものがあって来たんです。レイ・ロバーツについて。だからぼくも頼みたいと思って」

ロッタはほっとしたようにいった。「あなたってだれでも知っているのね」だいぶ落ちついた様子だった。ゆがんで、ちぢこまっている感じが消えて、ふたたびいきいきと魅力的に見えた。ふうむと彼は心のなかでうなった。そして彼女をダグラス・アップルフォードの部屋へ案内した。

その朝ダグラス・アップルフォードが、Bセクションの自分のオフィスに出勤すると、秘書のミス・トムスンが、書類鞄を抱えこんだ背の高い、だらしない服を着た中年の黒人の紳士を自分から――そして彼からも――遠ざけようとしているところだった。

「あ、アップルフォードさん」男はアップルフォードの姿を認めると、すぐにわかったらしく、うつろな、かぼそい声で呼びとめた。そして手をさしのべながら近づいてきた。

「お目にかかれてよかった。さよなら、さよなら。ホバート位相《フェーズ》がそういうように教えてくれましたからなあ」そして一瞬のまに消える閃光電球のような微笑をうかべたが、アップルフォードは笑いかえさなかった。

「わたしは多忙な人間でね」アップルフォードはミス・トムスンの机の前をさっさと通りすぎ、私室のドアを開けた。「面会は前もって予約してくれなければ困る。こんにちは」彼はドアをしめようとした。

「これはピーク教祖に関する資料です」書類鞄をもった長身の黒人はいった。「あなたが彼に興味をおもちだと信ずる根拠があります」

「なぜそんなことをいうんだね？」彼はいらだたしそうに口をつぐんだ。「さいわい二十年このかた墓に眠っている狂信者に興味を感じたり、示したりしたおぼえはないよ」そのときふいにある疑惑と嫌悪がわきあがり、彼はいった。「まさかピークが再生しようとしているんじゃないだろうね」

長身の黒人はまたもや機械のような微笑をうかべた――たしかに機械のような。アップルフォードは、男の上着の袖に鮮やかな黄色の縞の認識票が縫いつけられているのに気がついた。つまりこの男はロボットであり、人間を欺かないよう認識票をつけることを義務づけられているのだ。この事実に気づくとアップルフォードのいらだちはいっそう強まった。彼はロビイに対しては根強い偏見をいだいており、どうしてもそれを捨てきれなかった。実際問題として、捨てたいとは思っていなかった。

「お入り」とアップルフォードは、それこそ塵ひとつなく整頓された部屋のドアをロビイのために開けた。ロビイはある特定の人物の代理をするもので、ロビイ本人というものは存在しない。それが法である。だれがよこしたのだろう。ヨーロッパのシンジケートの幹部だろうか？　ありうることだ。いずれにしろ話を聞きだしてから追いかえしたほうがよさそうだ。

　続き部屋の中央の執務室で、彼らは向かいあった。

「名刺です」ロビイは手をさしだした。

アップルフォードは名刺を読み、眉間《みけん》に皺《しわ》をよせた。

弁護士　カール・ガントリックス

WUS

「わたくしの雇主です」とロビイはいった。「これでわたくしの名前もおわかりと思います。カールとお呼びください。それでけっこうです」ドアが閉ざされてミス・トムスンを締めだしてしまうと、ロビイの声はにわかに威圧的になった。

「わたしはおまえを」アップルフォードは注意深くいった。「もっと気やすい呼び方でよぼう、カール・ジュニアと。おまえさえさしつかえなければ」彼も声をより以上に威圧的にした。「わたしがロボットに接見を許すのはまれなのだ。奇行だ、たぶん、だが、首尾一貫これを守り通していることは有名だ」

「いままでは」ロボット・カール・ジュニアはつぶやいた。そして名刺をひっこめると、まったく無駄のないロボット的な動作で札入れにしまう。腰をおろし書類鞄のジッパーをあける。

「この図書館のBセクションの責任者であるあなたはむろんホバート位相《フェーズ》の専門家です。少なくともミスター・ガントリックスはそう諒解している。彼は正しいですか？」ロボットは鋭く彼を見あげた。

「そう、しじゅう扱っている」アップルフォードはわざと放心したような、横柄な口調を使った。ロビイを相手にするときは尊大な態度をとるほうがいい。こうした特別扱い――そしてその他もろもろの特別扱いをすることによって、彼らにおのれの身分を思いださせてやる必要があるのだ。

「そうミスター・ガントリックスは諒解しています。そしてまたまことに見上げたものでありますが、ミスター・ガントリックスはかかる深い洞察を通じて、あなたが長年にわたり、ホバート逆位相《フェーズ》、もしくは逆時間《アンチ・タイム》場の利益、種々雑多な不利益、あるいはその利用法などに通暁《つうぎょう》しておられるであろうと推測しております。真実であるか、真実でないか？どちらかひとつを選んでください」

アップルフォードは考えた。「前者を選ぶ。ただしわたしの知識は実際的なものであり、理論的なものではないという事実を考慮にいれなければならない。しかし、位相《フェーズ》の気まぐれな変化を、あわてずに、的確に処理できる。これは恐ろしいことだぞ、ジュニア、位相《フェーズ》のもとにひょいと入っていくものたちは。死者たちのように。あの現象には、あまり興味がないが。わたしにいわせれば、かなり大きな不都合のひとつだ。ほかのことは耐えられるが」

「まったく」ロビイのカール・ジュニアは可塑性物質でできた人間そっくりの頭部をこくりと動かした。「さて、アップルフォードさん。では仕事に移りましょう。レイ・ロバーツ教主猊下《げいか》は、WUSをご訪問の予定です。けさの朝刊でお読みになられたでしょうが。これはきわめて重大な社会的な行事です、いうまでもありませんが。教主猊下は、ミスター・ガントリックスに種々の任務を委託され、図書館のBセクションへ出むいて、あなたの協力が得られれば、ピーク教祖に関する現存の資料をすべて一時押収するようにと申しつけられました。あなたは協力しますか？　その代償としてミスター・ガントリックスは、あなたの図書館が将来ますます発展するよう、しかるべき寄付をする用意をしております」

「それはまことによろこばしいことだ」アップルフォードは礼をいった。「しかしおまえの上司が、教祖に関する資料をなぜ押収したいと望んでいるのか知らねばならない」彼は緊張した。ロビイにまつわるなにかが、彼に心理的な防御態勢をとらせた。

ロビイは金属製の足で立ちあがり、前にかがみこんでアップルフォードの机の上に書類の束をのせた。「質問に対する答えとして、これをご検討くださるようお願い申しあげます」

カール・ガントリックスは、ロボット・システムのビデオ回路を通して、司書のダグラス・アップルフォードが、ロボットのさしだした、わざわざ不明瞭な書き方をした分厚い偽文書を苦心して読んでいるさまをのんびりと眺めさせてもらっていた。

アップルフォードの役人根性は見事このまき餌《え》にひっかかった。注意がそらされ、ロボットの行動への意識がおろそかになった。アップルフォードが読んでいるすきにロボットは椅子ごと左後方へたくみにさがって、たいそう大きい索引カード・ファイルのケースへ近づいた。そして右腕を背後にのばすと、人間の指の形をしたマニュアル・グリッパーをケースのいちばん手前のファイルのなかにしのびこませた。アップルフォードはむろんこれに気づかず、ロボットは課せられた仕事を続行した。針の頭ほどの小型化した胚《はい》ロボットの数組をカード・ファイルのなかにおき、次のカードのうしろに小さな探査サーキット・トランスミッターをおき、最後に三日後の指令回路をセットした強力な爆破装置をおいた。

ガントリックスはそれを眺めながらにんまり笑った。ロボットがもっていった装置はあとひとつだけ、いまそれがちらりとあらわれた。ロボットは、アップルフォードを油断なく横目で見ながら、その腕をふたたびファイルのほうへのばし、複雑な機器の最後のひとつの所有権を図書館へ移した。

「イヌ」とアップルフォードが目もあげずにいった。

そのコードシグナルはファイルの聴音部に受信され、非常装置を作動させた。ファイルは身を守る二枚貝のようにぴたりと閉じた。そしてばたばたとくずれながら壁のなかへひっこんで隠れてしまった。と同時にロボットがしかけた装置類をすべて外へほうりだした。電子装置が手ぎわよくほうりだした物体は放物線をえがきながら、ロボットの足もとに落下してその正体をさらけだした。

「おやおや」ロボットは不意をうたれ、やむなくそういった。

アップルフォードはいった。「ここからすぐ出ていけ」彼は偽文書から目をあげた。その表情は冷ややかだった。ロボットが投げだされた装置に手をのばすのを見て彼はいった。

「その装置はおいていくんだ。目的と出所について研究所で分析してもらうから」そして机のいちばん上の抽出しに手をつっこんだ。あらわれたその手には武器がにぎられていた。

カール・ガントリックスの耳にケーブルごしのロボットの声が聞こえた。「どうするべきでしょうか？」

「すぐにそこを出ろ」ガントリックスは命令した。もはや愉しむ気分ではなかった。あの野暮天の司書が、あの自動探査装置に匹敵する力をもち、じっさいにあれを無力にしてしまうことができたのだ。今後アップルフォードとは公式に接触しなければならないだろう。ガントリックスはそう考えながら、しぶしぶと手近のビドフォンのレシーバーをとりあげ、図書館の交換の番号をまわした。

一瞬ののちロボットのビデオ・スキャナーを通して、図書館員ダグラス・アップルフォードがビドフォンをとりあげるのが見えた。

「おたがいに問題を抱えている」とガントリックスはいった。「共通の問題を。なぜ協力しあわないのです？」

アップルフォードは答えた。「こちらには問題などないが」その声は平然たるものだった。ロボットが仕事場に危険な機器をしかけようとした試みも彼を動揺させなかった。

「協力したいというにしては、はじめの出方がまずかった」

「ごもっとも」とガントリックスはいった。「しかしあなたたち図書館員にはこれまでもだいぶ手こずらされてきましたからね」消去局によって庇護されているおまえさんの高貴な地位にね、と彼は心のなかでいった。だが口には出さなかった。「あるんですよ、資料の山のなかに――明確なもの、不明確なものとりまぜて――こちらに欠けている情報がひとつだけある、ぜひとも入手したいものが。あとは……」躊躇したが、あえて賭けにふみきった。「いや、あの事実を思いださせてあげましょう、そうすればそれをたしかめる資料を教えていただけるかもしれない。ピーク教祖はどこに埋葬されていますか？」

「神のみぞ知るだ」とアップルフォードは答えた。

「そちらの書物とか論文とか宗教パンフレットとか市役所の台帳とか――」

「図書館におけるわれわれの仕事は、資料を調べたり、もしくは暗記したりすることではない。それを消去するのが仕事だ」とアップルフォードはいった。

沈黙があった。

「なるほど」とガントリックスは認めた。「するとあなたはご自身の立場を明確かつ驚くべき簡潔さで述べられたわけだ。それでは、かの無政府主義者の死体の在《あ》り処《か》の記録は消去されたと推察してよろしいですね。実際、その資料はもはや存在しておらないと」

「書かれていないことは疑いない。いや、少なくともそれが妥当な推測というわけだ……図書館の方針にも沿っている」

「するとチェックするつもりもない。探すつもりもない、応分の寄付をしても」官僚主義者め、と彼は思った。怒りがこみあげてくる。まともじゃない。

「こんにちは、ガントリックスさん」図書館員はそういってビドフォンを切った。

しばらくのあいだカール・ガントリックスはじっとすわりこんだまま、心を鎮めていた。さまざまな感情をおさえながら。

ようやくビドフォンのレシーバーをとりあげると、こんどは自由黒人共同体の番号をまわした。「レイ・ロバーツ猊下をたのむ」とシカゴの交換手に告げた。

「あちらへおつなぎできるのは特別の――」

「必要なコードはわかっている」ガントリックスはすぐさまそれを伝えた。彼は疲労と絶望を感じた……レイ・ロバーツの反応を恐れた。だがあきらめるわけにはいかない。役人のアップルフォードがあの件を調べてくれるはずがないことは最初からわかっていた。図書館へ押し入って、自分の手で調べなければならないことはわかっていたのだ。

資料は図書館のどこかにかならずある。あそこが情報を手にいれることのできる唯一の場所、唯一のよりどころなのだ。

それに時間もあまりない、レイ・ロバーツのひそかな計算によれば。ピーク教祖が甦るのはもはや時間の問題である。

事態は切迫していた。

4

もし、それゆえに神が存在するならば、悪は見出しえないであろう。
だがこの世に悪は存在する。しかるがゆえに神は存在しない。
——聖トマス・アクィナス

ロボットのカール・ガントリックス・ジュニアが出ていくとアップルフォードはただちに、インタコムのボタンを押した。ボタンは上司のメイヴィス・マクガイア館長につながっている。

「たったいまここでなにがあったと思います？」と彼はいった。「ユーディ教会を代表するある人物がここへロボットをよこして、わたしの部屋に危険な機器をとりつけようとしたんですよ。もう帰りましたが」彼はさらにつけくわえて、「おそらく市警察を呼ぶべきだったんでしょうな。むろんいまからでも呼べますがね。部屋にそなえてあるスキャナーがこの事件を逐一記録していますから、訴えでるなら、証拠はあるわけです」

マクガイア館長は、いつものようにおそれげのない、冷ややかな表情をして、長広舌《ちょうこうぜつ》をふるう前のあの死んだような静けさをただよわせていた。ことに一日のうちのこの時間――早朝――は、彼女がもっともいらいらしているときなのだ。

アップルフォードは長年にわたって、いわば彼女といっしょにやっていくこつを身につけていた。行政官としては類がなかった。精力的であり、緻密である。彼女はつねに――そしてまさしく――最高の権威者と目されている。マクガイア館長が、さしだされたポスクレッド紙幣を突き返したという話は聞いたことがない。彼は、もっともゆがめられた夢のなかですら、彼女にとってかわろうなどとは決して思わなかった。理性的かつ冷静に、自分が彼女のような才能をもちあわせていないことは自覚していた。彼女の輩下として働き、手ぎわよく仕事をさばく才覚はあるが――ただそれだけのこと。彼女を尊敬している、恐れている、このふたつの感情が組みあわさっては、図書館の階級組織のなかで昇進しようという願望は完全に委縮する。メイヴィス・マクガイアはボスであり、彼はそれに甘んじていた。そしていまも、この事件を彼女の膝の上におとすことができるがゆえにそれに甘んじた。

マクガイア館長は唇をゆがめた。「ユーディか。唾棄《だき》すべきものだね。うん、レイ・ロバーツがここでひともうけしようとたくらんでいるのは知っている。そのうちに嗅ぎまわりにくるだろうとにらんでいた。その危険な機器とやらは除去したんだね」

「完全に」アップルフォードは断言した。それは彼の部屋の絨毯の上に、ファイルがほうりだしたその場所にいまもころがっている。

「とくになにをほしがっているの？」マクガイア館長は、声をひそめていった。

「ピーク教祖の埋葬場所です」

「その資料はあるの？」

「調べてもみませんでしたが」

「消去局に連絡して、その資料を公開してもいいか訊いてみよう。この件に関する彼らの意向を打診してみる。目下はほかの仕事があるの、悪いけど」館長はインタコムを切った。

ミス・トムスンがインタコムでアップルフォードに告げた。「ミセス・ヘルメスという方とティンベイン巡査がお会いになりたいそうです。予約はないんですが」

「ティンベインね」彼はおうむがえしにいった。この若い警官にはつねづね好意をもっていた。アップルフォードと同様に、自己の任務を誠実に立派に果たしている男だ。ふたりにはどこか共通するところがある。ミセス・ヘルメス。この人物は知らない。図書館に書物をひきわたすことをこばんだ人物にかかわりがあるのかもしれない。ティンベイン巡査は過去に何度かこういう強欲な人間を追跡していたことがある。「通してくれ」と彼はいった。ミセス・ヘルメスとやらはおそらく蔵書家なのだろう——そのときが来ても書物をあきらめようとしない人間。

制服姿のティンベイン巡査が入ってきた。いっしょに、驚くほど長い茶褐色の髪の、かわいらしい顔だちの女があらわれた。不安そうに巡査の陰によりそうようにしている。

「さようなら」とアップルフォードは愛想よくむかえた。「おかけなさい」彼は立ちあがりミセス・ヘルメスに椅子をすすめる。

「ヘルメスさんはピーク教祖に関する資料を探しておられるんです。まだ未消去のもので、参考になるものがありますか？」

「あるでしょう」とアップルフォードは答えた。これもまた問題だぞ、と彼は思った。だがこのふたりは、カール・ガントリックスとはちがい、ロバーツとはなんの関係もなさそうなので、彼は態度を変えた。「とくになにかご希望で？」と彼は親切な口調で女にいった、安心させてやりたかったのだ。すぐにおびえるたちのようだったから。

女は消えいりそうな声でいった。「主人が調べられるだけ調べてこいと申しました」

「それでは」とアップルフォードは提案した。「文書のたぐいをひっかきまわすより、現代宗教史の専門家にお訊きになるほうがいい」ことに魅力的な女に鼻の下を長くするような手合いに――このアップルフォードのような。彼はおもむろにボールペンをひねりまわした。「実を申しますと、このわたしも個人的に亡き教祖については少なからぬ知識がありましてね」彼は回転椅子の背にふんぞりかえり、両手を組んで象眼細工の天井を見あげた。

「なんでもお教えいただけるとありがたいんですけれど」と彼女ははにかんだ口調でいった。

微笑をうかべ肩をすくめて、すっかり自信づけられて勢いづいたアップルフォードは演説をはじめる。ミセス・ヘルメスもティンベイン巡査も神妙な顔つきで聞いており、それが彼をますますいい気持にさせた。

ピーク教祖は五十歳で他界した。その生涯は波乱万丈であった。ケンブリッジ大学に学び、在学当時は優等生であった。ローズ奨学生となり、古典語を、ヘブライ、サンスクリット、古典ギリシア語、ラテン語を専攻した。そして二十二歳のとき突如、学究生活——と故郷をすてた。そして当時の偉大なるジャズ演奏家、ハービイ・マンに弟子入りしようと合衆国へわたった。のちにジャズコンボを編成し、彼自身はフルートを演奏した。

そういう経緯から、西海岸のサンフランシスコに居をかまえた。その当時、六〇年代後半、カリフォルニア主教管区の大主教、ジェイムズ・パイクが、グレイス大会堂においてジャズ・ミサを開くことになり、そのとき彼が招いたグループのひとつが、トマス・ピークひきいるところのコンボであった。このときピークは作曲家に転向していた。ジャズ・ミサ曲の大作を書き、成功を博していた。パイクのピーク、と当時の地方紙のコラムニストであるハーブ・カーンは彼をそう呼んだ。一九六八年のことである。パイク主教そのひとも興味ある人物だった。弁護士出身で、アメリカ自由人権協会《ACLU》で活躍し、もっとも頭のきれる急進的聖職者のひとりで、当時論議の的であった〝社会運動〟と称するものにかかわっていた。ことに黒人の権利について関心が深かった。たとえば、マーティン・ルーサー・キング牧師とともにセルマにいたこともあった。こうしたことからトマス・ピークはすべてを学んだ。彼もまた今日的問題に熱中するようになった――むろんパイク大主教より規模においてははるかに小さいが。パイク主教のすすめにより神学校へ入学し、ついには主教に任命された――彼の監督者、ジェイムズ・パイクと同じく、当時はきわめて急進的と見なされていたが、今日では彼の鼓吹した教理はおおむね受けいれられている。時代の先を行くというケースである。

　事実ピークは異端裁判にかけられて米国聖公会から追放された。そこで彼は、彼自身の道を歩むことになり、彼自身の教理を創造した。そして自由黒人共同体が生まれると、こんどはそちらへ進んだ。共同体の首都を彼は教理の発祥の地とした。

　ピークの新宗派と、米国聖公会とのあいだにあまり類似はない。ユーディの、グループ・マインドの体験とは、中心となる――ただひとつでないにしても――秘蹟を含むもので、会衆が集うのはこのためである。幻覚誘発剤を用いずにこの秘蹟は行なえない。それゆえこれと類似の北米インディアン教と同じくピークの教会も、その薬剤の合法性はいうに及ばず、その有用性に依存している。したがって教会に協力的な官憲筋とのあいだに、ある奇妙な関係が存在することになる。

ユーディ体験に関しては、秘密情報機関みずからの証言にもとづく、もっとも啓発的な報告書はこう断定的に述べている、すなわち、グループ・マインドの融合は想像上のものではなく現実のものであると。

「そのうえ――」アップルフォードはさらに弁舌をふるおうとしたが、そこへくちばしが入った。おずおずと、だが思いきったようにミセス・ヘルメスが口をはさんだのだ。

「教祖が再生するとレイ・ロバーツにとって有利なことがあるのでしょうか？」

しばらくアップルフォードは考えこんだ。これはよい質問であり、寡黙で内気な性質にもかかわらず、ミセス・ヘルメスがなかなか油断のならない人物であることを示していた。

彼はようやく口を開いた。「ホバート位相《フェーズ》のために、歴史の流れは教祖のほうに向かい、レイ・ロバーツには逆らっている。教祖は中年の坂をこえてから死んでいる。いま再生するとすれば、これより三十年間は、その活力と創造力は年を追うごとに発展的に増大していくことになる。レイ・ロバーツは当年わずか二十六歳。ホバート位相《フェーズ》はまもなく彼を思春期へ連れもどすだろう。ピークが最盛期に達するとき、ロバーツは幼児となり、手ごろな子宮を求めているだろう。ピークがしなければならないことは、待つことだけだ。そうだ」彼は断定を下した。「ロバーツの利益にはならんでしょう」その点については、カール・ガントリックスが如実に示してくれたわけだ……ピークの死体の埋葬場所を知りたいという熱望をあらわにすることによって。

「主人は」とミセス・ヘルメスは熱のこもったやさしい声でいった。「ヴァイタリウムを経営しております」彼女はティンベイン巡査のほうをちらりと眺めた。先を続けるべきかどうか訊ねるように。

ティンベイン巡査は咳払いをした。「ヘルメスの瓶ヴァイタリウム商会は、ピークの再生について瞬時に、あるいは少なくともかなりの短時間のうちに手をうつことができます。厳密な法解釈をすれば、ピークをユーディ教会にひきわたすことが、彼を手にいれたヴァイタリウムの義務かもしれませんね。しかしミセス・ヘルメスの質問から推察すると、ある疑惑が――しかもかなり根拠のある疑惑が生まれますね。つまりどれがピークにとって最善の道かということですが」

「ヴァイタリウムの運営法というのはたしか、所有している人間のリストをつくる、そして最高入札者がそれを手にいれるんでしたな。そうでしょう、ミセス・ヘルメス？」とアップルフォードはいった。

彼女は首をすくめて、ええ、とうなずいた。

「道徳的な判断を下すのはおたくやおたくのご主人じゃない。おたくは商売なんだから。再生の状態に入った死者を探しだし、市場がさしだすものとひきかえに、おたくの商品として売る。道徳的見地からどれがいちばんよい客かなんて問題をつつきはじめるとなると――」

「わたしどもの販売担当、R・C・バックレイはいつも道徳的見地から調べております」

ミセス・ヘルメスは実直そうに答えた。

「口先だけかもしれない」とティンベイン巡査がいった。

「いいえ、わたしが保証いたします。主人は充分な時間をさいてお客さんの調査をいたします。ほんとうです」

それなりの沈黙があった。

「奥さん、あなたは、ピークの死体が埋まっている場所を知りたくはないのですか？　つまり――」とアップルフォードがいった。

「ああ、それは存じています」ミセス・ヘルメスは誠実そうな重々しい小さな声でいった。

ティンベイン巡査は明らかにはっとした様子で困ったような顔をした。

「ヘルメスさん、あなたがそれをご存じだということは他言しないほうがよろしいでしょうね」とアップルフォードがいった。

「ああ」彼女は顔を赤くした。「すみません」

アップルフォードは言葉をついだ。

「ユーディ教会のまわしものが、たったいまここへやってきて、それを探りだそうとしたんですよ。もしだれかがあなたに近づいても――」彼は体をのりだし、いいふくめるようにゆっくり話した。「――決して口外してはなりませんよ。わたしにもいわないでもらいたい」

「ぼくにも」とティンベインはいった。

ミセス・ヘルメスはいまにも泣きだしそうな顔をして、声をつまらせた。「すみません。ご迷惑おかけして。わたしっていつもこうなんです」

ティンベイン巡査がいった。「だれかほかの人間に話しましたか、ロッタ？」

彼女はかぶりをふった、無言でいいえと。

「オーケー」ティンベイン巡査はアップルフォードに大きくうなずいてみせた。「たぶんまだなにも面倒なことはおこっていないでしょう。だがやつらはかならず探りだそうとしますからね。ヴァイタリウムをしらみつぶしにあたるでしょうね。これはご主人や店のひとたちにはやく知らせたほうがいい。わかりましたね、ロッタ？」

ふたたびロッタはうなずいた、こんどは、はいと。黒い大きな目に、こらえた涙が光っていた。

5

愛とは、すべて動くものの、自然界のあらゆる動きの終止、静かなる停止であり、それをこえて動きつづけるものはない。

——エリウゲナ

午後三時、ティンベイン巡査は上司であるジョージ・ゴアのもとへ報告におもむいた。

「で、レイ・ロバーツについてはいろいろとわかったかね」ゴアはふんぞりかえり、歯をほじくりながらティンベインをじろじろと眺めまわした。

「わたしの考えを変えさせるようなものはなにも見つかりませんでした。彼は狂信者です、権力を保持するためにはなんでもやる、彼は潜在的な殺人者です」ピーク教祖のことが頭にうかんだが、口には出さなかった。これはあくまでも彼とロッタ・ヘルメスとの問題だ……彼はそう考えている。いずれにしろ厄介な問題だ。臨機応変にやるしかない。

ゴアがいった。「現代のマルコムXだな。彼について読んだことがあるかね。暴力を鼓吹して、お返しに暴力をいただいた。聖書に書かれているようにね」彼はティンベインをあいかわらずじろじろと眺めまわしている。「わたしの推論を聞きたいかね？　ピーク教祖が死んだ年月を調べたんだが、彼はまもなく再生するはずだ。レイ・ロバーツはそのことで来るのだと思う。ピークの再生はロバーツの政治生命に終止符をうつ。彼はよろこんでピークを殺すだろう――うまく探しだせれば。手をつかねていると――」ゴアは手のひらで切るしぐさをした。「手おくれだ。ピークがひとたび勢いをもりかえせば、そのままいく。やつは抜け目のない悪《わる》だが、暴力はふるわない。狙いどきは、ピークが掘りだされて病院を去るまでの一週間か十日の間だね。ピークは重病だった、死ぬまでの数ヵ月は。毒血症《どっけつしょう》だったらしい。彼は病院のベッドで、その毒が消えるのを待たなければならない、ユーディ教会の支配権をとりかえす前に」

「ピークにとっては得なんじゃあないですか」とティンベインはいった。「警察が彼を探しだせば？」

「そうさ、そうにきまっとる。われわれが掘りだせば、彼を庇護できる。しかし民間のヴァイタリウムが手にいれたら――彼を暗殺者の手から守るのは不可能だ。そのための装備はないからね。たとえば連中はふつうの市立病院を使うだろう――だがこちらにはこちらの病院がある。きみも知っとるだろうが、この種の問題を扱ったのはこれがはじめてじゃない。老生者が死んだままでいるほうが、だれかの利益になるというような例はね。ただこれが、これまでのものよりはるかに社会的な重要性があり、しかもより規模の大きなものだというだけさ」

ティンベインは考えこむようにいった。「しかし一方では、ピーク教祖を手にいれて売りとばすとすれば、ヴァイタリウムに金銭的な利益をもたらすわけですよね。しかるべき値でしかるべき客に売りわたせば、かなりのもうけになりますよ」このような売買は、ヘルメスの瓶ヴァイタリウム商会のような小さな店にとって意味があるのだろうか、と彼は思った。むろん、それによって一生経済的な安定が得られるだろう。警察がピークを横取りすれば、セバスチャン・ヘルメスにとっては大損害だ——とにかくセバスチャンにとっては一生に一度めぐってきた大きな運なのだ。ああいうしょぼくれた会社が、一生に一度めぐりあえるか、あえないかの。

それをおれが、奪っていいんだろうか？　とティンベインは自問した。ああ、なんてこった、図書館のアップルフォードのオフィスで、ロッタが迂闊《うかつ》に口をすべらしたことを、冷たい職業的打算に利用しようとは。

アップルフォードだってそうしないとはかぎらない。この情報をレイ・ロバーツに売るかもしれない——いい値段で。だがそれは疑わしい。アップルフォードはそういうたぐいの人間とは思われなかった。

また一方、ピーク自身のためを思うならば——

しかし警察がピークを捕らえれば、セバスチャンは警察がなぜ嗅ぎつけたかを知るだろう。それをたどれば容易にロッタに行きつくだろう。その点は考慮しなければいけない、彼女の線でなにか計画をたてるにしても。おれと彼女の関係——あるいは潜在的な関係——については。

いったいおれはだれを助けようとしているのか？　セバスチャンか？　ロッタか？　それとも——おれ自身？

おれは彼女を脅迫できる、と考えている自分に気づいて彼はぎょっとした。だがその考えは確固として存在していた。彼女を二、三分、ひとりで連れだしてこういえばいい——奥さん、あっちかこっちか、きめるんだな。さもないと——

くそっ、と彼は思った。なんて汚いんだ！　おれの情婦になれと脅迫するのか？　どういう人間なんだ、おれというやつは。

しかし、要するに、なにを考えようと、かまやしないんだ。なにをしたかが問題なんだ。

おれがしなければならないのは、牧師に相談することだ、と彼は思った。むずかしい道徳的問題の扱い方を知っている人物に。

フェイン牧師を頭にうかべた。あの牧師になら話せるだろう。

ジョージ・ゴアのオフィスを出ると、彼はエアカーですぐさまヘルメスの瓶ヴァイタリウム商会へ向かった。

軒のかたむいた木造のあばらやを見るたびに彼は愉しくなる。いまにも崩れそうでいてぜったいに崩れない建物。この古色蒼然たる建物に、この何十年間、なんと種々雑多な会社が出入りしたことだろう。ヴァイタリウムになる前は小さなチーズ工場で、女九人の使用人がいたとセバスチャンが話してくれたことがある。その前はテレビの修理屋だったらしいともセバスチャンはいっていた。

エアカーを着地させ、建物の玄関へ近づく。カウンターの向こうのタイプライターの前に、シェリル・ヴェイルがすわっていた。三十ぐらいの働きものの、この店の受付兼帳簿係。ビドフォンで話していたので、そこを素通りして、使用人たちのいる部屋へいった。この店ただひとりの販売担当、R・C・バックレイが、ページのまくれあがったプレイボーイ誌を読んでいた。いつの世も変わらぬセールスマンの好みと執着。

「やあ、お巡りさん」とR・Cは歯をむきだして笑顔をつくる。「例によって駐車違反の切符きり?」彼はセールスマンらしく笑った。

「フェイン牧師はいないのか?」あたりを見まわしたが牧師の姿はなかった。

「みんなと出かけてますよ。サンフェルナーンドーのシーダー・ヒルズ墓地の生きかえりに狙いをつけていたんでね。三十分もすりゃ戻ってくる。ソウガムはどうです?」彼はほぼいっぱいになっているソウガム・タンク、すなわち、なにもやることがないときのこの店のひまつぶしの材料を指さした。

「あんた、考えることあるかい」ティンベイン巡査はボブ・リンディの作業台の前の腰かけにすわると、思いきったように口を開いた。「これは、自分がやろうとしていることとなのか、それとも考えていることなのかとか？　つまり、頭に浮かんだことがあって、それをぐずぐず思案するが、行動には移さないという……そういうこともいけないのかな？」

R・Cの眉間に皺がよった。「なんのことやらわからない」

「こんなふうに考えてもらえばいいんだけど」

ティンベイン巡査は手をひろげ、頭にあることを伝えようとした。それはむずかしく、R・Cは相手として適当な人物ではなかった。だがくよくよ考えているよりはましだ。

「夢にみるようなことなんだけど」とティンベインはいった。それを伝える方法が頭にうかんだ。「かりにあんたが結婚しているとする。結婚しているんだろう、ね？」

「ええ、もちろん」とR・Cはいった。

「オーケー、ぼくも結婚している。さて、たとえば、あんたは奥さんを愛してるとする。愛しているよな。ぼくも女房を愛してる。ところで、あんたはある夢をえがく、よその女をくどいてみたいという夢さ」

「どんな女を？」

「どんな女でも。ただよその女だ。あんたは、その女と首尾よく寝る。夢のなかでだよ。いいね。これは罪かね？」

「そりゃ罪だな。もし目をさましても、その夢を思いだして愉しんでいるならね」とR・Cはいった。

ティンベインは言葉をついだ。「オーケー。じゃ、たとえば、ある人間をどうやったら傷つけられるか、どうやったら利用できるかという考えが頭にうかんだとする、だけどむろん、そんなことはしない、なぜかというとあんたの友達だからだ、ぼくのいうことわかるかな？ つまりあんたが好意をもっている人間には、そういう仕打ちはしないってこと、それは自明だよね。でももしそういう考えをもつとしたら、もっただけでも、悪いことなんだろうか？」

「どうやら話す相手をまちがえましたね」とR・Cはいった。「フェイン牧師が戻ってくるまで待ちなさいよ。あのひとにきけばいい」

「ああ、でも、あんたはここにいる、牧師さんはいない」そして彼は問題の切迫していることを感じた。それは彼を針でさぐり、動かし、喋らせ、従わせようとしている――彼の論理にではなく――それの論理に。

「だれでも、衝動的に敵意をもつことはあるからねえ」とR・Cがいった。「どんな人間に対してもね、それもしばしばね。ときどきセブに一発くらわしてやりたいと思うときもあるし、ボブ・リンディなんかには、しょっちゅうだしね。リンディときたらまったく腹のたつやつだからなあ。それからときには――」とR・Cは声をひそめて、「そら、セブの奥さんのロッタ、よくここへやってくるんだ。べつに用事があるわけじゃないんだけど、ただ——ね、ぶらっときてだべっていくだけ。かわいいひとですよ、だけど、彼女を相手にしてると、ときどき頭がかっかとしてくる。ときと場合によっちゃあ、迷惑ですよ」

「いいひとじゃないか」とティンベインはいった。

「そう、いいひと。あれくらいいいひとは、なかなかね。あんたがいいたいのはそういうことじゃないんでしょ？　まあね、ああいういいひとはね、ぼくだって灰皿を投げつけてやりたいと思うときがある、とにかく彼女ときたら、まったく——」彼は身ぶりをした。「ひとに頼りきり。セブにしじゅうしがみついてる。旦那のほうはあのとおり奥さんよりずんと年上だ。おまけにこの逆流時間、つまりホバート位相《フェーズ》のおかげで、奥さんのほうはどんどん若くなっていくんだよな。もうじき十代になって、それから小学校へいって、旦那が男盛りのころ、つまりいまのぼくくらいの年になるころにゃ、あんた、奥さんのほうは赤ん坊だからね。赤ん坊！」彼はティンベイン巡査を見つめた。

「そりゃ問題だね」ティンベインも認めた。

「結婚したときには、もっと年をくっていたんですよ。もっと年増でね。お巡りさんは、あのころの奥さんを知らんでしょ、ここらの受け持ちじゃなかったから。成熟《うれ》た年増だった、まったく女盛りという感じでね、くそっ、女盛りだったんですよ。ところがいまときたら——」彼は肩をすくめた。「あのくそいまいましいホバート位相《フェーズ》が、どんなことをするかわかるでしょうが」

「ほんとですか？　若くなるのは、一度死んだものが生きかえった場合だけだとばかり思っていた」ティンベイン巡査はいった。

「こりゃ、おどろき」とR・Cはいった。「あんたまだ、逆流時間のことがよくわかってないんだね？　あのね、ぼくは彼女を知ってた。ぼくももっと年をとっていた。ぼくたちみんなそうだった。思うに——なにを思っているかわかる？　あんたはそのことに直面するのがいやさに、心理的に拒絶しているんだ。なにしろ、あんたは若い、じっさい若すぎる。あんたはもうそれ以上若くなっちゃ困る。それ以上若くなったら、巡査じゃいられない」

「ひどいひとだな」ティンベインは烈しい怒りをおぼえた、やみくもな怒りを。「いったん死んだものでなければ、逆流時間はほんのわずかな影響しかあたえないんだ、むしろ一種の安定をあたえているのかもしれない、死んだものにあたえる影響とはちがうんだ。セブみたいに。たしかにあのひとは日ましに若くなっていくけど。でもロッタはそうじゃない。あのひとと知りあってから——」と胸のうちでかぞえ、「ほぼ一年になる。でもいまだって成熟した女性なんだ」

　エアカーが屋上におりたった。ほどなくボブ・リンディとセバスチャン・ヘルメスとフェイン牧師が階段をおりてきた。

「いい仕事だった」セバスチャンはティンベイン巡査を見ていった。「サイン先生によればね。先生は市立救急病院で彼――老生者――に付き添っている。いいかげんくたくただ」彼は溜息をつき、座面が竹製の椅子に腰をおろし、手近の灰皿から吸い殻をとって火をつけると、煙を吸い殻に吹きこみはじめた。「ところで、ジョウ・ティンベイン、なにかうまい話でもあるかね？　新手の非殺人でも？」彼は笑った。一座のものはみんな笑った。

　ティンベインはいった。「フェイン牧師に相談したいことがあるんですよ――宗教的な問題で。個人的に」それからフェイン牧師にむかって、「パトロール・カーのところまでおいでねがえませんか、あそこならすわってご相談できますから」

「いいですよ」とフェイン牧師はいった。牧師はティンベインのあとから、いまもビドフォンに向かっているシェリル・ヴェイルのわきを通りぬけてエアカーのところまでいった。

　しばらくふたりは無言ですわっていた。ややあってフェイン牧師が口をきった。「姦淫にかかわる問題ですね？」セバスチャンのように、牧師も明らかにいささかの透視力をもっているらしい。

「とんでもない。ぼくの頭にうかんだある考えについてなんですが。前には考えたこともなかったんです。そのう――実をいうと、ぼくの得になることがあるんですよ。ところがそれはある人たちの損失になるわけで。さてそこで、どちらの利益を優先すべきか？　もし彼らの利益だというんなら、それはなぜか？　なぜぼくのほうではないのか？　ぼくだって人間です。ぼくにはわからない」彼はふたたび考えこむ。「まあ、そんなわけで、これはある女性と関係があるんですが、姦淫というようなことじゃないんです。その女性を精神的に傷つけることなんです。ぼくはそのひとの弱みをにぎっているんですよ。つまり、その――思うだけで、よくわからないけど――その弱みをたてに、そのひとにいっしょに寝てくれと強要すれば、相手はうんといわざるをえなくなるような」

　フェイン牧師の弱いテレパシイ能力は、自分の心にうかんだロッタ・ヘルメスの心像を識別できるだろうか？　できないように、と彼はねがった……できたとしても牧師は沈黙を誓わせられている。それにしても間《ま》の悪い話だ。

「そのひとを愛していますか？」とフェイン牧師が訊いた。

　彼は言葉につまった。冷汗。「はい」彼はようやく答えた。それは事実だ。彼は愛していた。決して意識したことはなかったが、たしかに愛は存在している。それゆえ、その愛は彼を鼓舞する拍車だった。その愛から、測り難い思考のプロセスが生まれる。

「そのひとは結婚しているのですか？」

「いいえ」と彼はいった。危険を避けるために。

　フェイン牧師はやおらいった。「だがそのひとはあなたを愛していない」

「ええ、そりゃそうですよ。そのひとは夫を愛していますから」そういったとたんに彼は自分のいったことの矛盾に気づいた。フェイン牧師は、なぜその女が結婚していないと彼が嘘をついたかその理由をたちまち悟るだろう。そしてその女がロッタであることも。

「ご主人はぼくのよい友人ですから、傷つけたくないんです」と彼はいった。しかしおれは彼女にしんそこ惚れているんだ、と彼は思った。それが困るのだ、それがおれをこんな気持にさせてしまうのだ。惚れた相手ならいっしょにいたいと思う。妻やガールフレンドのように寝たいと思う。それが自然だ。動物的な衝動だ。

フェイン牧師はいった。「どうかその人の名前を口に出さないように。あなたは告白の慣習についてどの程度ご存じか知らないが、名前を出さないことがいつの場合にも義務なのです」

「ぼくは告白しているんじゃありませんよ」彼は怒りを感じた。「牧師さんの専門的なご意見をお聞きしているだけですよ」

おれは告白しているのだろうか――罪を？　ある意味ではそうだろう。助力を求めながら一方では免罪を求めている。自分が考えたこと、するかもしれないことに対する許し、本質的な自分という人間に対する許し。これはおれの本音だ、ロッタ・ヘルメスに胸を焦《こ》がし、彼女を得るためには、まるで身をくねらせて流れをさかのぼる鮭のように、いかなる手《て》練手《れんて》管《くだ》もものともしないおれのこの部分は。

「人間は一方では獣的な情熱をもつ動物です。神の道徳律に反するような不埒《ふらち》な情熱をもやすことは、われわれの罪ではないし、あなたの罪でもありません」とフェイン牧師はいった。

「ええ、でもぼくの性質はもうすこし高潔なんです」彼は嚙みつくようにいった。だがそれが障害になっているわけではない。それは現実の葛藤ではない。おれのなかで、それを拒否するものはなにもないのだ。

　おれがほしいのは、なにが正しいかについての助言でもなく免罪でもない。おれがほしいのは、これを実現しうる青写真なんだ！

「それに力をかすわけにはいきません」とフェイン牧師はいった。哀しそうに。

　超常的な力で自分の心を読まれたことに気づいた彼は愕然として、「牧師さんはほんとうに人の考えていることがわかるんですね」話はこれで打ちきりたいと彼は思った。フェイン牧師はしかし、そうさせてはくれなかった。彼は相談料を支払わねばならないことに気づいた。

　フェイン牧師がいった。「あなたは悪を行なうことを恐れてはいない。あなたは悪を行なおうとして、それが失敗し、みなに知れることを恐れている。あなたが欲している女性や、その夫に。あなたはしくじることを恐れ、彼らが結束して、あなたを除《の》けものにすることを恐れているのです」牧師の口調は辛辣で難詰するようだった。「あなたはその女性の弱みをにぎっているが、もしあなたがその弱みをたてにその女性に迫ったとして、その女性が驚いて夫のほうにますますくっついてしまったら――これはそう不自然なことではありますまい――あなたはその――」牧師はある身ぶりをした。「その、〝密告屋〟になるというわけですね」

エアカーの無線が、ロサンゼルスのほかの区域にいるエアカーと短い交信をかわした。ティンベインはしかし、こういった。「ぼくに指令です。行かなくちゃなりません」彼はエアカーのドアを開けた。フェイン牧師はエアカーからおりた。

「ありがとうございました、牧師さん」と彼はていねいに礼をいった。

ドアがしまった。フェイン牧師は建物のなかへ戻っていった。

ティンベインは空にむけて轟然と飛びたち、ヘルメスの瓶ヴァイタリウム商会から遠ざかっていった、しばしのあいだ。

フェイン牧師が戻ってきたのを見たセバスチャン・ヘルメスは、牧師の憂わしげな気むずかしい顔に気づいた。

「やつには、なにか心配ごとがあるのでは？」

「心配ならだれにでもあります」牧師はもの思いに沈みながら、あいまいにいった。

「仕事の話に戻ろうかね」セバスチャンは作業台にいるボブ・リンディにいった。「ピーク教祖の墓の上においてきたモニター装置を確認しているが、心臓の鼓動をキャッチしたようだよ。きわめてかすかで不規則だが、わたしの直感にピンとくるものがある。もう間近だ」

「百万ポスクレッドの値うちはあるでしょうな」とリンディがいった。

「ロッタが、図書館でたくさん資料を集めてきてくれたよ。よくまあ、やってくれた」実のところ、あのはにかみやに、どうやってこれだけのことができたか不思議だった。「ピーク教祖に関して知っておくべきことはすべてわかった。彼はまことに偉大な人物だよ。レイ・ロバーツとはまるでちがう。正反対だね、いうなれば。わが商会は、世界に貢献することになるだろう、ことに自由黒人共同体の連中には」彼は興奮気味にあたりにただようタバコの煙を勢いよく吸いこむ。手にもったタバコはみるみる長くなっていく。「ただ、もう一度ロッタに図書館へ行ってもらわねばなるまい。こんどはレイ・ロバーツに関する全資料がほしい」

「どうしてです？」とボブ・リンディが訊いた。

セバスチャンはだまって聞けという身ぶりをした。「ロバーツは脅威でもあるが、一方ではわが商会にとって、もっとも大事な買い手でもある」彼は販売担当のR・C・バックレイをかえりみた。「そうじゃないか？」

R・Cは問題をしばらく頭のなかで咀嚼《そしゃく》した。「まあ、おっしゃるように、ロッタが彼の資料をそろえてくれればもっとはっきりしますよ。テレビ・スターや政治家や宗教家なんて連中の新聞記事はおおむね嘘八百だからなあ。しかしまあ、そのとおりですよ。ピークはユーディ教会の創立者だ。したがってユーディ教会の連中ほどピークを欲しがるものはほかにいないでしょうな」彼は結論をくだした。「もっとも、ご指摘のようにまたすぐに殺してしまうかもしれませんがね」

「そんなことを心配しているのかね？」とボブ・リンディがいった。「連中があとで教祖をどうしようと、こっちの知ったこっちゃねえ。所有権をゆずって、料金をもらっちまえば、こっちの責任はおしまいさ」

聞き耳をたてていたシェリル・ヴェイルがいった。「恐ろしいことねえ。教祖はとてもいい人だったのに」

「いや、待て待て」とセバスチャンがいった。「ロッタが図書館から資料をもってかえるまで待とう。きっとロバーツだって、それほどの悪《わる》じゃあるまい。こちらとしても、完全に合法的な、職業上の倫理にそむかない取引きができると思うよ」彼の直感——とてつもない掘出しものを手中にしたという——直感はいささかもうすらいではいなかった。

フェイン牧師がいった。「ロッタはよろこばないだろうね、図書館へまた行くのは。あそこはロッタの心を乱すところだから」

「前にも行ってるんですよ。でもべつに殺されもしませんでした」セバスチャンはいった。だがそういう口の下で、うしろめたさを感じた。自分で行くべきかもしれない。だが図書館は、彼の心も乱すのだ。妻に調査の仕事を押しつけたのもおそらくそのせいだろうと彼は不機嫌に考えた……ほんとうは自分の仕事だ。ロッタはそれを知っているだろう。知りながら行ったのだ。

そういうところが、彼女の魅力だ。しかもその魅力がこちらに都合のいい方法をもたらしてくれる、それによって彼女を利用するという、本来なら断固として斥《しりぞ》けるべき方法を。決定するのは彼のほうで、彼女ではないのだ。ときには首尾よく斥けることができるが、図書館の場合のように、おのれの恐怖に屈伏し、自分は免れ、彼女を苦しめることはままある。そういう自分に厭気《いやけ》がさすことがしばしばあった……ある程度だが、いまのように。

フェイン牧師がいった。「ひとつだけ、あなたが思いつかなかったことがありますよ、セバスチャン。人間の嫉妬心というものを考慮にいれると、レイ・ロバーツはピーク教祖の〈再生〉を快くは思わないだろう。しかし彼の組織のなかには、ピークの再生を双手《もろて》をあげて歓迎するものもいるはずですよ」

「分派がね」とセバスチャンは考えこむようにいった。

「あなたの警察のお仲間のティンベイン巡査を通じて、彼らと接触できると思うが」牧師はR・C・バックレイをかえりみて、こういった。「それはきみの仕事じゃないかね。そのために給料をはらっておるのだから」

「ごもっとも、ごもっとも」R・Cは勢いよくうなずいた。そしてノートをとりだすとなにやらメモをとった。「調べてみますよ」と彼はいった。

ボブ・リンディはピークの墓にそなえつけたモニター装置のイアフォンを耳にあてていたが、だしぬけにいった。「やあ、ほんとだ。心臓の鼓動が聞こえる、おおせのとおり、不規則で弱いがね。だんだん強くなってくる」

「聞かせてくれよ」R・C・バックレイがリンディにせかせかと近づいた。彼もセバスチャン同様、獲物の臭いを嗅ぎつけた。「うん」しばらくして彼も認めた。そしてイアフォンをはずしてフェイン牧師にさしだした。

セバスチャンがふいにいった。「彼を掘りだしにいこう。もう待ってはいられない」

「それは法律に反します」とフェイン牧師がいった。「死者のじっさいの肉声を聞く前に掘りだすのは」

「法律ね」R・Cが苦々しそうにいった。「オーケー、牧師さん、あんたが法律っていう字にそんなにこだわるなら、レイ・ロバーツに連絡しましょう。法律によれば、こちらには最高価格の入札者に売る権利がありますからね。それが定まった商慣習ですよ、この商売の」

店のビドフォンに出ていたシェリル・ヴェイルがセバスチャンを呼んだ。「ヘルメスさん、あなたに長距離がかかっています」そしてレシーバーの口に手をあてて、「どなたかわかりませんが。ただイタリアからだということだけで」

「イタリア」セバスチャンは当惑顔でいった。R・C・バックレイをふりかえって、「目録に、イタリア系の人間の在庫がのっているかどうか調べてくれないか」といった。彼はシェリル・ヴェイルに近づいてレシーバーを受けとった。

「セバスチャン・ヘルメスですが。どちらさまでしょう？」

シェリル・ヴェイルと同じように、彼にも、小さなスクリーンに映った顔には見おぼえがなかった。きれいなウエーブをみせる黒い長髪、きっと見すえるような目つきをした白人である。「はじめまして、ヘルメスさん。いままであなたとお話をする光栄に浴したことはございませんので」と男はいった。どことなくイタリア訛《なま》りがあるが、礼儀正しい、控え目な言葉遣いだ。「お目にかかれてうれしいです」

「ご同様で」とセバスチャンはいった。「シニョール――」

「トニイです」黒い髪のイタリア人はいった。「姓のほうはおかまいなく、いまのところ重要ではありません。聞くところによりますと、ヘルメスさん、あなたは亡きピーク教祖に対する権利を保有しておられるそうですね。あるいはもと故ピーク教祖ということになっているかもしれませんが。どちらでしょうか、ヘルメスさん？」

セバスチャンはいいよどんだ。「はあ、当商会では、お問合わせの人物に対する所有権を保有しております。お買い求めになりたいので？」

「ぜひとも」とトニイはいった。

「どなたの代理人でいらっしゃるのか、お聞かせねがえませんか」

「利害関係者です。ユーディには関係ありません。それが重要なポイントです。おわかりでしょうか、レイ・ロバーツは殺し屋ですから、ピークを彼の手から守ることが肝要だということが？　危害を加えることが予測される人物に、老生者の所有権を移譲することは重罪を形成するという法律が、西アメリカ《WUS》とイタリアの両国にあることをご存じですか？　その点はご承知ですか、ヘルメスさん？」

「バックレイ君とお話しあいください」セバスチャンはいらだっていった。この種の話しあいは彼の好むところではない。「当店の販売担当です。ちょっとお待ちを」バックレイにレシーバーをさしだすと、彼はすぐさまとびついた。

「R・C・バックレイです。ああ、はい、トニイ。あなたの情報はたしかです。ピーク教祖は当店の目録にのっております。まもなくわたしどもが用意する最高の病院で再生の苦痛からときはなたれることになっております。むろん病院の名前はお教えできませんが。おわかりでしょうが」彼はセバスチャンに目くばせをした。「そちらの情報源はどこなのかお教えねがえませんか。この件は内々にしていたものですから。いろいろと利害得失がからんでおりますのでね。一例をあげますと、そちらがおっしゃっているレイ・ロバーツなどが」彼は口をつぐみ、相手の出方を待った。

　セバスチャンは考えていた。なぜわかったのだろう？　知っているのは、ここにいる六人だけ、われわれの組織だけのはずだ。それからロッタがいる。あれも知っている。あれがだれかに喋るということがありうるだろうか？　まあ、それはいずれ明らかになるだろう。教祖を売るようなことになれば。だがこんなに早く、まだじっさいに肉体を保有しないうちに――こうなれば、教祖の肉体を合法であろうとなかろうと、一刻の猶予もなく、地下より掘りだすのが先決問題だと彼は悟った。きっとロッタのやつだな、と彼は思った。しようのないやつ。

彼はボブ・リンディを作業場へひっぱっていった。

「さあ、どうしてもやらねばならないことになった。R・Cのビドフォンが終わったらすぐにとりかかれ、サイン医師を呼びだせ。医者とあんたと牧師と三人でフォレスト・ノルズの墓地へ来てくれ。わたしはすぐに出発する」彼は事態が切迫していることを感じた。「墓地で落ちあおう。手早くやれよ、サインに事情を説明して」リンディの背中をぱんと叩いて、セバスチャンはエアカーのおいてある屋上へ急いでのぼっていった。

エアカーはまたたく間に空中に飛びあがった、ピーク教祖の横たわる、うちすてられた小さな墓地をめざして。

6

無から完全に逃げだしたときにのみ、存在そのものはまったく純粋な姿で見出されるはずである。

——聖ボナヴェントゥラ

フォレスト・ノルズ、とセバスチャンは考える。だれからも見すてられたこの墓地は、ピークを埋めた人々が細心の注意をはらって選んだものにちがいない。彼らは時間が逆行しようとしているというアレックス・ホバートの学説を信じていたのだろう。彼らは——教祖を愛していた人々は——まさにこうした情況を予期していたにちがいない。

レイ・ロバーツの親衛隊は、どれだけの時間、どれだけ熱心にこの墓を探したのだろう。それほど長い時間でも、それほど熱心でもなかったことは明らかだ。

墓地の、ちょぼちょぼとした緑色の方形が眼下に飛びさった。あわててエアカーをＵターンさせ、かつては墓地の駐車場であったもの、いまは墓同様に、驚くほど繁茂した雑草でおおわれてしまっている場所に着地した。

昼日中でも、不気味な場所だった。地下の甦ろうとする生命が、助けを求めて叫んでいるかもしれないのに。やおら盲《めしい》のものの目は開きぬ、といううろおぼえの聖書の一節を彼は思いだした。そして死者の言葉はほとばしれり。美しい章句だ。そしていまやそれが現実に、まさしく真実になったのだ。だれが考えただろう？ 何世紀ものあいだ、世界中の教養ある人々が、うるわしい、心やすらぐ神話として、運命を甘受させるものとして見なしていたものが、予言のごとく、いつかは文字どおり現実となり、神話でなくなる日がかならずくるとは——

ありふれた墓石のあいだを通りぬけ、ようやく、トマス・ピーク、一九二一～一九七一と刻まれた大理石の墓碑の前に出た。

墓は——ありがたいことに——この前に見たときのままだった。人の手が触れた形跡はない。見わたしたところだれもいない、この違法行為を見とがめるものはいない。

しかしたしかめるために、墓の上にひざまずいて、このような場合に使うことにしている拡声器のスイッチをいれてこういった。「聞こえますか？ 聞こえるなら音をたててください」声ががんがんとひびきわたる。通りすがりの人間に聞こえねばいいが、と彼は案じた。イアフォンをとりだして装着し、音声探知カップを地面におしつける。耳をすませる。

地下からの応答はない。陰鬱な風が、ぼうぼうたる草むらを、このちっぽけな荒れはてた墓地を吹きぬけるばかりだ……彼は、墓のあちこちにカップを移動させ、応答はないかと耳をすませた。応答はなかった。

そのとき数ヤードはなれた、まったく別の墓所から弱々しい声が聞こえた。

「聞こえるよ、そこの人、わしは生きとるよ、こんなところに閉じこめられとる、とても暗い、わしはどこにおるんだ？」

ほそぼそとした声には恐怖がにじみだしている。セバスチャンは吐息をついた。拡声器を使ったので、よその死者を目ざめさせてしまったのだ。まあ、しかたなかろう。こっちの面倒もみなければなるまい。棺のなかに閉じこめられ、窒息しかけている老生者に対しては、そうする義務がある。甦った墓に近づき膝をついてカップを地面にあてた、もうその必要もなかったのだが。

「こわがらなくてもいいですよ」セバスチャンは拡声器にむかっていった。「わたしはここにいますよ、あなたの状態はわかっている。じきに出してあげますよ」

「しかし――」声がわなないて消えた。「いったいわしはどこにおるんだね？　ここはどこなんだ？」

「あなたは墓に埋められているんですよ」セバスチャンは説明した。こういう情況はよくあることだ。店が扱う仕事には、死者が目ざめてから掘りあげるまでのこの奇妙な間合いが必要だった……だが、いまだに慣れることができない。

「あなたは死んで墓に埋められた、ところが時間の逆行がはじまって、あなたは生きかえったんですよ」

「時間？」声がひびきわたった。「なんだって？――時間がどうしたって？　ここから出られんのかね？　こんなところはいやだ。ベッドに戻りたい、ラ・ホンダ・ゼネラルのわしの部屋に」

最後の記憶。彼の人生の終着駅であった病院の。セバスチャンは拡声器にむかっていった。「しっかり聞いて。もうじきあなたを掘りだす道具をもった人間がやってくる。それまでできるだけ少しずつ息をして、なかの空気をぜんぶ吸ってしまわないように。体を楽にできますか？　さあ、楽にして」

「わしの名は」顫《ふる》える声が呼びかけてくる。「ハロルド・ニュウカム、老兵だよ。わしには優先権がある。老兵に対してこんな扱いをするとは不届きだ」

「頼むからお静かに。なにもわたしのせいじゃないんですよ」わたしだって、同じように耐えねばならなかったのだ、と彼は暗澹《あんたん》と考える。いまでもよくおぼえている、どんな気分のものか、暗闇で、小さき処《ところ》と呼ばれる場所で目ざめるのは。死者のなかには、なんの応答も得られぬままに、むなしく話しつづけるものもいるのだが……なぜならこのシステムも、サクラメントで通過したあのくそいまいましい官僚主義的な法律に、われわれを拘束する法律に、時代錯誤の法律にがんじがらめに縛られているからだ、あんなものくそくらえ。

セバスチャンはぎくしゃくと立ちあがり――彼はまだすっかり若返ってはいなかった――そしてピークの墓に立ちもどった。

ボブ・リンディ、サイン医師、フェイン牧師が揃うと彼はいった。「まず手はじめに、片づけなくちゃならない老生者がいます」彼はその墓を示した。ボブ・リンディはさっそくドリルを、かたくなっている土に勢いよく突きさして必要な空気をおくった。まずはこれでいい。あとは手順どおりだ。

かたわらに立ったサイン医師は冷笑的な口ぶりでいった。「こりゃ幸運だったね。もしお巡りが通りかかっても、いい口実ができたわけだ。例によって墓地を巡回していたら男の声が聞こえてきた……とね」彼は墓のほうへ向きなおった。土を四方にとばしながら、リンディは自動掘削機《くつさくき》を操作している。サイン医師はセバスチャンのほうをまたふりかえり、掘削機の騒音に負けじと声をはりあげた。「医学的見地からいうと、あんたは大きな誤りをおかすことになる、ピークがまだ死んでいるうちに掘りだすということは。危険だ。生化学的存在の再生の自然なプロセスを妨害するわけだから。そのことはよく聞かされているだろう。体を掘りだすのが早すぎると、再生活動がとまってしまう。あれは、あの下に、暗闇に、光をさえぎった冷たい場所におかれていなければならんのだよ」

「ヨーグルトみてえだな」とボブ・リンディがいった。

サイン医師は言葉をついだ。「それから呪いのこともあるし」

「呪いね」セバスチャンはからかうようにいった。

「そうさな」とボブ・リンディがいった。「死人を早目に掘りだすと、死の支配する力がときはなたれるんだってね。そういう力は、ときはなたれちゃならないときにときはなたれると、ほかの人間にとりつくってね」

「だれに？」とセバスチャンがいった。しかし彼もこの迷信は知っていた。以前に耳にしたことがある。呪いは、死人を掘りだしたその人間にとりつくというのだ。

「あんたにですよ」とボブ・リンディはいった。彼は顔をしかめ、それからにやりと笑った。

「また埋めればいいさ」とセバスチャンはいった。掘削機はとまっていた。リンディが浅い穴の上にかがみこんで棺のへりをさぐる。「地下室に。ヘルメスの瓶ヴァイタリウムの地下室にね」セバスチャンとサイン医師とフェイン牧師の三人は、朽ちかかったしめっぽい棺を引きあげるリンディに手をかした。

「宗教的な見地からいえば」とフェイン牧師は、リンディが手ぎわよく棺の蓋のねじを開けるのを眺めながらいった。「これは神の道徳律に反するものです。再生は月満ちて生ずるべきもの。わたしたちのなかでも、ことにあなたは知っているはずです——自分で体験したのですから」

牧師はミスター・ハロルド・ニュウカムのために祈りを捧げるべく聖書を開いた。「今日は伝道之書の一節です。『汝の糧食《かて》を水の上に投げよ、多くの日の後に汝ふたたび之《これ》を得ん』」牧師はセバスチャンに厳しい視線を投げ、ふたたび読みついだ。

ほかのものにそれぞれの仕事をまかせると、セバスチャンは、例によって墓地を歩きまわりながら、切ない思いで耳をすませる——だが今日は、この前のように問題の墓へ知らず知らずひきよせられていた。トマス・ピークの大理石の墓石へと。彼はそこからはなれることができなかった。

みんなのいうとおりだと思った。サイン医師やフェイン牧師がいうとおり、これは医学的には危険、法律的には違法なのだ。単に神の掟にそむくばかりでなく、民法上も明らかな違反だ。そんなことは百も承知している。わざわざ教えてもらわなくとも。みんなわたしの使用人ではないか、だのにわたしの肩をもってくれるものはだれもいない、と彼は重苦しい気持で考えた。

ロッタなら、わたしを支持してくれるだろう。それは、いつでもあてにできる、妻の支持は。妻なら理解してくれるだろう。ピークを掘らないでおくという危険をおかすことはできない。ここにピークをおいておくことは、レイ・ロバーツの親衛隊をピーク殺害に招くようなものだ。これは、うまい口実だ、と彼は自嘲的に思った。わたしの行為を正当化できる、教祖の安全をはかるためだといえば。

それにしてもレイ・ロバーツはどれほど危険な人物なのだろう。まだよくわからない。いまだに新聞記事が頼りだ。

彼はエアカーに戻ると、自宅の番号をまわした。

「もしもし」ロッタの少女のような声がひびいた。ビドフォンにおびえているのだ。彼を見て微笑した。「またお仕事ね？」彼のうしろに墓地が見える。「値うちものだといいけれど？」

セバスチャンはいった。「お聞き、ハニイ——きみにこんなことを頼むのはいやなんだが、わたしがやるひまがないのでね。みんな、いまの仕事にかかりきりなんだ。このあとには——」彼はいいよどんだ。「もうひとり、待っていなくちゃならないのがあるんだよ」それがだれであるか、彼はいわなかった。

「なにをすればいいの？」ロッタは小首をかしげる。

「図書館でもう一度調べものをしてもらいたいんだよ」

「ああ」ロッタは——どうやら——狼狽をかくしおおせた。「ええ、いいわ」

「こんどはレイ・ロバーツについて知りたいんだ」

「調べてみるわ、できるかぎり」

「なんで、できるかぎりなんていうんだ？」

ロッタは答えた。「あの――あそこへいくと、なんだか不安になるの」

「だろうね」と彼はいいながら、自分が妻に対して非情な仕打ちをしているのだと思った。

「でも、あと一度ぐらいならなんとかできると思うわ」ロッタはしおしおとうなずいた。

「おぼえておき、しっかりとおぼえておき。あの怪物のメイヴィス・マクガイアには近づくな」もしできればね、彼は心のなかでそういった。

　ロッタはふいに顔を輝かせた。「そうだわ、ジョウ・ティンベイン巡査が、レイ・ロバーツの調査をしたばかりよ。きっとあのひとに教えてもらえるわ」ロッタの顔は、このうえなく幸せそうな安堵の色をうかべた。「そうすれば、あそこへ行かなくてすむわね」

「そりゃいい」とセバスチャンはいった。もちろん、いいとも。理の当然だ、ロサンゼルス警察がロバーツを調べるというのは。いずれロバーツは、彼らの管轄内にやってくる。ティンベイン巡査はおそらく、図書館にあるかぎりの情報を入手したにちがいない、厳しいことをいえば彼なら――そんなことがあってはならないが、確実に――ロッタよりはるかにましな仕事ができたにちがいない。

　ビドフォンを切りながら彼は思った。ねがわくはロッタがジョウ・ティンベインをうまく捕まえてくれますようにと。だがおそらく捕まらないだろう。警察が目下多忙をきわめているのは明らかだ。ティンベイン巡査も任務に忙殺されているだろう。

ロッタが悪運に見舞われるような予感がした、それもごく間近に、大きな悪運に。そう思うと、彼はたじろいだ。ロッタのかわりに彼は感じた。

そしてますます罪の意識をおぼえた。

彼は掘りかえされた墓穴のまわりにいる使用人たちのもとへひきかえした。「まずそれを終えてしまおう。そして大事なほうにとりかかろうじゃないか」彼はもうはっきりと心をきめていた。彼らも、ここまで来たからには、ピークの死体を掘りだしたいと思っているだろう。

そうすることで、あとあと悔いがのこらねばよいがと彼は思った。しかし後悔するという予感はひしひしと感じられた。

とはいうものの――少なくとも彼にとっては――そうすることが最善の策と思われた。その確信はふりはらえなかった。

7

わたしとあなたは、論じあうとき、おたがいのなかに存在する。それはなぜかというと、わたしが、あなたの理解していることを理解するとき、わたしはあなたの理解力となり、あるいわくいいがたい形で、あなたのなかに存在しはじめるからである。

――エリウゲナ

移動パトロール・カーで巡回中のジョウゼフ・ティンベイン巡査は警察の無線の呼び出しを聞いた。「ロッタ・ヘルメスとかいうひとがきみと連絡をとりたいそうだ。公用か？」

「はい」彼はとっさに嘘をついた。ほかにどういえばよかっただろう。「オーケー、すぐ連絡します。番号はわかっていますから、どうも」

勤務の終わる四時まで待って、それから制服を脱いで公衆ビドフォンのボックスから彼女を呼びだした。

「連絡がついてほっとしたわ」とロッタがいった。「聞いてちょうだい。ユーディ教の教主のレイ・ロバーツの資料をできるかぎり集めなくてはならないの。今日、あなたが図書館で彼のことを調べていたでしょう、だからあなたに聞けば、図書館に戻らずにすむと思ったの」ロッタは哀願するように彼を見つめた。「今日あそこへ行ってきたばかりだし、もうあそこには行けないわ、とても恐ろしくて。みんながじろじろ見るのに、平気な顔していなくちゃならないなんて」

ティンベインはいった。「ソウガムを少々やりましょう。サムのソウガム・パレスで。どこか知ってますね。来られますか?」

「じゃあレイ・ロバーツのことをすっかり教えてもらえるかしら? もう時間もおそいし、図書館はもうじきしまってしまうし。それに、あたし、とても――」

「必要なことはみんな教えてあげます」とティンベインはいった。そのほかにもいろいろと、と彼は心のなかでいった。

ビドフォンを切るとすぐに、ヴァインにあるサムのソウガム・パレスへむかって飛びたった。ロッタはまだ来ていなかった。奥まったブースの、表のドアの見える位置に陣どった。ほどなく彼女はぶかぶかの冬用のコートを着こんであらわれた。目は不安そうに翳《かげ》っている。ちらりとあたりを見まわし、おずおずとパレスのなかに入ってきたが、彼に気づかず、まだ来ていないのではないかと心配している。彼は立ちあがり、手をふってみせた。

「ちゃんとメモしようと思って紙とペンをもってきたの」彼女は息をきらせながら向かい側に腰をおろした、彼が見つかってとてもうれしいとでもいうように……ふたりが同じ場所に、ほぼ同じ時間にあらわれたことが、まるで奇蹟か、天の配剤とでもいうように。

「なぜ、こんなところに来てもらったか、なぜ奥さんとさしむかいで話したいと思ったか、おわかりですか？」と彼はいった。「奥さんに惚れちゃったからです」

「あら、たいへん」と彼女はいった。「それじゃ、あたし、図書館へ行かないと」彼女はペンと紙とバッグをつかむなり、さっと立ちあがった。

彼も立ちあがって、ロッタを安心させた。「だからといってレイ・ロバーツの資料をもってないとか、教えないというわけじゃないんです。すわって、落ちついて。だいじょうぶ。ただ、奥さんに、じかにいうべきだと思っただけで」

「なぜあたしのような女に惚れたりするの？」ロッタは腰をおろしながらいった。「こんなひどい女に。それに結婚しているし」

「ひどいだなんてとんでもない。結婚はつくりごとで、こわれるもんです。結婚なんて、共同経営みたいな契約ですよ。はじめがあれば終わりありで。ぼくだって結婚しているんだ」

「そうね。あなたはいつも、奥さんが意地悪だってこぼしていたから。でもあたしはセブを愛しているの。セブはあたしの生命《いのち》だわ。とても責任感の強いひとなの」ロッタは彼を凝視した。「あなた、ほんとうにあたしに惚れたというの？　ほんとうに？　お世辞なんでしょう」ともあれ彼女はそれで気が楽になったようだ。それで強気になったようだった。

「じゃ、あのいやらしいレイ・ロバーツのことを教えてくださらない。彼はほんとうに新聞に書いてあるような悪人？　主人がなぜ彼の情報をほしがっているかご存じ？　話してもかまわないわね。あなたはもう、あたしがいってはならない秘密を知っているんですもの。主人がロバーツの情報をほしがる理由は――」

「知っていますよ」とティンベイン巡査はいうと、手をのばして彼女の手に触れた。相手はすっと手をひいた。「つまりぼくたちはみんな、ピーク再生に対するロバーツの反応を知りたがっているわけですよ。しかしこれは警察の管轄なんだ。ピークが老生者になれば、彼を庇護するのは自動的に警察の役目になるんですから。もしぼくの上司が、おたくのヴァイタリウムがピークの死体を見つけたことを知れば、すぐにピークを掘りだすための人員を送りますよ」彼は口をつぐんだ。「そういうことになれば、おたくのご主人は甚大な損失をこうむることになる。ぼくはゴアに喋りませんでしたよ、この件については。ジョージ・ゴアはぼくの上司です。話すべきだったかもしれない」彼は一息ついてロッタを注視した。

「ありがとう、だまっていてくださって」とロッタはいった。

「しかし話すべきなのかもしれない」と彼はいった。

「図書館では、あなた、こういったわ、わたしはあなたになにもいわなかったって、ぼくになにもいうなと、警察官という立場では、あたしからなにも聞かなかったということよね。もしあなたがゴアに話すというなら――」彼女はしきりにまばたきをした。「うちのひとには、あなたがどうやって嗅ぎつけたかわかるわね。そしてあたしがたいそう愚かものだということもね。あたしはいつでもそうなの。愚かものはいつもあたしなの」

「そんなことはないですよ。あなたはひとをだませるような性分じゃない。あなたは心にうかんだままを口にだしていう、ごくノーマルで自然なことだ。あなたはえらい。そしてとてもきれいだ。ぼくはあなたの率直さをかうな。でもこれだけはたしかですね、あなたのご主人が頭にくるだろうということは」

「あたし、きっと離婚されるわ。そしたらあなた、奥さまと離婚して、あたしと結婚できるわね」

彼はぎょっとした。冗談をいっているのか？　わからない。ロッタ・ヘルメスというひとは深い河のようにはかりしれない。「妙なことになったな」と彼は用心深くいった。

「妙ってなにが？」

「あなたが、いまいったことだ。ぼくらが結婚するだなんて！」

「でもあなたがゴアに話さなければ、結婚しなくてもすむわね」ロッタは意気ごんでいった。

彼は明らかに先手をうたれたのだ。「そうですね」と彼はいった。ある意味では筋が通っている。

「どうかゴアに話さないで、おねがい」哀願口調だが、どことなくいらだちが感じられる。いずれにしろ、彼女が指摘したように、自分は——公式には——彼女の話を聞かなかったことにしているわけだから。「あなたとあたしが相性がいいとは思えないわ。あたしには、よりかかれるような年上のひとが必要なのよ。あたしってとても甘えん坊なの。あたしはこれ以上成長しないんだもの。あのいまいましいホバート位相《フェーズ》のおかげで、毎日毎日、それが真実だということを思いしらされているの」彼女は紙をペン先でしきりにひっかいている。「先のことを考えるといやになるの。子供なんて。赤ん坊になって、無力になって、ただ待つだけ。あたしもっとおとなっぽくなろうと毎日努力しているの。四六時中、そうして闘っているのよ、ご婦人がたが、老けることや中年になることや太ることや皺がふえることなんかと闘っているのと同じように。あたしはそういう心配はしなくていいの。でもセバスチャンは、あたしが子供になっても、まだ大人なの。だからいいのよ。あたしのお父さんになってあたしを守ってくれるから。でもあなたはあたしとおない年。あたしたち、いっしょに子供になっていくのよ、それにどんな利益があるの？」

「たいしてありませんね」彼はうなずいた。「でも聞いてください。ぼくはあなたと取引きをしようと思う。レイ・ロバーツの資料は提供しましょう、それからピーク教祖の死体が、おたくのヴァイタリウムにあることはゴアには話しません。あなたがぼくに話したことは、ご主人には知れずにすみますよ」

「ふたりに喋ったでしょ。あの図書館員にも」とロッタは訂正した。

「ぼくの取引き。聞きたいですか？」

「ええ」ロッタはすなおにいった。

彼はその言葉にとびつくように一気にいってのけた。「あなたの愛情をぼくにもわけてくれませんか？」

ロッタは笑った。あどけない様子で。しかしその笑いはまったく不可解だった。自分がどこに立っているのか、自分がなにを――もしなにかがあるとするなら――なしとげたのか、さっぱりわからなかった。彼は意気阻喪した。ロッタのあどけなさ、未熟さなどにもかかわらず、この対話の主導権をにぎっているのは彼女のほうだったからだ。

「それはどういう意味？」とロッタは訊いた。

おれと寝るってことさ、と彼は心のなかで思った。だが口ではこういった。「ときどきこんなふうに逢いたいな。おたがいを知るために。外でね、昼がいいな。ぼくのほうは勤務時間を変えられるから」

「セバスチャンが店へいっているあいだにという意味なの？」

「そう」と彼はうなずいた。

驚いたことに彼女は泣きだした。涙がとめどなく頬をしたたりおちるのに、拭こうともしない。子供のように泣きじゃくる。

「どうしたんです？」と訊きながら彼は、思わずハンカチをとりだし、ロッタの目にそっと押しあてた。

ロッタは息をつまらせながらいった。「思ったとおりよ、図書館へ行けばよかった。く《フー》そ《ド》」彼女は立ちあがり、ペンと紙とバッグを手にとると、テーブルをはなれた。「あなたにはわかっていないのよ」とやや冷静をとりもどした口調で、「あなたがあたしにどんな仕打ちをしたか。あなたとセブと、ふたりで。きょう二度もあそこへ行かせるなんて。どんなことになるか、あたしにはわかっているわ。こんどは、マクガイアさんに会いますよ。あなたがアップルフォードさんに会わせてくれなかったら、この前だってそうするつもりだったんですからね」

「また彼を探せばいい。彼のオフィスの場所、わかっているでしょう。オフィスへ行くといい。この前ぼくが連れていってあげたでしょ」

「いいえ」ロッタはものうそうに首をふった。「そうはいかないと思うわ。あのひと、きっとソウガムをやりにいったか、仕事じまいをしたか、どちらかよ」

彼はロッタの後ろ姿を見送った。ひどい空しさに襲われて、いうべき言葉も思いうかばなかった。ロッタのいうとおりだ。おれは彼女を、窮地に追いこもうとしている。彼女が直面しえない事態に、直面しえない人間にあえて直面させようとしている。おれたちふたりが、セバスチャン・ヘルメスとおれが、そうしたのだ。彼だって自分で行けば行けたはずだ、おれだって情報をあたえてやればよかった。だが彼は行かなかったし、おれも、見返りなしであたえるのはいやだった。なんてこった、と彼は思った、そして自分を憎んだ。おれはなんということをしたんだ。

　おれは彼女に愛しているといった。セバスチャンもそういうだろう。彼もロッタを〝愛している〟のだ。

　ロッタが見えなくなるまでその場に立っていて、それから、ソウガム・パレスの向こうすみにある公衆ビドフォンへ足早に歩みよった。図書館の番号を探してダイヤルした。

「市民特殊図書館です」

「ダグ・アップルフォードさんをおねがいします」

「申しわけありません」と交換嬢はいった。「アップルフォードさんはもうお帰りになりました。マクガイア館長におつなぎしましょうか？」

　彼はビドフォンを切った。

　メイヴィス・マクガイア館長は、読みさしの書類から目をあげ、机の前に立っている長い茶褐色の髪の、おびえたような目をした若い女を見た。仕事を中断されていらいらしながら彼女はいった。「はい？　なんでしょう？」

「レイ・ロバーツに関する資料がおありでしたら貸していただきたいのですが」女の顔は蠟のように白く、切り口上だった。

「レイ・ロバーツに関する資料ね」とマクガイア館長は、あざけるようにいった。「なるほど。さていまは――」彼女は腕の時計をちらりと眺めた。「五時半。閉館三十分前。そしてあなたは、わたしに資料をそろえろっていうのね。なにもかもきちんとそろえてよこせというのね。それであなたがすることは、そこにすわって、それを読むだけか」

「ええ」女は消えいりそうにいった。ほとんど唇を動かさずに。

「あなた、わたしが何者か、どんな仕事をしているかご存じ？　わたしはここの館長。部下はほぼ百人はいる、そのうちのだれかが、あなたの頼みをきいてくれるはずよ――もう少し早い時間にくれば」

　女は小声でいった。「あなたにおねがいするようにといわれました。入口の机の前にいる方が。アップルフォードさんをおねがいしたんですが、もうお帰りになったあとで。この前うかがったときも、あの方にお世話になりました」

「あなた、ロサンゼルス市から来たの？　なにかの市民団体の方？」

「いいえ。ヘルメスの瓶ヴァイタリウム商会のものです」

マクガイア館長は耳ざわりな声でいった。

「ミスター・ロバーツが死んだの？」

「そんなこと――ないと思います。あたし、帰ったほうがよさそうですね」女は背中をまるめ、病気で足の悪い小鳥のように立ちあがった。「すみませんでした……」声が消えた。

「ちょっとお待ちなさい」マクガイア館長は彼女をよびもどした。「こっちを向いて。だれかがあんたをここへよこしたのね。おたくのヴァイタリウムがあんたをここへよこしたのね。とすると、あんたは、資料源としてこの図書館を使う権利が法律的にある。ここで資料を探す権利が完全にあります。奥の部屋へいらっしゃい。わたしのあとについてきて」彼女は立ちあがり、きびきびした足どりで部屋をふたつ通りぬけ、自分の私室へ女を導いた。机の前にすわると、インタコムのボタンを押してこういった。「手のあいている消去局員がいたら、ここへよこして」

彼女は女と向かいあった。この女を外へ出すわけにはいかない、なぜ彼女が、レイ・ロバーツの資料を探すようにヴァイタリウムに命じられたのか明らかになるまでは。

わたしが彼女から聞きだせなくとも、消去局の局員が聞きだしてくれるだろう。

8

物質は（それがとる形態は別として）、同じく目に見えぬ、そのうえ漠としたものである。

——エリウゲナ

ヘルメスの瓶ヴァイタリウムの作業場ではいましもサイン医師が、トマス・ピーク教祖の死体の、立派とはいえない浅黒い胸に聴診器をあてて一心に耳をすませているところだった。

「なにか？」とセバスチャンは訊いた。ひどい緊張感をおぼえていた。

「いまのところはなにも。しかしこの段階では、しばしば起伏があるものでね。いまが、生死のわかれ目だな、この時期が。あらゆる細胞が甦り、機能を回復したが、しかし——」サインは身ぶりをした。「待った。聞こえたかな？」彼は、脈搏と呼吸と脳波などを自動的に記録する装置をちらりと見やった。どれも波のない平らな線を描きつづけている。

「死体は死体でさ」ボブ・リンディが素気なくいった。彼はその表情で、この件についての悲観的見解を明らかにした。「死人は死んでいるんですよ。それが教祖であろうとなかろうと、再生するまであと五分であろうと五世紀であろうとね」

セバスチャンが、紙片に書かれた文字を読みあげた。「『シック・イギツール・マグニ・クオクエ・キルクム・モエニア・ムンディ・エクスプグナータ・ダブント・ラベム・プトレスクエ・ルイナス』最後のプトレスクエ・ルイナスという言葉が鍵だ」

「なんだね、それは？」サイン医師が訊いた。

「墓碑銘。うつしてきたんですよ。ピークにささげる墓碑銘」彼は死体を顎でしゃくった。

「わたしのラテン語も、医学用語のほかはあてにならない。腐敗と荒廃という言葉はわかるが。もっとも彼はそのようには見えないがね」とサイン医師はいった。彼とリンディとセバスチャンの三人は無言でしばらく死体を見守った。小柄な体だが、損傷はなく、いままさに甦ろうとしている。甦ることを妨げているのはなんだろうとセバスチャンは思った。

フェイン牧師がいった。「なにものも永続はしない、万物は流転する。粒子が粒子に密着する――物体はそのようにして成長する、われわれが、その物体の存在を知り、名づけるまで。しかるのちその物体は徐々に溶解し、もはやわれわれの知らぬ物質となる」

「そりゃなんですか？」とセバスチャンは牧師に訊いた。聖書からの引用には聞こえなかった。

「教祖の墓碑銘の意味です。ティトス・ルクレティウス・カルス――『デ・レルム・ナチュラ（物の本性について）』を書いたルクレティウス。知りませんか、セブ？」

「いや」とセバスチャンはいった。

「そいつをさかさに読めば、生きかえるかもしれないな。ほんと、そうしたほうがいいかもしれませんぜ」リンディが皮肉な口調でいった。彼は敵意をまっすぐにセバスチャンに向けた。「おれは、死体を生きかえらせるなんてことはごめんだな。地面の下のお棺のなかに閉じこめられている生きてる人間の声を聞いて、掘りあげるのとはまるきりわけがちがうもんな」

「そのちがいは」とセバスチャンはいった。「時間だけだよ、数日か数時間、数分か。おまえさんは、そのことを考えたがらないだけだ」

　リンディは居丈高《いたけだか》にいった。「自分が死人だったときのことを、しじゅう思いだしているんですかい、セブ？　考えることがありますかね？　そのことを考えるかね？」

「考えることなんかなにもない。死後には意識がないんだから。わたしは病院を出てから棺に入って、棺のなかで目がさめた」彼はつけくわえた。「それなら思いだすし、考えることもあるよ」とセバスチャンはいった。結局そのせいでいまだに閉所恐怖症なのだ。多くの老生者がそうだった。それは彼らに共通した精神的疾患なのだ。

「あのう」遠くで見守っていたシェリル・ヴェイルが声をかけた。「それは神様と来世を否定するものじゃないですか。あなたがいまおっしゃったことですが、セブ、死後になんの意識もないというのは」

「子宮の記憶の欠如が仏教を否定するのと似たりよったりさ」とセバスチャンがいった。

「たしかに」とＲ・Ｃ・バックレイが口をはさんだ。「老生者が、思いだせないからといって、なにも起こらなかったというのは。朝、目がさめて、夜じゅういろんな夢を見たことはおぼえているのに、どんな夢だったかまるで思いだせないなんてことはよくありますからね」

「わたしもときどき夢を見るよ」とセバスチャンがいった。

「どんな夢？」とボブ・リンディが訊く。

「森のような」

「それだけ？」とリンディが訊く。

「もうひとつ」とセバスチャンはいいよどんでから、こういった。「脈うっている黒い実在、巨大な心臓のように脈うっている。轟くばかりに、どくん、どくんと、上がったり下がったり、出たり入ったり。そしてとても怒っている。わたしのなかの、そいつがよくないと思う部分を焼きつくす……それはわたしのほとんどすべてみたいなんだ」

「ディエス・イラエ。怒りの日」とフェイン牧師がいった。牧師は驚く様子もない。セバスチャンはこのことについては、牧師とすでに話しあっていた。

セバスチャンは言葉をついだ。「そしてわたしのほうの感覚はとても敏感なんだよ。まさしく生きているんだ。たとえるならば――われわれは死んでいる肉塊にひそむ生命の火花で、その火花が動きまわり、喋り、行動する。だがその火花には完全な意識がある。目や耳が感じとるのではない、ただ意識をもっている」

「パラノイア」サイン医師がつぶやく。「見られているという意識」

「それはなんであなたのことを怒っているんですか？」とシェリルが訊く。

彼はじっと考え、そして答えた。「わたしが小さくなかったから」

「小さくなかった」ボブ・リンディがいまいましそうにくりかえした。「くそうっ《フード》」

「そのとおりなんだ。わたしは現実では、自分の認識より、はるかに小さい存在なんだ。もしくは認めていたよりもね。自分は、大きな野望をもったもっと大きな存在だと思いたがっていた」教祖の死体を掘りだしてきたようにね、と彼は苦々しさを噛みしめる。そして大金に換えようとたくらんでいる。これは一例だ、完璧な一例。彼は学んではいなかった。

「なぜそれは、あなたが小さいことを望むんですか？」シェリルがしつこく訊く。

「それが真実だからさ。事実だからさ。わたしはその事実に直面しなければならないんだ」

「なぜですか？」とリンディがしつこく訊く。「それはなんで、あなたが小さいことを望むんですかね？」

「最終審判の日にそうなるんです」Ｒ・Ｃ・バックレイが哲学者めいた口調でいった。「それは、あなたがそれまで避けていたあらゆる現実に直面しなければならない日なんですよ。つまりね、われわれはみんな自分に嘘をついている。われわれは、他人に嘘をつくが、それよりもっと多くの嘘を自分についているんです」

「そうだな」とセバスチャンはいった。いいえている。「説明するのはむずかしいがね」と彼はいった。ピーク教祖を甦らせることができたら、これについて語らせればおもしろいだろう。きっといろいろなことを知っているだろう。「あの方は——神は、われわれが、自分のなすことすべて、神の御心のままだということを悟るまでは、助けることはできないのさ」

「信仰の糧食《かて》」とリンディが吐き出すようにいった。

「だが考えてごらん」とセバスチャンはいった。「文字どおりに。わたしが手をあげる」セバスチャンは手をあげた。「わたしは、自分がそうしている、あるいは自分はそうすることができると思っている。だがこれは、わたしが受けついだ、わたしが入りこんだ、複雑で生化学的な生理学的な仕組みがしていることなんだ。しかもわたしがこしらえたものじゃない。脳の片側にできた血のかたまり、鉛筆の頭についている消しゴムぐらいの血のかたまり、たったそれだけのもので、わたしは手を二度とあげることができず、足も体も動かせなかった」

「そこであんたは降参したんだな、あのお方に」とボブ・リンディがいった。セバスチャンはいった。「神は、あんたがそれに向きあえば、助けてくださる。ただ向きあうことはとてもむずかしい。なぜかというとそれに向きあったとき、あんたは存在することをやめるからだ、ほとんどね。あんたはほとんど無に近いところまで縮んでしまう」だが完全にではない、実在するなにかが残る。

「『神は日ごと悪《あ》しきものを怒りたまう』」とフェイン牧師がいった。

「わたしは悪しきものではなかった。ただ無知だった。最後に真実に対決することが必要だった。そうやって――」彼はいいよどんだ。「神のみもとに帰ることができた」と彼はきっぱりといった。「わたしの属するところへ。そして自分の一生のうちにしたことの十分の九は、実は神がなされたのだということを悟った。神がわたしの肉体を通して行動なさるあいだ、わたしは単なる傍観者だった」

「あんた、いいことばかりしてきたんですかね？」とリンディが訊いた。

「あらゆることをした。善も悪も」

「邪論です」とフェイン牧師がいった。

「そうかな？」セバスチャンはいった。「これは真実だ。いいですか、牧師さん、わたしはあそこにいたんだ。自分の信念を、信条をまくしたてているんじゃない。あるがままを述べているんですよ」

サイン医師がいった。「心臓の細動をキャッチした。不整脈、心房細動、おそらくこれが直接の死因だな。さいわい、その段階に戻っている。運がよければ、正常な脈搏になるだろう、このプロセスが順調に続くならば」

シェリル・ヴェイルがなおもしつこく神学論を吹きかけてくる。「神様はなぜ、あたしたちに、自分が無意味なものであると感じさせることをお望みになるのか、あたしにはわかりません。神様はあたしたちを愛していないんですか？」

「静かに」サイン医師が早口にいった。

「われわれは小さくなければならないんだ」とセバスチャンがいった。「小さいからこそこれほど多くの人間が存在できるんだよ。何十億、何百億という人間が生きていられる。もしわれわれのうちのひとりが大きく、神様と同じ大きさだとしたら、いったいどれほどの人間が存在できるだろう？　これはすべての潜在的な魂が存在しうる唯一の方法で――

――」

「生きかえったぞ」サイン医師がいった。見るからにぐったりとした様子。「うまくいった。殺さずにすんだよ」彼はセバスチャンを見てかすかに笑った。「あんたの賭けは引きあうね。われわれは生きているものを手にいれた。その生きているものとは、トマス・ピーク教祖なんだ」

「さあ、どうするんで？」とリンディがいった。

「さあて、おれたちは大金持だ」R・C・バックレイは有頂天《うちょうてん》だった。「とにかく、いまだかつてない高値の物件を、当店のカタログに加えたわけですからね」と彼は気負いたち、にんまりと笑った。販売担当の目はくるくるとせわしなく動く。「さあて、やりますか。目下イタリアから引き合いがきてますがね。いまのところそれだけですが、いずれ競り上げてくるでしょう。そこが肝心なところですよ、どんどん競り上げていくだろうから」

「わあ。みんなで、ちょっとソウガムやりましょうよ。前祝いに」シェリル・ヴェイルがいった。これなら彼女にも理解できた。神学論争には面くらったけど、これならいい。バックレイと同じように、彼女には良識が、経験豊かな合理性があった。

「ソウガムをやりにいこう」とセバスチャンがいった。「ソウガム・タイムだ」

「さあ、ピークを手にいれた」とリンディがいった。「あとはただ、だれにそいつを売りこむかだな」彼は遠慮なく顔をしかめた。

「たぶん」とセバスチャンはいった。「本人にきめさせることになるだろう」これについてはまだ話しあっていない。教祖は、死体のあいだは単に物体、商品にすぎない。だがいまや人間として彼らの前にあらわれたのだ。もっとも法的には、ヴァイタリウムの資産……商売上の物件だが。

「彼は洞察力の鋭い人物だった——おっと、だったじゃない、である、だな」とセバスチャンはいった。「レイ・ロバーツについても図書館の資料にはないようなことを教えてくれるかもしれない」ロッタはまだ戻っていなかった。それに気づくと、なにかあったのだと不安になった。なにがあったのだろう……由々しいことか……不安は、心の底でくすぶりつづけた。教祖という緊急の問題がひかえているというのに。

「病院へ運びますか？」とバックレイが訊く。

「いや」セバスチャンは腹をきめた。それは危険すぎる。サイン医師が、この場所で医学的な処置をとればいい。

サイン医師がいった。「もうじき意識をとりもどす。再生のプロセスが異常に早い。ということは死が急速にやってきたということだが」

セバスチャンは教祖の上にかがみこみ、しげしげと眺めた、小づくりな浅黒い皺だらけの顔を眺めた。それはもうたしかに生きている顔だった。変化の烈しさに彼はたじろいだ。不活性の細胞がふたたび活動をはじめるのを見るのは……これこそ真の奇蹟だ、と彼は思った。もっとも偉大なる奇蹟。復活。

目が開いた。教祖はセバスチャンを見あげた。胸は規則正しい起伏をくりかえしている。表情は穏やかだ。この状態で彼は死んだのだとセバスチャンは確信した。彼の天職にふさわしい臨終だとセバスチャンは思った。教祖はソクラテスのごとく死んだ、なにものも憎まず、なにものも恐れず。セバスチャンは感動した。考えてみると彼をはじめヘルメスの瓶ヴァイタリウム商会の使用人たちは、この瞬間はつねに見のがしているわけだ。これこそ、発掘以前の、蘇生以前のものだ。墓穴の不気味な空虚のなかでおこることなのだ。

「きっとありがたいことをおっしゃるだろうな」とリンディがいう。

瞳孔が動いた。不活性であった人間が、いまふたたび生命を吹きこまれ一座のものたちをひとりひとり見ている。目玉はきょろきょろ動くのに、顔全体の表情、顔のすみずみの表情はまったく動かない。まるで監視機械を復活させたようだ、とセバスチャンは思った。彼はなにを記憶しているのだろう？　わたしよりたくさんのことを記憶しているだろうか。そうであってほしいし、またそうあってしかるべきだ。彼の天職を思えば、より鋭敏であろうから。

乾き、ひびわれ、黒ずんだ唇が動く。教祖は、風のさやぐようなかすかな声でいった。

「わたしは神を見た。きみらは疑うか？」

一瞬沈黙がおちた。驚いたことに、まず口を切ったのはR・C・バックレイだった。

「あなたはお疑いになるというのですか？」

「わたしは全能の御方を見た」と教祖はいった。

「御手《みて》は山上におかれたり」とバックレイがいった。口をつぐみ懸命に思いだそうとしている。みんな彼を注視した。教祖も彼を見つめ、彼の言葉を待っている。「そして世界を眺めたまえり」ようやくバックレイがいった。「世界のすべてを」

「きみらがいまわたしを見ているより、もっとはっきりとあの御方を見たのだ。ゆめ疑ってはならぬ」と教祖はかすれ声でいった。

「いまのはなんだね？」とボブ・リンディがバックレイに訊いた。

「アイルランドの古い詩さ。ぼくはアイルランド人だからね。ジェイムズ・スティーヴンズの詩かな。ぼくの記憶によれば」

教祖は前よりもしっかりした声でいった。「神は満足されておられなかった。神は満ちたりぬ気《け》色《しき》であられた」彼は目を閉じ、息をついた。サイン医師が鼓動を聴き、諸器官の機能を示す計器の針をチェックした。「神は御手をおあげになった」教祖はかすかにいった。ふたたび死へと消えいるかのように。「おそばへ参ります、とわたしはいった。そしてわたしはその場から一歩も動かない」

「神はいいたまう、いとしごよ、汝は死せり。しこうして御手をとどめたまえり」とバックレイがいった。

「そうだ」と教祖はうなずく。安らかな表情だった。「わたしは忘れたくない。あの御方は御手をとどめたまうた。わたしのために」

リンディがいった。「あんたはなにか特別のものだったのかね？」

「いいや。なにかとても小さいものだった」と教祖は答えた。

「小さい」セバスチャンはおうむがえしにいってうなずいた。それは自分もようやくおぼえている。ひどくちっぽけな、万物のなかのもっとも微細な粒子。そしていま思いだす、神の満ちたりぬ気色、さしあげられた御手……そしてとどめられた御手、それは彼がなにかいったからだ。教祖の言葉、バックレイの言葉が、彼の記憶の埋れた部分を甦らせてくれた。あの怒れる御手、ふりあげられた恐ろしい御手。

「あの方は仰せられた、汝死せりと」教祖はいった。

「そう、そのとおりですよ」リンディは率直にいった。「だから、ここにいるんだ、そうだね」セバスチャンのほうをちらりと見たが、感銘をうけた様子はまったくなかった。

「ところで、おまえさんはどうだった」彼はバックレイにいった。「あんたもいっしょだったのかい？ どうしてそんなにいろんなこと知っているんだ？」

「詩だよ！」バックレイはいきりたった。「子供のころからおぼえていた。けろり、忘れていたんだ」彼は不安そうな様子だった。「がきのころに強い感銘をうけたんですよ。しまいまで思いだせないけれど、このひとの言葉で――」と教祖を身ぶりで示し、「ほとんど思いだしましたよ」

セバスチャンは教祖にいった。「そのとおりでしたよ。ようやく思いだしました」そしてもっともっとたくさんのことを彼は思いだしたのだった。それらをふるいにかけて消化するには長い時間がかかるだろう。サイン医師に彼はいった。「先生、このお方に適当な治療をほどこせますか？　病院に運ばずにすませられますかね？」

「やってみるか」サイン医師はあいまいにいった。彼は計器の目盛りを読み、脈搏を調べる作業をつづけた。脈搏がことに気にかかるらしい。「アドレナリン」というと、鞄に手をつっこんで、手早く注射の準備をした。

「すると、R・C・バックレイさんは」とボブ・リンディがいった。「腕こきのセールスマンさんは、詩人ってわけか」軽蔑と不信のいりまじった声音《こわね》だった。

「やめなさいよ」とシェリル・ヴェイルが鋭くいった。

セバスチャンはふたたび教祖の上にかがみこんだ。「いまどこにいるかおわかりになりますか？」

「医療施設だろう。病院ではないようだ」教祖はかすかに答えた。目がふたたびせわしく動く、幼児のように純で邪気のない好奇心をうかべて。いぶかしそうに。そして目に映るものをすなおに受けいれた。「あんたたちはわたしの友人か？」

「そうです」とセバスチャンが答える。

ボブ・リンディは、慣例に従い、老生者には、ふだんの調子で話しかける。いまも早口に教祖にむかって喋りだした。

「あんた、死んでいたんですよ。二十年ばかり前に死んでね。あんたが死んでいるあいだに、時間のやつがおかしくなってね。時間がひっくりかえっちまったんだな。だからあんたも、戻ってきたのさ。どんなもんですかね？」腰をかがめ、大きな声で、外国人にいうように喋る。「ご感想は？」彼は待ったが、応答はない。「これからまたあんたの一生をくりかえすのさ、こんどは逆に子供に戻って、赤ん坊に戻って、しまいにゃ、子宮に入るんだ」そして慰め顔でつけくわえて、「だけど、おれたちもみんなそうなるんだ、一度死のうが死ぬまいが」そしてセバスチャンを指さし、「このひとも一度死んだんだよ。あんたと同じさ」

　教祖はいった。「するとアレックス・ホバートは正しかったのだね。彼の説を信じるものたちがおって、わたしが甦ることを期待していた」彼は微笑をうかべた。無邪気な、ひたむきな微笑。「わたしは、なんと仰々しいことを考えるかと思っていた。あのひとたちはまだ生きているだろうか？」

「生きてますとも」とリンディがいった。「さもなきゃもうじき生きかえるところかもしれない。わかるかな？　もしあんたがこの世に戻ってきたことになにか意味があるなんて考えるとしたら、そりゃまちがいだぜ。つまり、これには宗教的な意味なんてもんはないんだ。単なる自然現象だからね、いまじゃ」

「たとえそうであっても、彼らは喜ぶだろう。連絡をしてきたものはなかったか？　名前ならよろこんで教えよう」彼はふたたび目を閉じた。しばらく苦しそうな息づかいがつづいた。

「もっと体のほうがしっかりしてからだ」とサイン医師がいった。

「家族に知らせるべきですな」とフェイン牧師がいった。

「むろんです」セバスチャンはいらだたしそうにいった。「それがしきたりです。いつもそうしていますよ」しかしこれは例外だ。みんなそれは承知のはずだ、むろん教祖を除いては。教祖は、ふたたび生きかえった至福のよろこびにひたりつつ、近しかった人々の上に、頼られ頼っていた人々の上に思いを馳せている。めでたい再会だ、と彼は思った。来世ではなく現世で再会するとは。皮肉なことだ……ここ、カリフォルニアはロサンゼルス大都市圏の、ヘルメスの瓶ヴァイタリウム商会が、魂の出会いの場所であるとは。

フェイン牧師は教祖に話しかけた。たがいに深いかかわりをもつ聖職の兄弟。

「あなたの墓の墓碑銘ですが。わたしはあの詩を知っております。たいへん興味深いと思いました。なぜかといいますと、あれはキリスト教のすべての完全な否定だと思いますのでね。不滅の霊魂、後生《ごしょう》、魂の救済といった思想の完全な否定と思いますので。あれはあなたが選ばれたのですか？」

「みなが選んでくれた」教祖は小声でつぶやいた。「友人たちが。わたしはルクレティウスに傾倒しておった。そのためだろう」

「いまでもそうですか？　死や後生や再生を体験したいまでも」フェイン牧師はじっと耳をすませる。

教祖はささやくようにいった。「『この一椀の乳、かなたの壺の松脂《まつやに》は、見知らぬものなり、遠方へ行かんとする旅人は遠方よりきたれり。そはかつて炎でありし雪片なり――炎はかつて星屑なりき』」彼はうなずいて作業場の天井を見上げている。「わたしはまだあれを信じている。いつまでも信じよう」

「しかしこれはいかがです。『かつて吾人でありし種は飛びたち、飛翔し、地上に向いて羽ばたき、天空を旋回し、形を失うことなく分離せり。生命は枯れず』」

教祖があとをひきとった。「『これぞ生命《いのち》、生命、生命、死にゆくもの』」声はほとんど聞きとれず、陰々とした奇妙なわびしいひびきをもっていた。「わからない。考えてみないことには……あまりに、やつぎばやで」

「休ませたほうがいい」とサイン医師がいった。

「ああ、ひとりにしておこう」ボブ・リンディが相槌をうった。「牧師さん、あんたはいつもこうなんだから。おれたちが死人を甦らせるたびに――そいつが、あんたの神学上の疑問をとく答えをもってきてくれるんじゃねえかという望みをいだくんだね。ところがどっこい、そうはいかない。みんなセブの旦那みたいに、ちょっぴりおぼえているだけなのさ」

「このお方は常人ではありません」とフェイン牧師はいった。「教祖は偉大な宗教家であり、実力者だった。ふたたびそうなるでしょう」

そして金にもなる、とセバスチャンは心のなかでいった。まさにその理由で。先だつものを先だたせようではないか。神学や詩は二の次だ。じっさいに賭けているものに比べれば。

一日の勤めをすませ、高層アパート《コナプト》にくつろいだダグラス・アップルフォードは、イタリアのローマへ指名通話を申しこんだ。

「シニョール・アントニイ・ジャコメッティを頼む」彼は交換手にいった。

ほどなくジャコメッティが出た。

「首尾よくいきましたか、ヴァイタリウムのほうは？」とアップルフォードは訊いた。

ジャコメッティは、ふさふさした長髪、眼光鋭く、ガウン姿であらわれた。「いいかね、あの連中が彼を手にいれたというのはたしかなのか？　ほんとうにたしかか？　やつら、のらりくらりしていてねえ。もしほんとうに彼を手にいれているのだとしたら、値段で決着をつけるはずなんだが。結局、連中は商売なんだから。売りたいはずだ」

「やつらのところにあるんですよ」とアップルフォードは断固たる確信をもって、そういった。ヘルメス商会のかみさんのいうことは確実だと、彼は経験に照らしてそうふんだのだ。「連中はユーディ教徒を恐れている。あなたがレイ・ロバーツの手先じゃないかと恐れている。だから口を割ろうとしないんです。だが交渉はつづけてください、しつこくいさがっていれば、彼に対する法的権利が得られますよ」

「わかった、アップルフォードさん」ジャコメッティは仏頂面をした。「あんたを信じることにしよう。これまでも助けてもらった、頼りにしている」

「まかしてください」とアップルフォードはきっぱりいった。「こちらで情報が入り次第知らせますよ……普通料金で。あの女は、彼を掘りだしたとも、彼が生きているともいわなかった、ただどこに埋められているか知っているといったんです。それで連中、しぶっているのかもしれない——彼が生きかえらないことには売れないんだから。あの女に連絡をとって、もっと情報をひきだしてみましょう。あの女はなにかを隠しておけるようなたちにはみえない、そういう手合いですから」

ジャコメッティは不機嫌な顔で通話を切った。

アップルフォードがビドフォンをはなれようとすると、ベルが鳴った。彼はかがんでレシーバーをとりながら、またジャコメッティだろうと思った。だがそうではなく、目の前にあらわれたのは館長のメイヴィス・マクガイアの、縮小されてはいるものの、まぎれもない映像だった。

「またまた持ちこまれちゃってね」と館長はいった。不機嫌そうに唇をねじまげている。「レイ・ロバーツとユーディに関する問題よ。ロッタ・ヘルメスとかいう若い女が図書館にやってきて、ロバーツの資料を見せてほしいというわけ。それで消去局の連中を呼ぶまでひきとめておいた、もうまもなく来るはずよ」

「ピーク教祖の埋葬場所を、消去局にたしかめたんですか？」

「たしかめた。まだその情報はもらってないけれど」マクガイア館長は、どんより曇った疑いの目で彼を見つめた。「この、ロッタ・ヘルメスとやらは、あんたに今日、会って話をしたそうね。教祖のことで」

「ええ。ロス警察のお巡りといっしょにやってきましたよ、館長にご連絡したすぐあとで。あの連中——つまり彼女のご亭主の経営しているヴァイタリウムは、教祖がどこに埋められているか知っているんですよ。だから、彼女をちょっと締めあげればひきだせますよ」

「わたしも、彼女が知っているんじゃないかって気がしたのよ。彼女と何度か話をしたけど、いつも教祖の話題を避けるから。口をすべらすのを恐れていたんじゃないかな。ピークのアポロギア・プロ・スア・ヴィタ（彼の生涯の弁護）、あの『途方にくれた神』だけど、あれの仕事の進展状況を教えてちょうだい。タイプ原稿はまだあるの？　それとももう消去局のほうへまわしちゃった？　わたしの手を通らなかったことはたしかなの。さもなきゃ彼が豚どもに投げてやったか、ああいう不愉快な世迷《よま》い言《ごと》はおぼえているはずだもの」

「書籍が四冊のこっていますよ」アップルフォードは記憶をたぐりながら答えた。「だからまだタイプ原稿の段階にはいってませんよ。それから、これはうちの連中に聞いたんですが、本になったやつがあと何冊か出まわっているらしいですよ、民間の図書館なんかに」

「そうするとある程度出まわっているわけね。だれかがそれに出くわす可能性は理論上はあるわけだ」

「運がよければ、ですね。しかしたった四冊ばかりじゃあ。だって考えてもごらんなさい、一時はハードカバーで五万部、廉価版で三十万部が出まわっていたんですからね」

「あんた、読んだことあるの？」

「ぼくは――目を通しましたよ、ざっとですが。説得力はあると思いますね。独創的だし。〝不愉快な世迷い言〟というのはどうですかなあ」

「教祖が再生したら、きっとまた宗教活動をはじめるだろうねえ。暗殺をまぬがれればだけど。あの男は、抜け目ないって感じがする。『途方にくれた神』は現に世界じゅうに支持者がいたんだから――いたずらに空想にふけっていたわけじゃないのよ。おまけにこんどは墓の向こうの体験という利点があるし。ふつうの老生者にくらべたら、よく記憶していると思うな。あるいは記憶していると主張するだろうね」声音に痛烈な皮肉がこめられていた。「消去局は、教祖がまた宗教屋をやるだろうという考えを歓迎しないだろうね。連中は、きわめて懐疑的だから。『途方にくれた神』の最後の一冊が消去されようというときになって、またぞろ彼があらわれて書こうっていうんだから……これからの彼の著作はもっと始末のわるい、もっと過激で破壊的なものになるような気がする」

「ああ、なるほど」アップルフォードは考えこむようにいった。「いったん死んだのだから、後生の本然の姿と称するやつを話せるわけですね、自分は神と話をした、審判の日を目《ま》のあたりにみた、というような——老生者たちがだれでも持ちかえる話を……しかし彼の話には千金の重みがある、みんな耳をかたむけるでしょうな」そこで彼はレイ・ロバーツを思いうかべた。「あなたや消去局の連中がロバーツを嫌っているのは知っていますが」と彼はいった。「しかしもし教祖の持ちかえる教義を、あなたが恐れていらっしゃるのだとすると——」

「あんたの論理は明快だね」とマクガイア館長はいった。そして考えこんだ。「よし。セバスチャン・ヘルメスの女房をしめあげて墓地の名前を吐かせよう。もしわかったら、レイ・ロバーツに伝える。少なくとも——」彼女はいいよどんだ。「少なくとも——消去局へは伝える——きめるのは彼らのほうね。もし彼の体が墓地から掘りだされたあとなら、標的はご亭主のヴァイタリウムにしぼろう」

「合法的にもやれますがね」とアップルフォードはいった。彼はつねに中道をえらぶ。

「入札でヴァイタリウムから公然と買いとることだってできますからね」

むろん彼はアントニイ・ジャコメッティとの関係を洩らしたりはしない。これは図書館の問題ではない。トニイのやつ、さっさと片をつけてくれなけりゃこまるな、と彼は思った。消去局が介入するとなれば、事態は急速に進展するだろう。ジャコメッティの親玉が、図書館の指し値以上の値をつけられるかどうか——あるいは、よろこんでそうするかどうかは危ぶまれる。興味ある問題、すなわち、消去局とヨーロッパにおけるもっとも強力な宗教シンジケートとの対決。

メイヴィス・マクガイアはビドフォンを切った。アップルフォードは夕刊を手にして腰をおろした……紙面はレイ・ロバーツの行脚に関する記事ばかりだった。ほとんどそれで占められているようだ。警察の警備の苦心といったたぐいの。うんざりして、ソウガムをすこし吸引しようとキッチンへ入った。

吸引の最中にビドフォンがまた鳴った。ソウガムはあきらめて、ビドフォンに小走りに駆けよった。

またもやメイヴィス・マクガイアだった。「消去局の連中にロッタ・ヘルメスをひきわたした。これから訊問するはずよ。うまくやってくれるでしょう。ヴァイタリウムは、危険をおかしてあえて教祖を掘りだした、横どりされないために、というのが消去局の見解。彼の金銭的な価値はあまりにも大きいからむざむざ逃しはしないだろうって。だからいまさら墓地のありかを追及する必要はないというの。われわれのなすべきことはヴァイタリウムに接触すること。消去局は、ある人物をヴァイタリウムへおくりこんだそうよ。彼らは今晩、閉店前に入りこみたいわけよ。連中がおくりこんだのは、わたしの娘」

「アンが？」アップルフォードは驚いて問いかえした。「なぜ消去局員じゃないんです？」

「アンは男にかけちゃうまいから。相手は、セバスチャン・ヘルメスとかいう老生者で、いま四十の男盛りよ。この種の接近の仕方のほうが、まっこうから攻めるより成功すると思うのよ。彼らが教祖の死体を墓からヴァイタリウムに移して再生させて、それからほかの場所、まあ民間の療養所みたいな、われわれにぜったい見つからないところへ入れてしまう可能性も考えられるし」

「なるほど」アップルフォードは感服した。アン・マクガイアにも感服している――仕事をしている彼女を見たことがあるのだ。母親のいうとおり、ことに男相手のときは。セックスの問題がからむと威力を発揮する。

メイヴィスと消去局が、彼女にこのおれを責めさいなむ役をあたえてくれたらというのが、彼のかねてからの宿願、マゾヒスティックな願望だった。

こんどの場合、セバスチャン・ヘルメスは妻帯者だから、アンはいっそう有能になるだろう。彼女の特技は、第三者として男女のあいだに割りこんで、最後には妻や情婦を追いだしてしまうことだ。なにはともあれ――プレイヤーの数を――自分と男の――ふたりに減らしてしまうことだ。

幸運を祈るよ、ヘルメス君、と彼は皮肉に考えた。そして消去局の訊問にさらされているあのおどおどした、ヘルメスの女房を思いだして、いやな気分になった。訊問が終わったら、ロッタ・ヘルメスは変わっているだろう。どんなふうに変わるだろう。いいほうにか悪いほうにか。消去局の訊問は、彼女を作りかえるか、破壊するかのどちらかだ。どちらにもなりうる。

彼は前者を望んだ。彼はあの女に好意をもっていた。

だが彼の思いどおりになることではなかった。

9

神は、万物を、存在するがゆえに知りたまうのではない。神が知りたまうからこそ万物は存在するのである、そして彼らについて神が知りたまうところが彼らの本質である。

——エリウゲナ

ジョウ・ティンベイン巡査は考えこんだ。おれは密告屋になっちまった。セバスチャン・ヘルメス夫妻との友情を裏切った。それにおれのせいで、彼女は図書館へ行かねばならなかった。彼女の身になにかあったら、それはあくまでもおれの道徳的責任だ。そしてそれはおれが子宮へ入るまで、おれの良心の重荷になるだろう。

彼は何度も考えた。人間が、ある特定の場所とか特定の情況に対して病的な恐怖をいだくのは、それなりの理由があるからだ。それは予知のひとつのあらわれだ。ロッタが図書館へ行くことを恐れていたとしたら、それなりの理由があったのだろう。あの消去局のやつら。あれは謎だ。彼らは何者か、なんなのか？　ロサンゼルス警察すら知らない。おれも知らない。

　彼はいま、ベセルといっしょに家にいた。いつものように、それはやりきれないひとときだった。

「あんたって、ソウガムにちっとも興味がないのね」とベセルがとげとげしくいった。

「よそに行って、吐きたいね。ひとりになれて考えられるところへ」

「ふん。あたしが、あんたの考えごとの邪魔したっていうの？　だれのこと考えてるのよ？」

　彼女の口調にあおられて彼もいいかえした。「ふん、知りたいというんなら教えてやろうか」

「女ね」

「そうさ」彼はうなずいた。「おれが愛することのできる女さ」

「あんた、いつかいったじゃないの、あたしを愛するように、ほかの女を愛することなんかできないって。ほかの関係なんかいっさい――」

「それは昔のことさ」長い歳月が流れていた。対話は、死に瀕した結婚を甦らせてはくれない。おれはなぜ結婚なんかしたのか――いまも結婚していなければならないのか、おれを心から尊敬しようともしない、愛してもくれないような女と、と彼は自問する。わびしい歳月が流れていくばかりだ……たえまない非難。彼は立ちあがり、ソウガム・パイプからはなれた。「あの女《ひと》を、殺してしまったかもしれない。おれの責任だ」と彼はいった。彼女を図書館から連れださねばならないと彼は思った。

「その女のところへ行くつもりね」とベセルはいった。「そんな――ふしだらな関係を、あんたの妻であるあたしに、隠そうともしないで。あたし、結婚の誓約は真剣に考えているのよ、だのに、あんたは真剣に考えたことなんか一度もないじゃないの。もしあたしたちがうまくいかないとしたら、それはあんたが真剣に考えなかったか、あんたが無責任だったかのどっちかよ。それなのにあんたときたら、堂々と女のところへ逃げだそうというんだから。勝手に行くがいいわ」

「こんにちは」と彼はいった。背後でドアがぴしゃりとしまった。廊下に出ると覆面パトロール・カーのおいてあるほうへ急いだ。こんな恰好で行ってもいいかな？　制服も着ないで？　否。彼は自宅のドアに駆けもどった――ドアにはもう鍵がかかっていた。

「戻ってこようなんて気をおこさないでよ」とベセルがいった。「離婚するんだから」厚いサーボ式のドアごしにも彼女の声ははっきりとひびいた。「あたしにいわせれば、あんたはもうここに住んではいないのよ」

「ほしいんだよ」彼は嚙みつくようにいった。「制服が」

返事はない。ドアはぴたりと閉ざされたままだ。

屋上においてあるパトロール・カーのなかに自宅のスペアの鍵があるはずだ。ふたたび斜道へとってかえした。おれと制服をあいつがひきはなすことはできないんだ、彼は腹をきめた。そんなことは違法行為だ。エアカーにたどりつくと、小物入れをかきまわした。おお、畜生。鍵はなかった。彼はハンドルの前にすわるとエンジンをかけた。拳銃があるかぎりはだいじょうぶだ、と思った。肩にかけたホルスターから拳銃をぬき、十二の薬室がぜんぶ装塡されているかどうか調べた——安全装置がかかっているひとつは別として——それからロサンゼルスの宵の空へ急上昇した。

五分後には、人気《ひとけ》のない——ほとんど人影の絶えた市民特殊図書館の駐車場におりたっていた。彼はなれた手つきで駐車しているエアカーを一台一台懐中電灯で照らしていった。みんな消去局のエアカーだ、メイヴィス・マクガイア館長所有の一台は別として。これでロッタ・ヘルメスのほかに、だれがこの図書館にいるかがわかった。少なくとも三名の消去局員と図書館長。

足早に屋上の出入口に近づいたが、そこは錠がおりていた。それは当然だ。閉館しているのだから。だがあのひとはここにいる、エアカーは見あたらないが。きっとエアタクシーで来たのだろう。運転するのがこわかったにちがいない。

エアカーのトランクから、解錠器をとりだし、くたびれた革ベルトを手にもった——この器械は図書館のドアには、これまでもたびたび役に立ってきた。作動した解錠器は錠の仕掛けをさぐり、聴きとり、錠のタンブラーをもちあげる的確なパターンをつくりだす。錠がはずれ、ドアがぱっと開く。錠前は傷ついてはおらず、押しやぶられた痕跡はない。

解錠器をトランクに戻すと、常時もちあるいている装備をあらためて点検した。ほかに役に立つものがあるか？　暴徒用ガス？　これを使うと、課の上司に報告されるおそれがある。そうなると厄介だ。脳波検出装置がいい。行く手にいる人間たちの動きが一目でわかる。だれがどこから襲いかかろうとしているかわかるわけだ。そこで脳波検出装置をとりだしてスイッチをいれ、最小範囲にセットした。スクリーンにたちまち五箇の明瞭な点があらわれ、五人の人間の頭脳が、数ヤードはなれた地点――おそらくこの建物の最上階だろう――で活動中であることが示された。それから検出器を最大範囲にセットする。点が七箇になった。すると処理しなければならないのは六人の図書館関係者、加えてロッタ・ヘルメス。彼女もあの点のなかに入っているだろう。

彼女はまだ生きている、そしてまだ図書館にいると思われる。

しかし屋上の入口から館内に入る前にパトロール・カーにとってかえし、運転席にすわりこむとビドフォンのレシーバーをとり、ヘルメスの瓶ヴァイタリウム商会の番号をまわした。いままでは、番号はしっかりおぼえていた。

「ヘルメスの瓶ヴァイタリウム商会です」販売担当のR・C・バックレイが、小さなスクリーンにあらわれた。

「ロッタをおねがいします」とティンベイン巡査はいった。

「ちょっとお待ちを」バックレイは消えたかと思うとすぐに戻ってきた。「まだ図書館から帰ってこないっていっています。資料集めに行ってもらったそうですがね——ちょっと待って、セブです」

セバスチャン・ヘルメスの陰気な、だが知的な顔がスクリーンにあらわれた。「うん、まだ戻ってこないんだ、心配しているんだがね。やるんじゃなかったって悔やんでいるところだよ。図書館に連絡して訊いてみるべきだな」

「それは時間の無駄です。ぼくはいま図書館の屋上にいるんです。奥さんはここにいますよ。建物には錠がおりているけど、だいじょうぶ。エアカーも装備もあるから。実をいうと錠はもう開けてあるんですよ。ただね、連中に奥さんを自発的に釈放する機会をあたえてやったほうがいいんじゃないかと迷ってるんです」

「釈放する」セバスチャンはみるみる蒼白になった。「それじゃまるで、ロッタを拘禁しているみたいないい方じゃないか」

「閉館時間になっても、連中が奥さんを外へ出さなかったのはたしかですよ」その点に関する彼の直感はたしかなものだ。超常的なものに近い透視能力が、彼を優秀な警官に仕立てている。「奥さんは、ここにいる、拘禁されて。やつらが監禁したんじゃなけりゃ、こんなところにいるもんですか」

「連絡してみる」とセバスチャンはうつろな声でいった。

「それでなんていうんです？」

「妻をかえしてくれというよ！」

「オーケー。じゃ、そうすればいい」彼はエアカーの外線番号を教えた。「やつらがなんといったか、おりかえし知らせてください」

ティンベインは脳波探知器のスクリーンを監視しつづけた。探知器は、ここにいる七箇の頭脳が、わずかな動きをしていることを示している。スクリーン上の点の位置はたえずわずかずつ移動していた。奥さんはたしかにおいでになりました、と彼らはいうだろう、だがもうお帰りになりましたと。あるいはおみえになりませんでしたよというかもしれない。わたしどもは、あずかり知りませんと。ノリ・メ・タンゲレ（われに触れるな）だ、と彼は思った。図書館というところはそういうところだ。警告。干渉無用。触れるべからず。あん畜生め。

五分ほどして車内のビドフォンのライトがぱっとついた。彼はレシーバーをとった。

「守衛がいてね」セバスチャンは悄然としている。

「で、やつはなんといいました」

「この建物にはわたしひとりだと。ほかの連中は職員もみんな家に帰ったというんだ」

「いま、ぼくの足の下に七人の人間がいる。オーケー、下へ行って見てきます。たしかなことがつかめたらすぐ連絡しますよ」

「警察を呼ぶべきかな？」とセバスチャンは訊いた。

「ぼくは警官です」ティンベインはビドフォンを切った。

五フィート以内に近づいた人間があったら警報を発するように、脳波探知器の警報回路をセットしたのち、片方の手に探知器を、もう一方の手に制式拳銃をもつと、図書館の錠のおりていない入口にむかって、よたよたと走りだした。

階段をおりてすぐさま最上階に達した。

閉ざされたドア。暗闇と静寂。赤外線懐中電灯をさぐってスイッチをいれる。脳波探知器のスクリーンは、五フィート真下の地点に水平に並ぶ七箇の点を映している。警報回路は作動していない。おそらく一階下の部屋だろう。ふたたび階段をおりながら、メイヴィス・マクガイアが私室として使っている部屋が何階だったか記憶をたぐる。たしか三階だった。

このとき警報回路が作動し、二本のフィラメントの入った真空管の側面がちかちかまたたいた。いよいよ目的の階に到達したわけで、目ざす獲物とは、水平面上で隔てられているにすぎない。六階だった。消去局が占有しているといわれる階。この階の頭上の照明はまだ消されていない。閉ざされたドアが並ぶ、黄色の光にひたされた廊下が行く手に延びている。

ゆっくりと歩を運びながら、ときおり脳波探知器のスクリーンに目を走らせる。七箇の点は、水平面上で徐々に近づいてくる。それらはほぼ一カ所に集中している。どこかの一室に集まっているのだろう。

こんなことをしてなんの得があるだろう、とティンベインは自問する。おそらく図書館側の圧力で職を奪われるだろう。やつらは市当局のおえら方とつながりがある。畜生、かまうもんか、どっちみちたいした職じゃない。しかし、消去局が一方的にロッタを拘留したことを証明できれば——彼女がよろこんで証言してくれるなら、事件を表沙汰にできるわけだ。とはいうものの、それはロッタが法廷に出なければならない、あるいは少なくとも告訴状に署名しなければならないことを意味する。おそらく彼女は尻ごみするだろう。図書館が恐ろしいのとおなじぐらい、恐ろしいことに思われるだろう。いまさら、心配しても手おくれだ。ただもしそんな事態になったとき、ロッタが彼のしたこと——制服を着用せずに警察の装備を使用したこと——を弁護してくれることを祈るばかりだ。

真空管の側面が明るくなった。何者かが五フィート以内の地点にいるのだ。行く手に閉ざされたドア。向こう側に、人のいる気配を感じた、七人、だが耳をすましてもなにも聞こえない。ねずみどもめ、と彼は思った。

ぶつぶつとつぶやきながら屋上にとってかえすと、エアカーのトランクから盗視装置をだし、これをほかの器具類、銃や懐中電灯や脳波探知器などといっしょに六階の目ざすドアの前まで、苦労して運んだ。

そこで敏捷かつ精確にモニター装置を作動させた。プログラムが組まれると、それはプラスチックの手をうすくのばしてドアの下をくぐり、ドアの向こう側で、おそらく——あるあいまいな形になって、盗聴と盗視の装置を作動させる。

片手に受像装置をもち、耳にはイア・プラグをしっかりとさしこむ。

イア・プラグは、彼の耳にかんだかい男の声をおしこんだ。消去局のやつだ。それから受像装置。切手ほどの大きさのチューブのぼうっと灰色に光る面をのぞく。モニター装置はまだ焦点をあわせていない。手あたり次第に走査を行なっている。

消去局員が、陰《いん》にこもった、もったいぶった口調で喋っている。「——また、われわれは、公安問題について憂慮しているわけだ。公共の安全が最優先するということは、当図書館の明確な方針なのだ。危険かつ不穏な書物を消去するということが——」権柄《けんぺい》ずくなお喋りはなおもつづいた。ティンベインはチューブの表面を見た。三人の人物がひとところにかたまっている。男ひとり、女ふたり。拡大レンズのノブを時計の針の方向にまわしてみる。女の顔がちっぽけなスクリーンにいっぱいになる。どうやらロッタ・ヘルメスらしいが、ゆがんだ像はさだかではなく、たしかにそうだとはいいきれない。スウィープ・スキャナーを操作して、もうひとりの女の顔に焦点をあてる。こちらはたしかに館長のメイヴィス・マクガイアだ。彼女にまちがいない。

イア・プラグに彼女の声が入ってくる。

「あの男がどんなに危険な人物かわからないの？」とマクガイア館長ががなっている。「無知な大衆におもねり、暴動や市民の反抗をますます扇動する。自由黒人共同体ばかりじゃない、この西海岸の黒人や黒人びいきの白人のあいだでもやるでしょうね。ワッツやオークランドやデトロイトを忘れるんじゃない。あんたが学校でならったことを忘れるんじゃない」

とげとげしい消去局員の声がわって入る。「そんなことになったら、自由黒人共同体の一部になったも同然だ」

「われわれは、『途方にくれた神』を文字どおり徹底的に消去してしまった」とマクガイア館長がいった。「彼の主要論文だかなんだか知らないけど、もうほとんどなくなった。永久に。いまから三十年前、あんたが生まれる前に、民衆の心に火をつけて、自由黒人共同体を生みだしたのは、『途方にくれた神』だった。教祖には個人的な責任がある。彼がアジ演説をやったり説教をしたり論文を書いたりしなけりゃ、自由黒人共同体なんてものはできなかっただろうし、合衆国が分割されるなんてこともなかったはずよ。わが祖国が三つに分割されるなんてことはなかったはずですよ。ハワイとアラスカをいれれば四つってわけだ。あそこだってそれぞれ独立国家にならなかったはずよ」

ロッタ・ヘルメスとおぼしき女が両手で顔をおおってすすりないている。うずくまった体に、メイヴィス・マクガイアと消去局員がおおいかぶさるようにしている。残りの四人の消去局員が、この建物のどこかをうろついていることをティンベインは思いだした。きっと、このオフィスのとなりの部屋にいるだろう。彼女をいたぶる順番を待っているのだ。訊問の手順は知っている。一定の間隔をおいて交代でやるのだ。警察もこの手を使っている。

「さて、レイ・ロバーツだが」と消去局員がいう。「彼はおそらく、だれよりも教祖のことを知っているはずだ。教祖の甦りを彼がどう思っているかわかるかね。ロバーツはひどいショックをうけると思うか？　それとも大喜びすると思うかね？」

「消去局の方に丁重にお答えなさい」とメイヴィス・マクガイアは、うずくまっている女にいった。「こちらは、あんたに筋道の通った質問をしていらっしゃるんですよ。ロバーツがここにやってくる、この西海岸に行脚にやってくるのは知っているだろう、あのひとは、悩んでいる。彼は教祖に甦ってもらいたくないのよ。ロバーツは黒人よ。ＦＮＭからやってきた。そしてユーディ教の教主ですよ」

　消去局員がいった。「われわれが、老生者の教祖からなにを期待すべきか、これでよくわかるだろう。もしロバーツが、黒人でユーディ教の教主なら――」

　ティンベインはイア・プラグをはずし、盗聴装置を下におき、制式拳銃以外の装備はぜんぶはずした。消去局員は武装しているのか？　廊下の天井の照明灯の明かりで、銃の制御装置を注意深くセットする。それから距離を計測する。排除しなければならない人間は何人いるか。いかにしてロッタ・ヘルメスを守るか。そしてこの奇襲が首尾よくいったら、いかにして確実にここから脱出し、屋上のエアカーにたどりつくか。

成功するのは十にひとつだ。ロッタも彼も、図書館のなかで消えたきり、永久に姿をみせないことはおおいにありうる。永久に消されてしまうかもしれない。

だがおれは彼女にそれだけの借りがあるのだ。

彼はもう一度銃の制御装置を調整した。相手をひとりも殺してはならない。万が一殺したら、おそらく逃げきれまい——たとえふたりしてここを逃れても、やつらはしつこく探しまわり、追いかけまわすだろう、このあと一生。おれたちが子宮に戻るまで。やつらはおれたちを殺しはしないだろう。少なくともいま、消去局の会議も経ないうちに。消去局に関する自分の知識が正しければ、正式の裁定が下されなければならないのだ。

オーケー、彼は胸のうちでいった。さあ、行こう。

彼はドアを開け、こういった。「さあヘルメスさん。家へ帰るんだ」

音もなく、身じろぎもせず、ロッタとメイヴィス・マクガイアと、麦わらみたいにひょろりとした、不細工な馬面《うまづら》の消去局員の三人が彼を凝視した。

部屋の向こうのドアが開いており、そこから四人の消去局員が顔をだした、あらゆるものが静止した。彼は、七人の人間を凍りつかせ、彼らと彼らの活動を停止させてしまったのだ、ただそこにいることによって。彼が抱えている大きな灰色の銃によって。警察の正規の武器である大型リボルバーによって。彼は銃をもっているただの人間、見た目は警官ではないが、銃をもった人間の台詞は心得ていた。銃を発射せずとも、その使い方は知っていた。

彼は、うずくまっているロッタ・ヘルメスをさしまねいた。「こっちへ来るんだ」しかし彼女はぼんやりと見つめつづけている。「こっちへ来るんだ」彼はまったく同じ口調でくりかえした。一本調子にくりかえした。「たのむから、ぼくのそばに来てくれ」

彼は待った。すると彼女はすぐさま立ちあがり、彼の横に立った。だれもそれを妨げるものはいなかった。口を開くものもいなかった。

悪いことをしていて――その現場を見られたという自覚が、一座のものを麻痺させてしまったのだ。こちらが権威をふりかざしているかぎりはだいじょうぶ。消去局員といえども例外ではないだろう。おそらく。

「前に会ったことがあるわね」マクガイア館長がいった。「警察官だね」

「ちがう。あんたには会ったこともない」と彼はいった。そしてロッタの手首をつかんでこういった。「屋上へ行ってぼくのエアカーのなかで待て。ほかのとまちがえないようによくたしかめて。階段をあがったら左のほうにとめてある」

いわれたとおり歩きだした彼女の背中にもう一度声をかける。「ボンネットにさわってみるんだ。エンジンがまだあったかい。それでわかる」

奥の部屋にいた消去局員のひとりが、銃を発射した。法律で使用を禁止されているペルフラグ・ピストルだろう、ごく小型の破砕性の弾丸が一発入っているやつ。

弾は破砕せず彼の足にあたった。弾薬も古く、ピストル自体もおそらく使われたことがなかったのだろう。持ち主の消去局員はおそらく銃の手入れ法も知らなかったにちがいない。破砕火薬が発火しなかったのだ。

ティンベインはすばやくふたつの部屋にむかって、やみくもに九発発射した。ふたつの部屋が跳弾でどんよりくもるまで、銃の引き金をひきつづけた。跳弾はどれも、あたれば人事不省になるか、軽傷を負うか、あるいは目が見えなくなってしまうはずだ――足をひきずって廊下へとびだしながらふたたび銃を発射する。それから必死に廊下を走り、階段を駆けあがる。足の怪我をのろった、痛くて思うように動かない。スピードがまったくあがらない。彼らがあとにせまってくる――畜生、こんなところで撃たれてたまるか、彼は狂おしく思った。階段のドアが背後でしまったとき、ペルフラグの弾がとつぜん轟音とともに廊下で爆発した。ドアのガラスが砕け散って、破片が首や背中や腕に突きささる。だがそのまま階段をのぼりつづけた。階段のいちばん上で、屋上で、彼は残りの弾丸を階段めがけて撃ちこんだ。吹きぬけは跳弾でいっぱいになり、目がつぶれてもいいという人間がいないかぎりは阻止できそうもなかった。彼は傷ついた足をひきずってパトロール・カーに近づいた。

パトロール・カーのなかではなく、そのかたわらにロッタ・ヘルメスは立っていた。そして無言で彼の顔を見上げた。彼はエアカーのドアを開けると、ロッタをなかに押しこんだ。「そっちのドアをロックして」と彼はいって、足をひきずりながら運転席のほうにまわり、乗りこむとドアをロックした。消去局の一隊が屋上に姿をあらわしていたが、いたずらに右往左往するだけ、あるものはパトロール・カーを狙撃しようとし、あるものは自分のエアカーで追跡しようとし、またいさぎよくあきらめるものもいた。

離陸して高度をあげながら、警察用の強化エンジンが耐えうるかぎり加速し、それからマイクをとりあげて分署の配車係をよびだした。「こちらはペラルタ・ゼネラルへ向かう、駐車場に別のエアカーを待機させてもらいたい、念のために」

「オーケー、四〇三」配車係は諒解した。「三〇一は、ペラルタ・ゼネラルで四〇三と合流してください」配車係は指示をおくった。そしてティンベインにむかってこういった。

「非番じゃないのか、四〇三？」

「帰宅の途中で事件にまきこまれたんだ」足がどくどくと脈うち、彼は全身に襲いかかる疲労を感じた。一週間ぐらい動けないだろうなと思いながら、のろのろと手をのばして怪我した足の靴の紐をほどいた。そうだ、レイ・ロバーツのボディガードという任務があったっけ。

靴の紐と格闘している彼をみてロッタがいった。「怪我したのね」

「運がよかった」と彼はいった。「やつら、銃をもっていたから。でも撃ちあいにはなれていなくて」それからビドフォンのレシーバーを彼女にわたして、こういった。「ヴァイタリウムのご主人に連絡しなさい。あなたをここから連れだしたら連絡するって約束したんだ」

「いやよ」とロッタはいった。

「なぜ？」

「主人があたしをあそこへやったのよ」

ティンベインは肩をすくめた。「そりゃそうだけど」怪我のせいか、議論するのがばかばかしいような気がした。所詮それは真実なのだから。「でもぼくだって、あなたに資料をわたせばよかった。卑劣だったな、このぼくも。ぼくのことも、ご主人と同じように責めたっていいんだ」

「でもあなたは助けてくれたわ」とロッタはいった。

それもまた真実だ。それは認めないわけにはいかない。

ロッタが手をのばして、彼の頬に耳におずおずと手を触れた。指先で顔をなでまわす、まるで目が見えないとでもいうように。

「これはどういう意味かな？」と彼は訊いた。

「感謝しているの。一生恩にきるわ。あのひとたち、あたしを釈放するつもりはなかったのよ。まるで愉しんでいるみたいだった、教祖のことをあたしから聞きだすというのは、単なる――口実で」

「ありうることだ」と彼はつぶやく。

「愛しているわ」とロッタがいった。

彼は呆然としてロッタを見つめた。女の表情は静かで、安らかともいえた。ためらいをすっぱりと捨てたとでもいうように。

それがなにかわかっていると彼は思った。うれしさは、とめどなかった。彼は有頂天になった――いまだかつてないほど。

ペラルタ・ゼネラルへ向かうあいだも、ロッタはずっと彼によりそっていた。もうぜったいはなれるものかというように。ティンベインも思いきって、彼女の手をとって握りしめた。「元気をだして」と彼はいった。「もうあそこへは戻らなくていいんだ」

「たぶん戻る」と彼女はいった。「きっとセブが戻れというわ」

「地獄へ行けっていってやれ」とティンベインはいった。

「あなたがいってちょうだい。あたしのかわりにいってちょうだい。あなたは、消去局の連中やミセス・マクガイアにいってくれた、あの連中を、思いどおりに動かしたのよ。あなたのほかに、あたしに加勢してくれるひとなんかいなかった。これまでに一度も。こんなふうに、してもらったことなんか一度もないわ」

彼は腕をまわしてロッタを抱きしめた。いまのロッタはとても幸せそうにみえる。そしてほっとしている。驚いたな、こんな思いきったことをするなんて、おれがしたことよりすごい。彼女は自分のよりどころを、セバスチャン・ヘルメスからおれに移したんだ。たった一度の出来事のために。

おれは彼女をものにしたぞ。あいつから、そっくりとりあげてやったんだ。まんまとせしめてやったんだ！

10

かくして神ご自身としてではなく、万物の根源と考えられる神は、三つの側面を有しておられる。神は存在する、神は賢明である。そして神は生きておられる。

——エリウゲナ

ヘルメスの瓶ヴァイタリウム商会のビドフォンが鳴った。ジョウ・ティンベイン巡査の連絡を待っていたセバスチャンが出た。

スクリーンに、ティンベインではない、ロッタの顔があらわれた。「ごきげんいかが?」と彼女は弱々しくいった。いやに無表情で、ものうげな声だ。こんな声は聞いたことがない。

「元気さ」彼はロッタの顔を見てほっとした。「そんなことはどうでもいい。きみはどうだ? 彼が図書館から連れだしてくれたのか? そうだろうな? やつらはほんとうにきみを監禁しようとしたのか？」

「そうなの」いぜんとしてものうげな口調だった。「教祖はいかが」と彼女は訊いた。

「もう生きかえったの？」

　セバスチャンは答えかけた、もう彼を掘りだしたと。彼を再生させたと。だがそういわずに間をおいた。イタリアからのビドフォンを思いだしたのだ。「教祖のことをだれに話した？」と彼は訊いた。

「ごめんなさい、怒っているのね」ロッタは相変わらず大儀そうにいった。まるで目の前にある新聞の活字を拾い読みしているように。「ジョウ・ティンベインに話したわ。それから図書館のアップルフォードさんに話しました。それだけです。ビドフォンをかけたのは、あたしが無事だということを伝えるためです。あたし、図書館からぬけだしました——ジョウ・ティンベインが連れだしてくれたんです。いま病院にいます。彼の足から弾をぬきだしています。たいしたことはないけれど痛むそうです。仕事はどうしても二、三週間休むことになるでしょう。セバスチャン？」

「ああ」ロッタもティンベインのように傷を負ったのか、と彼は思った。不安になると、心臓の鼓動が速くなる。前のように心配になった——なおいっそう心配になった。彼女の声音には、いわくいいがたいかすかで不吉なひびきがあった。「なんだよ！」彼はしつこくいった。

「セバスチャン、あなたは助けにきてはくれなかったわね。あたしがお店に予定どおりに帰らなかったというのに。きっと、とても忙しかったのね。教祖のことで頭がいっぱいだったんでしょう」涙がどっと目にあふれた。いつものように、彼女はそれを拭おうとはしなかった。子供のように、声をたてずに泣いた。顔をおおいもせずに。

「ばかやろう」彼は怒声をあげた。「なにがいいたい？」

「いえません、あたし」彼女は泣いた。

「なにがいえない？　なんでいえない？　病院へ行くよ。どこの病院だ？　どこにいるんだ、ロッタ？　ばか、泣くのをやめて、いうんだ」

「あたしを愛している？」

「ああ！」

「あたしもまだ愛してるわ、セブ。でもお別れしなくちゃならないの。ほんのしばらくだけど。あたしの気持がすむまで」

「わたしをおいてどこへ行く気だ？」

泣き声がやんだ。ロッタの濡れた目はつねにない傲慢さで彼を見すえた。「いわない。あとでお手紙かきます。どういうふうにお話するかよく考えたうえでお手紙かきます。いまはいえません。人に聞かれそうな気がするから。こんにちは」

「なんてこった」彼は信じられぬ面持《おもも》ちでいった。

「こんにちは、セバスチャン」ロッタはビドフォンを切った。ゆがんだ小さな顔がスクリーンから消えた。

R・C・バックレイがおずおずと寄ってきた。「こんなときにお邪魔しちゃなんですが、お客様がお見えですよ。表のほうに」

「閉店したんだ！」セバスチャンは声を荒らげた。

「あの女は買い手ですよ。買い手は決して追いかえしちゃいかんといわれたでしょう、たとえ六時がすぎても。それが社長の哲学でしょう」

セバスチャンはいきりたった。「買い手なら、きみが相手をしろ、うちの販売担当なんだろう」

「それが、社長をご指名なんですよ。ほかの人間とは喋らないそうです」

「死にたいよ」とセバスチャンはいった。「図書館でなにか恐ろしい事件があったにちがいない。どんな事件かわからずじまいだろうが――ロッタには口では説明ができないだろうから」ロッタはとても口下手なのだ。言葉が多すぎるか、少なすぎるか、的がはずれているか、いう相手をまちがえるか。いつだって、いいたいことをちゃんと伝えられたためしがない。「銃があったら自殺したいよ」彼はハンカチをだして鼻をかんだ。「ロッタがいったことをきみは聞いたろう。わたしがあれを見捨てたから、あれはわたしを捨てたんだと。客というのは何者だい？」

「名前は——」R・Cはメモを見て、「ミス・アン・フィッシャー。お知り合いで？」

「いや」

セバスチャンは表のほうへ歩きだした。作業場を出て、適度に現代風な椅子、絨毯、雑誌などをそろえた応接室へ入っていった。黒い髪をきれいにととのえた流行のショート・カットの身なりのいい若い女が椅子にすわっていた。彼は立ちどまり、心を落ちつけて女を観察した。すらりとした美しい足をしている。その足は、彼の目に触れずにはいなかった。気品があるな、と思った。たしかに気品がそなわっている。イアリングにも。薄化粧にも。目や睫毛や唇の色は、もってうまれた強烈な自然色だろう。瞳は青く、黒い髪の女には珍しい。

「さようなら」と女はいいながら、さざなみのような和やかな笑みをうかべる。その表情は異常なほどよく動く。笑うと、目がきらきらかがやき、口はきれいにそろった白い歯と、かわいらしい小さな前歯をのぞかせる。彼はその歯並びの美しさに魅せられた。

「セバスチャン・ヘルメスです」と彼はいった。

ミス・フィッシャーは雑誌をおいて立ちあがった。

「おたくのカタログに、ミセス・ティリイ・ベントンというひとがのっていますけれど。ごく最近の広告に」彼女はぴかぴか光るしゃれたバッグをさぐって、ヘルメスの瓶ヴァイタリウム商会があの日の夕刊にはさんだ折込み広告をとりだした。てきぱきとした、活発な性格らしい……ロッタのにえきらない性格とは正反対だな、と彼は思わずにはいられなかった、長年、あの性格に慣らされてきたのだが。

「今日はもう店じまいをしてしまいまして。ベントンさんはもちろんここにはおられません。病院で保養していただいております。明日でしたら、よろこんでお連れしますが。ご親戚の方で？」

「大伯母にあたるんです」アン・フィッシャーはいった。再生する親戚の年寄りとはいつでも対面する覚悟はしておかなくてはならないというような、悟りすましたなかにもいらだちをこめて。「伯母のお呼びを聞きつけてくださってほんとうにありがとう。わたしたち、伯母の声が聞こえるんじゃないかと、ずっと墓地には行ってましたの。でも――」と顔をしかめて、「声が聞こえるのは、いつも夜中の、気味の悪い時間らしいですね」

「そうです」と彼は相槌をうった。たしかにそれは問題だった。彼は時計を見た。かれこれソウガムの時間だ。ふだんなら帰宅してロッタのそばにいたいところだが。ロッタはいない。いずれにせよ、教祖の生きるか死ぬかの瀬戸際に、店をはなれたくないというのが本音だった。「ちょっとだけなら今晩病院へお連れしてもよろしいんですが」と彼がいいかけるのを、ミス・フィッシャーはさえぎった。

「あら、いいんですよ、おかまいなく。わたしも疲れちゃって。一日じゅう働き通しで、あなたもお疲れでしょ」驚いたことに女はすべすべしたしなやかな手をのばして、彼の手をそっと叩き、いかにも親しげに太陽のような明るい笑みをこぼした。「わたしはただカリフォルニア州が伯母を保護して、あの恐ろしい老生者用の保養所に送ったりしないことをたしかめたかっただけなんです。伯母はわたしたちがひきとります。お金はあるんです。弟のジムとわたし」ミス・フィッシャーは腕時計をちらりと見た。手首にうっすらと魅惑的なそばかすがある。もうひとつの彩《いろど》り。「もうソウガムを入れなくちゃならない時間なんです」と彼女はいった。「もう失神しそう。近くにいいソウガム・パレスはありません？」

「通りをちょっと行ったところにありますよ」と彼はいった。そしてまたもや、ロッタのことを、家の空虚さを思った。あまりにも唐突な困惑。あれはだれといっしょなのだ？むろんジョウ・ティンベインだ。ティンベインが、あれを救いだし、そして——そうだ、おそらくティンベインだろう。それで納得がいく。ある意味で、彼はそうあることを望んだ。ティンベインはいいやつだ。ロッタとティンベイン、ふたりとも若く、年頃も同じ。彼は父親のような気分になった。そしてロッタさえ幸せならばとかたくなに考えたが、でも心の底では彼女に戻ってきてもらいたいと思った。しかし……

「おごりますよ」とミス・フィッシャーがいった。「今日お給料がはいったばかりなの。このインフレ紙幣は、今日使わなかったら、あしたはただの紙きれになってしまうんですもの。それにあなたもお疲れのようだし」と彼をじろじろと眺めまわす。それは、彼の知っている穿鑿《せんさく》の仕方とはちがっていた。ロッタはいつも、彼が自分に満足しているかどうか、自分に腹をたてていないかどうか、自分を愛しているかどうかを穿鑿する。ミス・フィッシャーは、彼がどういう人間かを見きわめようとしている、彼がどう感じているかを穿鑿しているのではなかった。まるで、と彼は思った、わたしが男かどうか見きわめる力――あるいは能力――をもっているとでもいうようだ。あるいはわたしが男のふりをしているだけなのかを。

「オーケー」といった自分に彼は驚いた。「裏のほうの戸締まりをしてきませんとね」彼はいって、まあまあモダンな椅子を指さした。「ここで待っていてください。すぐ戻りますから」

「それからでも、ミセス・ティリイ・M・ベントンのお話はできますわね」ミス・フィッシャーは承諾の笑みをうかべた。

　彼は作業場へ戻ると、ミス・フィッシャーに見えないように注意深くドアをしめた。教祖をすでにここへ運びこんでいるので、こうしたことにもすぐさま熟達せざるをえなかった。

「どんな具合です?」彼はサイン医師に訊ねた。かりのベッドがしつらえられている。教祖はそれに寝ている、小さく干からびていて、あらゆるところが灰色か黒い色をしているし、目は明らかに空《くう》を見すえている。満足しているように見えた。サイン医師は相変わらずうれしそうだった。

「急速に回復に向かっている」サイン医師はいった。そして教祖に聞こえないところまでセバスチャンをひっぱっていった。「新聞をほしがったから一部やっておいた。うちの広告の入っている夕刊をね。レイ・ロバーツの記事をいっしょうけんめい読んでいたよ」

「レイ・ロバーツのことをなにかいっていましたか？」とセバスチャンは訊いて、唇を嚙んだ。「ロバーツを恐れているのかな？　それとも彼がさっきいった〝友人〟のひとりだと考えているのかな？」

「レイ・ロバーツのことはまったく知らないらしい。ロバーツがばらまいた広告文書によると、彼は教祖がみずから選んだ後継者ということになっているが。どうやら真実じゃないらしい。もしそうでないとすると――」彼は声をひそめた。「脳に損傷があるかもしれないね。脳波計でしばらく調べてみたんだが、異常はなにも発見できない。しかし――記憶喪失症というのかな。再生のショックによる。とにかくユーディ教に当惑を示している。ユーディ教がなんなのかわからないというのではなくて――自分が創設したことはおぼえているから――連中がしようとしていることに対してなんだが」

ベッドに近づいてセバスチャンはいった。

「なにをお話したらよいでしょうか？　お知りになりたいことがありますか？」「ほかのす

物静かな茶色の目が、はかりしれぬ叡智《えいち》と経験をひめた目が彼に注がれた。

べての宗教のように、わたしの宗教も神聖化された団体になってしまったようだ。きみもそれは認めるか？」

　セバスチャンは不意をうたれた。「さあ――わたしはとやかくいう立場ではないので。信者はいます。まだ活動力もあります」

「でロバーツは？」物静かな目が鋭くなる。

「意見はさまざまです」

「彼は、ユーディ教が白人と有色人種の両人種のためのものだと考えているのだろうか？」

「彼は――どちらかというと有色人種に限定しているようです」

　眉がよせられた。無言だったが、もはや平静な顔つきではない。「訊きにくい質問をするが、真実を答えてもらえるだろうか、たとえいかほど不愉快な質問であろうとも？」

「はい」セバスチャンは答えて、待ちかまえた。

「ユーディ教は見世物になったのかね？」

「一部の人はそう考えています」

「ロバーツはわたしを見つけだす努力をしてきたのか？」

「おそらく」彼は慎重に答えた。これは爆弾ともいうべき質問だった。

「彼に知らせたのか――わたしの再生を？」

「いいえ」とセバスチャンは答えた。ややあってから、こういった。「一般に老生者はひとまず病院に収容されます。そこでヴァイタリウムは、縁故者や友人たちに、老生者の指し値をつけるよう要請します。また老生者が社会的に有用な人物である場合は——」

「もし身寄りも友人もなかったら、また社会的に有用な人物でなかったら、ふたたび死があたえられるのだろうか？」

「州の施設に入れられます。しかしあなたの場合は、明らかに——」

「ロバーツにここへ来てもらうよう伝えてもらえないだろうか」教祖はしゃがれ声でいった。「カリフォルニアに行脚に来るのなら、たいしてめんどうでもあるまい」

セバスチャンは考えこんだ。そして答えた。「あなたの売買についてはわたしどもにおまかせねがいたいのですが。わたしどもは専門家です、猊下《げいか》。そのほかにはなんの能もありません。レイ・ロバーツをここへ連れてくるのだけはご勘弁ねがいたいのです。あなたに関する情報をあたえることも。彼は、わたしどもが、心づもりにしておる買い手ではないのですよ」

「その理由をわたしにいいたいか？」叡智をひめた目がふたたび彼の面上に注がれた。

「ユーディ教会は、金を出ししぶっているのかね？」

「金の問題ではありません」セバスチャンはいった。彼がサイン医師に目くばせをおくったので、サイン医師が近づいてきた。

「お休みになったほうがよろしいですよ、教祖」サイン医師はいった。

「あとでまたお話しましょう」とセバスチャンはいった。「ソウガムを少々やりにいきますので。でも晩には戻ってまいります」

作業場を出てからも、ドアの開けたては慎重にやった。だがミス・フィッシャーは読書に余念ない様子だった。

「お待たせしてすみません」とセバスチャンはいった。

彼女はちらっと視線をあげると微笑して、優雅に足をすべらせて立ちあがった。かなりの長身、ほっそりした体つき、胸はとてもうすい。しなやかな青春期の体だった。だが目鼻だちのきわだった成熟した個性的な顔だちをしている。そして彼はまたしても思った。これまで会ったどの女より着こなしのうまい女だなと。服装などに興味をひかれたことは一度もなかったのだが。

ソウガムを吸引したあとでふたりは宵の街をぶらつき、店のショウウィンドウをのぞいたり、ときおり相手の顔を用心深くうかがったりして、口はあまりきかなかった。セバスチャン・ヘルメスは問題を抱えていた。教祖と話しあうためにヴァイタリウムへ戻るつもりでいるが、そうするには、ミス・フィッシャーと途中で別れなければならない。

だが、ミス・フィッシャーは、しきたりどおりのこんにちはをいう気配はさらさらない。

なぜだろうと彼はいぶかしんだ。時間がたつにつれ、それはますます奇妙に思われてきた。

　火星産のウォブ・ウッド製の家具を並べたウィンドウをのぞきこんでいるとき、ミス・フィッシャーが唐突にいった。「今日は何日でしょう？　八日？」

「九日ですよ」とセバスチャンはいった。

「結婚はしていらっしゃるの？」

　彼はちょっと考えた。こういう質問には、慎重に答える必要がある。「厳密にいえば」と彼は答えた。「しかし目下は別居中です」それは真実だ。厳密にいえば。

「お訊ねした理由は」とミス・フィッシャーは言葉をつぎ、「悩みがあるからなんです」と吐息をついた。

　ようやく出たか。わたしにまとわりついていた理由が。女を流し目で見やり、もう一度彼女の魅力を確認し、ふたりのあいだにすでになされた意思の疎通の量に驚嘆した。「話してください。なにかお役に立てるかも」

「あの……ちょうどいまから九カ月前に、アーノルド・オックスナード・フォードというかわいい赤ちゃんがいたんです。事情はおわかりになるかしら？」

「ええ」と彼はいった。

「とてもかわいかったわ」母親らしく、幼児の真似をするように、唇をすぼめた。「あの子は小児病棟にいたんです、病院の。そして子宮を探している最中でした。わたしは、サンバーナーディーノで市のためにいろいろ奉仕活動をしていたんです。でもそれにすっかり厭気がさしていたので、わたし、こう考えたんです、ね、わたしのおなかに、アーノルド・オックスナード・フォードみたいなかわいい生き物が入っていたらすばらしいだろうって」ふたりでそぞろ歩きながら、彼女は平べったいおなかをぽんぽん叩いた。「そこでわたし、その病棟担当の看護師のところへ行ってこういったの、アーノルド・オックスナード・フォードに申しこみができるでしょうか？　すると彼女いったわ、そうね、あんた、丈夫《じょうぶ》そうね。わたしがええと答えると、彼女はこういったの。ちょうどいいところ、子宮に入らなくちゃならない時期がきているの——彼はもう保育器に入っていたわ——それでわたし、書類にサインして、それから——」彼女はセバスチャンに微笑をおくった。「あの子を入れたんです。おなかに入れてから九ヵ月のあいだ、日ごとにあの子があたしの一部になっていくのがわかるの。それはすばらしい感じだった——あなたにはわからないわね——ほかの生き物が、愛していたものの細胞が、わたしの細胞と合体していくのを感じるというのは。毎月検査と画像撮影をしてもらいました。とても順調だったわ。もうすっかり終わりましたけど」

「見てもわかりませんね」彼はうなずいた。腹のふくらみはなかった。

　ミス・フィッシャーは溜息をついた。「ですから、いまじゃアーノルド・オックスナード・フォードはわたしの一部になってしまったの、これからもずっと、わたしが生きているかぎり。わたし、こう考えたいんです——大勢の母親がそう考えるでしょうけれど——赤ん坊の魂はまだここにいるんだと」彼女は黒い髪のかぶさった額を叩いた。「わたし、そう思っています。彼の魂はここへ移されたんだと思うんです。でも——」とまた思い悩む風情になって、「なんだかおわかりになる？」

「わかります」と彼はいった。

「そうなんです。十一日までには——お医者様がいうには十一日以後ではだめですって——彼の肉体の最後のかけらをひきわたさなければならないんです。男の方に」彼女は嘲りの表情をうかべたが、敵意はなかった。「わたしが好こうが好くまいが。どうしても男のひとと寝なければならない。医学的な必要から。さもないとこのプロセスが完了しないことになって、わたしの子宮をまた別の赤ん坊に提供することができなくなるんです。それに奇妙なんですけれど、この二週間というもの、いえもっと前から、わたし、衝動を、生物学的な衝動を感じているんです。男のひとと寝たいという、どんなひとでもいいから」彼女はセバスチャンをちらりと見た。「お気にさわったかしら？ そんなつもりじゃなかったんですけれど」

セバスチャンはいった。「するとアーノルド・オックスナード・フォードはわたしの体の一部になるんですね？」

「すばらしいと思いません？ 写真をもっていたんですけど、もちろん消去局に没収されてしまったわ。理想をいえば、あなたがあの子に会っていればよかったんですけど。もしわたしたちが結婚していたとしたら、あなたも会っていたはずね。でもわたしって、ベッドではとてもいいんですって、だからきっとその部分だけでも愉しめるんじゃないかしら、それで充分じゃなくて？」

彼は考えた。またもや抜け目のない計算が必要だった。ロッタが知ったらどう思うだろう？　ロッタに、知れるだろうか？　知らせるべきだろうか？　それにしても奇妙な話だ、ミス・フィッシャーが、文字どおりいきあたりばったりに彼を選んだというのは。だが彼女の話は真実だ。赤児が子宮に入ってから九カ月目、母親たちは――その必要にせまられる。ミス・フィッシャーのいうとおり、これは生物学的に必要なことなのだ。受精卵は精子と卵子に分離されねばならない。

「どこへ行けばいいだろう」彼は遠まわしにいった。

「わたしのところでも」彼女が提案した。「いい部屋ですし、泊まってもいいし。終わってもほうりだしたりしませんから」

ふたたび彼は考えた。わたしは店に戻らねばならない。だが――これは、いまの彼にとっては好運だった。いまこそ彼は士気を高めねばならないのだ。ひとりの女が――まったく当然な理由から――自分を捨てたが、いままた別の女が自分の気をひいている。彼は誘惑を斥けることはできなかった。

「オーケー」と彼はいった。

アン・フィッシャーは通りがかったエアタクシーをとめた。たちまちふたりはアンのコナプトに向かっていた。

きれいに飾りたてた部屋だな、と彼は思った。居間を歩きまわりながら、この花瓶、あの壁掛け、そして書物や李白の翡《ひ》翠《すい》の小さな彫像などを丹念に見てまわった。「すばらしい」と彼はいった。だが、いつのまにやら、ひとりになっていた。ミス・フィッシャーは、吐きだすために別室に抜けだしていたのだ。

ほどなく彼女は戻ってきた、輝くばかりの温かな笑みを晴れやかに投げかけながら。

「輸入ものの、シドンのソウガムのとてもいい年代ものがあるの」と彼女はいってフラスコをさしあげた。「少しいかが?」

「いや、けっこう」彼はベートーベンのチェロとピアノのためのソナタのLPをとりあげた。考えてもみろ、と彼は思った。いつの日か、そう、あと二世紀もすれば、こんなレコードも消去されてしまうのだ。ウィーンの図書館は、ベートーベンが血のにじむような労力をもって、楽譜の最終印刷版からうつしとった原譜の、書きこみだらけの、苦悩にみちみちた譜面を受けとることになるだろう。しかしベートーベンも生きかえるのだ。いつの日か彼は、棺のなかから不安におののく声で呼びかけるだろう。だがなんのために? 不世出の名曲を消去するために。なんというおそるべき運命だろう。

「レコードをかけましょうか」とアン・フィッシャーが訊いた。

「いいね」と彼は答えた。

「これはとても美しいの」彼女は、もっと初期の作品、作品番号五の一をかけた。ふたりはレコードに耳をかたむけたが、アン・フィッシャーはすぐにそわそわしだした。どうやらじっと聴いているというのは性《しょう》にはあわないらしい。居間を歩きまわりながらこう訊いた。「あなたは、ホバート位相《フェーズ》がだんだんとおとろえていくと思う？　そして正常な時間が復活すると？」

「そうねがっているな」

「でもあなたは得をしたわね。一度死んだんですもの。そうでしょう？」

「わかるのか？」彼はとげとげしくいった。

「気を悪くしたらごめんなさい。でもあなたは、五十ぐらいなんでしょう？　人よりは長い人生をおくるわけだわ。まったく完全な人生を二度もおくるわけね。こんどの人生は、最初の人生より愉しんでいるかしら？」

「妻のことが悩みでね」彼は率直にいった。

「ずっとお若いのね？」

彼は無言で、金星のスノフル革で装丁した十七世紀のイギリスの詩の本を手にとって眺めた。

「ヘンリィ・ヴォーンが好きなの？」と彼は訊いた。

「来世を見たという詩を書いたひとだったかしら、『われ、すぎこしかたの夜、来世を見たり』」

本をひらきながらセバスチャンはいった。「アンドリュウ・マーヴェル。彼の内気な恋人へ。『されどわが背には羽ばたく時の馬車が追いせまる、われらの行く手には永劫未来の砂漠が横たわる』」彼は本をぱたりと閉じて、「わたしは見たんだ、来世をね。時空間の外で、とてつもなく大きなもののあいだを漂って――」彼は口をつぐんだ。来世の体験を、人と話しあうのは無意味だと思った。

「わたしを早くベッドへ追いこもうとしているのね」と彼女はいった。「その詩の題名で――ちゃんとわかるわ」

彼は詩の一節を読んだ。「『うじ虫めら、長らく守られし処女をむさぼらんとし』」彼は笑いながら、彼女をふりあおいだ。おそらく彼女のいうとおりだろう。だがその詩は彼を期待から遠ざけた。彼はそれを知っていた――体験がそれを生々しい心像にした。「『墓はうつくしい、ひめごとの場所』」なかばうめくようにいった。そしてそれがふたたび甦るのを感じた、墓のにおい、冷気、狭苦しい不吉な暗闇。「『されどそこで、相擁《あいよう》するものはなし』

「では、ベッドにとびこみましょう」ミス・フィッシャーは事務的にいった。そして彼を寝室へ案内した。

終わったあと、彼らは裸で横たわっていた、シーツをかけただけで。アン・フィッシャーは無言で煙を吐いている。タバコの光の赤い輝きが彼女の存在を示している。彼は安らかな気分でそれを見た。猛々しい緊張は去っていた。

「でもそれはあなたにとっては永遠ではなかったのね」アン・フィッシャーが遠いところからいった、まるで深い瞑想にひたっているかのように。「あなたが死んでいたのは限りある時間だったのね。何年？　十五年？」

「永遠と変わらない」彼は素気なくいった。「説明しようとしてみても、体験したことのないものにはわからない。知覚と時空間の範疇《はんちゅう》の外に出たとき、それは無限となる、時間はもはや経過しない、いかに長く待とうと。そしてそれとのかかわり方次第で、無限の喜びともなり無限の苦しみともなる」

「それとのかかわり方って？　神との？」

「ピーク教祖はそれを神と呼んだ」彼は考えに沈みながらいった。「生きかえったとき」そうして彼は無力感のなかで悟ったのだ、自分のいったことの意味を――ひしひしと。

ややあってアン・フィッシャーがいった。「あのひとならおぼえているわよ。何年も前のことね。ユーディ教を創設したひとね、あの大がかりな集団精神合体儀式をつくりだしたひとね。生きかえったなんて知らなかった」

なんと答えればいいだろう？　言葉、と彼は恐怖にかられながら思った、いってはならない言葉。それはただひとつのことを意味している。その言葉はすべてを語っている、ピークが再生していたこと、そして彼、セバスチャン・ヘルメスがその場に立ちあったことを。それゆえ教祖はヘルメスの瓶ヴァイタリウム商会にいるということを。ともあれ、いったん口にしてしまったのだから、ここは率直に話したほうがいいだろう。

「われわれはきょう彼を甦らせた」とセバスチャンはいい、これが彼女にどんな意味があるだろうか、と思った。彼はこの女を知らない、ほとんどなにも。こんなことは彼女にはなんの意味もないのかもしれない、ただ退屈な世間話、あるいは神学上の興味、あるいは——とにかく一か八か賭けてみよう。確率的にいえば、アン・フィッシャーが、教祖に多大な関心をいだいている人物と関係があるということはまずありえない。ともあれ、一か八か、あたってくだけろだ。「彼はわたしのヴァイタリウムで甦った。だから、ここに泊まるわけにはいかないんだ——今晩もう一度話しあおうといってきたのでね」

「わたしもごいっしょしていい？」とアン・フィッシャーが訊いた。「甦ったばかりの老生者をまだ見たことがないの……なんでも特別の顔つきをしているんですってね。死んでいるあいだに見たもののせいで。甦ってからも、なにかほかのもの、なにか巨大なものを見つめつづけているんですってね。そして悟りめいた謎のようなことをいうんですってね、たとえば、われは汝なりとか。さにあらずとか。一種の〈ゼン・ノ・サトリ〉のような神秘的な言葉を、それは彼らにとってはとても重要なことなんでしょうけど、あたしたちには――」仄暗い夜のような明かりのなかで彼女は、この話題に明らかに魅せられたようにしきりに身ぶりをまじえて喋った。「あたしたちには、なんの意味もない……ええ、そうね、やっぱり体験しなければわからないことね」彼女はベッドからはねおきると裸足でクロゼットに近づき、ブラジャーとパンティをとりだして、手早く身支度をはじめた。

老いこんでしまったような疲れをおぼえながら、彼もまたゆっくり身仕舞いをはじめた。わたしは過ちをおかした、と彼は悟った。もう彼女を追いはらうことはできない。彼女のなにかが、そのしつこさが致命的なのだ。あの一区切りの時間を逆行させることができたら、わたしが口にだしたあの短い言葉を……彼女がアンゴラのセーターを着て、ぴっちりした細いスラックスをはくのを眺めながら、彼は身仕舞いをつづけた。彼女は美しい、彼女は魅力的だ、そして彼女は、自分がなにか重要なことをつかんだと思っている。わたしは、おろかにもこれは特別のことだと言外に彼女に伝えてしまったのだ。

好奇心が満たされるまで彼女がどこまでくいさがるか、神のみぞ知るだ。

11

神については何事も文字どおりに、あるいは断定的に叙述することはできない。厳密な意味で神は存在しない、なぜかというと神は存在を超越しているからである。

——エリウゲナ

エアタクシーでバーバンクを越え、ヘルメスの瓶ヴァイタリウム商会へ飛んだ。外から見ると店は暗くひっそりとして、まったく人気《ひとけ》がないように見えた。だからピーク教祖が、店の奥の急ごしらえのベッドに横たわっていて、サイン医師だけでも付き添っているはずだということを信じるのに苦労した。

「わくわくするわ」とアン・フィッシャーはいって、痩せた体をぴったりとよせてくる、震えながら。「寒い。早くなかへ入りましょうよ。早く会いたい。あなたにどんなに感謝しているかわからないでしょうね」

「長くはいられないよ」とセバスチャンはいって、ドアの鍵をまわした。

ドアはぱっと開いた。と、そこにピストルをかまえたボブ・リンディが立っていた、ふくろうみたいにまばたきをして、ともかく油断なく身構えている。

「わたしだよ」セバスチャンはいった。ぎょっとしたけれど、店のものがこれほど警戒してくれていたのがうれしかった。「これは友達だ」彼はドアをしめ、鍵をかけた。

「鉄砲がこわいわ」とアン・フィッシャーは不安そうにいった。

「ひっこめろ、リンディ。そんなものじゃ、だれにも立ち向かえやしない」

「かもしれないな」とリンディはいった。そして先にたって作業場へ入っていった。奥のドアが開き、さっと光が流れだした。「だいぶ元気になった。シェリルに口述筆記させているところでさ」ボブ・リンディは、アン・フィッシャーをじろじろと、皮肉な、油断のない目で眺めまわした。「このひとはだれです？」

「お客さんだ。ミセス・ティリイ・M・ベントンの契約をなさるそうだ」セバスチャンはベッドに近づいた。アン・フィッシャーは息をつめてそのあとにつづく。

「猊下」と彼はあらたまった口調でいった。「お元気になられたようですな」

教祖は以前より力強い声で答えた。「書きとどめておきたいことがたくさんあるのだよ。なぜテープレコーダーをおいておかないのだ？　ともあれ、ヴェイルさんの速記者としての才能におおいに感謝している。じっさい、きみらがわたしにつくしてくれた親切にもな」

「あなたはほんとうにピーク教祖なんですか？」アン・フィッシャーがおそるおそる訊ねた。「ずいぶん昔のことですけれど……あなたもそう感じますか？」

「これだけはわかっておる」と教祖は夢みるようにいった。「わたしはまたとない機会をあたえられたのだと。神はわたしにおあたえになった——ほかの人々にも——パウロに見ることをお許しになった以上のものを。わたしはこれをあますところなく書きとどめておかねばならない」彼はセバスチャンに訴える。「テープレコーダーを用意していただけないか、ヘルメスさん。どんどん忘れてしまうのだ……わたしの指のあいだから、こぼれて、消えていってしまうのだ」彼は発作的に拳をにぎったり開いたりした。

セバスチャンはボブ・リンディにいった。「テープレコーダーなら調達できるだろう。たしか一台あったはずだ。あれはどうした？」

「リフターがいかれてましてね。買ったところに修理にだしてありますよ」とリンディはいった。

「もう何カ月も前なんですよ」シェリル・ヴェイルがとがめるようにいった。

「まあな」とリンディはいった。「だれもひきとりに行くひまがなくて。明日の朝ならとりに行けるけど」

「どんどん消えていってしまう」と教祖は悲しげにいった。「どうか助けてくれ」

アン・フィッシャーがいった。「テープレコーダーならもっています。コナプトの自宅に。あまりいいものじゃありませんけど――」

「声の録音するのに、精度は問題じゃない」セバスチャンは即座に腹をきめた。「じゃ、ひとつとりにいってもらえますか？　そして、ここまでもってきてくれますか？」

「テープを忘れないようにね。リールは七インチのを十二本ぐらい」とリンディがいいそえた。

「よろこんで」とアン・フィッシャーはいった、熱っぽい目をして。「こんなすばらしいことのお手伝いができるなんて――」彼女はセバスチャンの腕をぎゅっとつかむと表のほうへ小走りにかけだした。「持ってきたら、またここへ入れてくださるわね？」

「そいつが要るからね」とボブ・リンディはいった。そしてセバスチャンに、「あのじいさん、すごい早口で喋りやがるから、シェリルが書きとれないんですよ。一分一マイルぐらいの速さで、言葉が飛びだすんだからなあ」不思議そうな顔で、「ほかの連中は、あんなふうにぺらぺらやらないがね。たいてい、しばらくぶつぶつやってるが、そのうちにあきらめちまうがなあ」

「理解してもらいたいのさ」とセバスチャンはいった。わたしが理解してもらいたかったように、彼もそれを望んでいるのだ――このわたしは、ほかの連中と同じように、理解してもらうことをあきらめた。だが彼はうるさくせがむだろう、われわれがその言葉を書きとるまで。それは彼に深い感動をあたえた。アン・フィッシャーを表へ送りだしながら、彼女の熱っぽい酔ったような表情を見て、彼女も感銘をうけたのだなと思った。

「三十分ね」と彼女はいって、立ちさった。とがった靴の踵が、舗道にこつこつとこだまする。彼女がエアタクシーを呼びとめるのを見とどけてから、彼は店に戻ってドアに鍵をかけた。

部屋のすみでひとやすみしていたサイン医師が、声をかけた。「驚いたよ。あんな女をここへ連れこむとは」

「あの女はね」とセバスチャンはいった。「九カ月前に赤ん坊と合体して、それで今晩わたしと寝たわけですよ。自分のテープレコーダーをもってきてくれて、それを置いていく、二度と会うことはありませんよ」

ビドフォンが鳴った。

セバスチャンは眉をあげ、レシーバーをとった。きっとロッタにちがいない。「さよなら」と彼は期待をこめていった。

スクリーンには見なれぬ顔の男があらわれた。「ヘルメスさん？」男の声は、ひどく几《き》帳面《ちょうめん》でゆっくりとしていた。「身元を明かすつもりはない、その必要はないからだ。連れとわたしは、あんたの店の向かいで張りこみをしている」

「はあ？」とセバスチャンはいった、さりげなく。「それで？」

「あんたが、あの女と店へ入ったとき、女の写真をとった。たったいまエアタクシーで立ちさった女。その写真をローマへ送って、記録所で調べさせた。ローマから届いた情報がある」男は一枚の紙を眺めている。その紙片は、それを読んでいる男の顔に影をなげた。「女の名前は、アン・マクガイア。市民特殊図書館の館長の娘だ。消去局が、この地域でときどき彼女を手先に使っている」

「なるほど」セバスチャンは機械的に答えた。

「だから、消去局の連中がやってくるぞ。すぐに教祖をほかの場所へ移したまえ。連中がくさび型隊形をくんで急襲してこないうちに。消去局の連中がだ。わかったかね、ヘルメスさん？」

「わかった」そういって彼はビドフォンを切った。

ややあってサイン医師がいった。「わたしの家がいいだろう」

「そいつはだめだな」とセバスチャンはいった。

話を聞いていたボブ・リンディがいった。「あのじいさんをエアカーにのせるんだ。屋上に三台ある。あいつをここから連れだすんだ――さあ！」その声は叫びになった。

「おまえ、やれ」セバスチャンがだみ声でいった。

ボブ・リンディとサイン医師のふたりが奥の部屋に消えた。セバスチャンはぼんやり突ったったまま、彼らが教祖をベッドから運びだす物音を聞いた。教祖が抗議する声が聞こえる――書きとめてくれといいはっている――それから階段をのぼり屋上にあがっていく物音が聞こえた。

エアカーのエンジンの音。そして静寂。

シェリル・ヴェイルが近づいてきた。「行っちゃったわね。三人とも。あなたはいったい――」

「わたしは口の穴みたいに間抜けだと思うよ」とセバスチャンがいった。

「結婚しているのに」とシェリル・ヴェイルがいった。「あんなかわいいお嬢さんと」

セバスチャンは彼女の言葉を無視した。「あのイタリアの買い手。ジャコメッティ。やつはうちの店の客になるはずなんだ」

「ええ、ありがたいわよね」

そしてわたしは、あの女と寝たのだ、一時間前に。だれがこんなことをするだろう？こんな馬鹿なことをする人間が？「ロッタがわたしを捨てたわけがわかるだろう」と彼はいった。ひどい虚脱感がおそった。そして敗北感が、ある意味では初めての。いわゆる敗北感とちがって、どこか親密な個人的な感じのするなにか、人間として、男としての彼の奥深くにしのびこんだなにか。

いずれまたあの女に会うことがあるだろう。そうしたら、こんどはわたしがやってやる番だ。お返しに。

「家に帰りなさい」と彼はシェリルにいった。

「そのつもり」彼女はコートとハンドバッグをとりあげ、ドアの鍵をあけて夜の闇へと消えていった。彼はひとりになった。

一日のうちに、彼らはわたしたちふたりをふりまわした。ロッタがやられ、そしてわたしがやられた。

店のなかを歩きまわってリンディのおいていった銃を探しだすと、入口のドアが見通せる受付のカウンターの前にすわった。時間が刻々とすぎていく。こんなことのために、わたしは死から甦ったのか。限りある世界に限りない危害をあたえるために。彼は待ちつづけた。

二十分後、入口のドアをとんとんと叩く音がした。立ちあがり拳銃を上着のポケットにしまうと、ぎくしゃくとドアに近づく。

「さよなら」ドアを開けるとアン・フィッシャーが息をきらせながらそういった。そしてテープレコーダーとテープの入った箱をもって店のなかへ入ってきた。

「奥へもっていきましょうか?」と彼女は訊いた。「彼のところへ?」

「どうぞ」彼はカウンターの前に腰をおろした。アン・フィッシャーは荷物を抱えて、わきを通っていった。彼は立って手をかそうとはしなかった。ただすわって待っていた、さっきと同じように。

　彼女はすぐ戻ってきた。長身のしなやかな体がそばに立つ気配がした。なにもいわずに。

「いなくなったわ」アンがようやく口をひらいた。

「最初からいやしなかった。あれは芝居だったんだよ。あんたに見せる」彼はとっさの言いのがれをしなければならなかった。奇妙なことに怖かった。彼は無気力で、おどおどしていた。

「どういうこと」アンがいった。

「内報があってね。あんたに関する」と彼はいった。

「ああ」ふいに彼女の声が鋭くなる。口調が、がらりと、まるで変態したかのように変わった。「そいつら、あたしのことなんていった？」彼は答えなかった。「教えてもらえるとありがたいけど」アンはいった。「匿名の密告か——知る権利があるね」彼は終始無言だ。「いいわ。じゃもうテープレコーダーはいらないね。それからあたしもね。あたしを信じないなら」

　彼は目をあげずにいった。「あんたのおふくろは、きょう図書館でわたしの妻になにをした？」

「なにも」彼女はそっけなくいった。客用の椅子に腰をかけて足を組んだ。それから吸い殻の入ったタバコ入れをだし、吸い殻に火をつけ、吸っては吐きだし、また吸った。

「それで充分だな、妻がわたしを捨てる理由としては」彼はいった。

「ああ、あのひとたち、おびえていた。あんたの奥さんとお巡りの友達。母さんの仕打ちのせいで、あんたを捨てたわけじゃない。あのお巡りは、何カ月も前から、あんたの奥さんをベッドにひきいれようとやっきになってた。あのふたりがいまどこにいるか、あたし知ってる。サンフェルナーンドーのどっかのモーテルにしけこんでるわ」

「あんたとわたしみたいにね、さっきの」と彼はいった。

彼女はそれについては、なんの意見も述べなかった。そしてあたりにただようタバコの煙を吸いつづけた。タバコはしだいに長さをましていく。

「で、どうする？」アンがついに口をきった。「あんたは彼を移した、こちらは見つける。隠し場所といったって限られているもの。それにここを飛びたったエアカーには尾行がつけてあるし。あのエアカーで運んだんだね」

「アーノルド・オックスナード・フォードなんて人間はいやしないんだろう」とセバスチャンはいった。「そうだろう？」

「いたことは、いたわよ。あたしの最初の亭主の名だもん。去年、あたしを捨てたのよ」さりげない口調だった、まるでそんな大事はなかったとでもいうように。そしておそらく彼女のいうとおりだろうと彼は思った。彼は立ちあがり、女に近づいた。女は上目遣いでこういった。「それで？」

「ここから出ていけ」

「ねえ、理性的になってよ。こちらは買い手。彼が話す言葉をすべて抹殺したい立場にいる。われわれが望むのはそれだけ……彼に危害を加えるつもりはない。その必要はないわ。銃をつかうのはあんたの友達のお巡りよ。それからあんたのところの技師。あの銃はいまどこにあるの？」

「わたしがもっている。だから出ていけ」彼は通りに面したドアを開けた。そして待った。

アンは溜息をついた。「あたしとあんたの関係にはなんの障害もないわよ。ロッタはよその男とモーテルにしけこんでいる。あんたはひとり。あたしもひとり。どこに問題があるの？　あたしたちは、法律に反するようなことはなにもしていない。あんたの奥さんは病的な恐怖心をもった子供で、なんにでもおびえるんだ――あんたはまちがってる。彼女の神経症的な恐怖を本気にしたりして。奥さんにいうべきよ、泳げ、さもなきゃ溺れろって。あたしならそういってやる」彼女は次のタバコに火をつけた。「あんたが追いかけなくちゃならないのは、あのお巡りよ、ジョウ・ティンベイン。こんなにいってもあんた、目がさめないの、あんたの奥さんと寝てるっていうのに？　あのふたりはいまいっしょに寝てるわよ。なのにあんたはあたしに腹をたててる」声はかたく、なじっているのに、熱っぽさも、真実らしさもない。事実の公平な叙述。ずうずうしいものだと彼は思った。もうがまんがならない。これはわたしが寝た女じゃない。こんなふうに豹変できる人間はいない。「ねえ」とアンがいった。「こんないがみあいはもうよさない？――どちらにもなんの役にも立ちやしない、それに――」彼女は肩をすくめた。「終わったところからもう一度やりなおさない？　あたしたちなら、それだけの価値のある関係がつくれると思うな。完全無欠な。あんたの年でも」

セバスチャンはアンの口もとに烈しい平手打ちをくらわせた。

彼女は動ぜず、かがみこんで、落ちたタバコをひろった。体は震えていたが。「あんたの結婚生活は、もう終わりよ、あんたの意志にかかわらず。あんたの古い生活は終わって、新しい生活が――」

「あんたとか？」セバスチャンはいった。

「それもいいじゃない。あんたは魅力があるもの――曲がりなりにも。教祖の問題を片づけさえすりゃ、そうすりゃ――」とゼスチュアをした。「あたしにはわからないな、おたがいに得るところのある、おたがいに満足している関係を、いったいなにがはばんでいるのか。当面の問題、教祖の問題、あんたがたいへんな敵意と不信をいだいているこの問題を除いたら、あたしたち、はじめからかなりの線いってたじゃない。あたしをぶってくれたけど、それは見のがしてあげる。あんたって、ほんとはこんな人じゃない、これはあんたじゃない」

ビドフォンが鳴った。

「出たらどうなの？」アン・フィッシャーがうながす。

「いや」と彼はいった。

アンはビドフォンに近づいてレシーバーをとった。「ヘルメスの瓶ヴァイタリウム商会」事務的な口調でいう。「もう閉店しました。明朝かけなおしていただけませんか？」セバスチャンには聞きおぼえのない男の声が「ムルルル」といった。声は聞こえるが、話の内容はわからない。彼は平然とすわっていたが、心は重く、思いは、あてもなくさまよっていた。ロッタじゃない、と彼は思った。問題は、アン・フィッシャーが正しいということだ。わたしの結婚生活は終わったのだ、なぜならアンは、わたしの結婚生活を終わらせることができるからだ。ロッタを探しだし、自分たちがいっしょに寝たことを告げさえすればいいのだ。そして彼女はロッタに、いまわたしにいったとおりのことをいってみせるだろう、永続していくことのはじまりとして。

一夜にして、この女は、わたしの仕事とこれまですごしてきた人生を危地に追いこんでくれた。昨日までのわたしには信じられないことだ。

「カール・ガントリックスさんよ」アンが彼にむかっていった。

「知らないね」と彼は答えた。

彼女はレシーバーに手をあてて、「このひと、あんたが教祖を手にいれたことを知ってるわよ。その話でしょ。きっとお客よ」彼女はレシーバーをつきだした。

否応なかった。彼は立ちあがり、近づいてレシーバーをうけとった。「さようなら」彼はいった。大儀そうに。

「ヘルメスさん」とガントリックスはいった。「はじめまして」

「ご同様」

「わたしは公式な立場でご連絡しているのです。レイ・ロバーツ猊下にかわりまして。猊下はただいま、まことに喜ばしいかぎりながらWUSへの行脚に向かうジェット機にご搭乗になられました。いまから十分後に、ロサンゼルスにご到着になります」

　セバスチャンは無言だ。ただ聞いていた。

「ヘルメスさん」とガントリックスはいった。「あなたがそちらにお出《い》でになるやもしれずと万一をたのみまして、ときならぬ時間ですがご連絡したのです。おそらくは教祖様を甦らせていただいたり手当てをしていただいたりでお忙しいのではないかと推測したのです。そういうことでよろしいでしょうか？」

「ここに教祖がいるとだれがいいましたか？」とセバスチャンは訊いた。

「ああ……それは答えかねますね」スクリーンに映ったガントリックスの表情が狡猾になった。

「あんたの情報提供者はまちがっている」とセバスチャンはいった。

「いや、そうは思いませんなあ」ふたたび、ひやかし半分の茶化した口調、まるで彼をからかっているとでもいうような、まるで自分がすべてのカードをにぎっているとでもいうような。「わたし自身」とガントリックスはいった。「すでにWUSに、ロサンゼルスに来ておりまして、まもなくふたたびロバーツ猊下と合流いたします、がしかし、この取引きをあなたとすませる時間はあります。ロバーツ猊下は、教祖様の購入に関する折衝をわたしに指示なさいましたので、このようにご連絡しているわけなのです。おたくのカタログには価格はいくらと出ていますか？」

「四百億ポスクレッド」とセバスチャンはいった。

「それはまたお高い」

「四百五十億」とセバスチャンはいった。「販売担当の歩合をいれて」

彼のうしろにいたアン・フィッシャーが耳もとでいった。「それはまずいわ、こっちで値段をつけるのは」

「法外な値段さ」セバスチャンはいった。「だれにも払えるものか。たとえユーディであろうと」

「そんなことはないわ。あの連中にとっては高くない。あの連中が手にいれようとしているものに対してなら」

「すぐにそちらへうかがいます」とガントリックスがいった。「値段のほうは、多少割り引いていただけると思いますが」相手は動じる気色はない。アンのいうとおりだ。「こんにちは、ヘルメスさん。では、のちほど」

「こんにちは」セバスチャンはビドフォンを切った。

「あたしをぶったりしてうんと気がとがめているものだから」とアンがいった。「こんどは自分を罰しているわけね。あきらめることで」

「そうかもしれない」と彼はいった。だがあの金額にユーディ教会が応じられるとは信じがたい。「値段をもっとつりあげてやろう、ガントリックスがここにやってきたら」

「いいえ、あんたはそんなことはしない。あんたのほうが折れるわよ。いずれにしても教祖が自分の手中にあるのかどうかもわからないんじゃないの。ここはあたしにまかせたほうがいい、セバスチャン。もうあんたの出る幕じゃない」

「なんでもかんでも自分でやりたいんだね」

「いけない？　あたしって頭がいいし、教養もある。取引きはさんざん勉強したわ。あんた、疲れてる。奥で横になっていなさいよ。ガントリックスがあらわれたら起こしてあげる。そうしたらあたしの介添役になればいい。こんなに意気消沈しているときには、肩がわりしてもらう人間が必要よ。ロッタにできるとは思わない。だから彼女の負けなのよ」

　彼は立ちあがり、店を出て、暗い通りを渡った。監視者を探した。その場にしばらくたたずんで手をふると、右手の建物からひとりの男があらわれた。アンのことをビドフォンで警告してくれた人物。「助けがいるんだ」とセバスチャンはいった。

「なんのために？　あのマクガイアの娘を始末するのか？」黒い髪のイタリア人風の顔つ

きの男がいった。

「うちのエアカーが屋上から飛びたったのを見ただろう、ちょっと前に」

「ああ、それから図書館のバスがそのあとを追っていったのもね」と男はいった。

「教祖がまだうちのものかどうかわからない」

「われわれはそれについての情報を待っているんだ」と男はいった。「監視所から見たところでは、あんたのところのエアカーのほうが機先を制したように見えた。たしかに飛んでいったよ。あの操縦士はエキスパートだね」

ボブ・リンディにちがいないとセバスチャンは思った。あいつは無謀な操縦をする。

「どうやって調べる？」彼は男に訊ねた。「レイ・ロバーツの代理人がやってくるので、どうしても知っておかなければならない」

「ガントリックスか」と男はいって、うなずいた。「ガントリックスからのビドフォンはチェックしていた。そのことなら知っている。ずいぶんと吹っかけたな。あれはほんとうの値段か？　それともユーディを動けなくするためか？」

「彼らがあれだけの金を調達できるとは思っていない」

「できないな。WUSポスクレッドではだめだね。ガントリックスはFNM代用紙幣で間に合わせようとするだろう。これはご承知のように、文字どおり反古《ほご》同然だ」彼は補足した。「あんた、条件を明示しそこなったね」

「教祖がもうわれわれの手中にないなら」とセバスチャンはいった。「そんなことはもうどうでもいい」

「情報が入り次第知らせる。うちのエアカーでバスのあとを追わせている。いずれ、連絡があるだろう。われわれが連絡するまでガントリックスをひきとめておいてくれ」

「わかった」セバスチャンはうなずいた。それからぎこちなくこういった。「ご協力に感謝する」

男はいった。「あのマクガイアの娘を追いだしてくれ。なんとかならないのか？　あれはタフだ、あれはプロだ――だが、あんたのほうが体はでかいんだ」

「表にほうりだしたところでしょうがないだろう？」たしかに無駄のように思われた。無意味だ。「発見したことはもう図書館に報告してしまったんだから。これ以上なにもできやしない」

「あの女はあんたの手のうちをガントリックスにばらすだろう。あの女のやりそうなことさ」男の声は怒りにうわずった。「あいつは交渉をひきうけておいて、教祖を売りとばすつもりさ、それで一巻の終わりだ」

もうひとつ別の黒い人影が右手の建物からあらわれた。ローマ・シンジケートから派遣されたこのふたりの監視者は、ひそひそと何事かささやきあっている。

「あの女、あんたの店のビドフォンを使って図書館を呼びだしているそうだ」と初めの男がいった。「ガントリックスが、店にやってくることを消去局へ知らせている」イアフォンをつけたままのもうひとりの男が補足した。「それから爆弾をしかけたと図書館に報告している——テープレコーダーに偽装して持ちこんだんだ——あの店のどこかに。リモートコントロールで思いのままに爆発させることができる」

「なんのために？」と最初の男が訊いた。「だれを吹きとばすつもりかね？　彼女自身をか？」

「なにもいっていない。彼女のビドフォンを受けた図書館の消去局員は知っているらしい。待て」彼はイアフォンを叩いた。「またかけているぞ」しばらく沈黙したあとでこういった。「こんどはご亭主にだ」

「ご亭主だと？」セバスチャンはいった。するとあれも嘘だったのか。彼は心の底から彼女に憎しみを感じた、根深い憎悪を。

「こいつはなかなかおもしろい」イアフォンの男がまたいった。「計画を全部べらべら喋っている。第一に、彼女は、あんたの奥さんを探しだして監視するように頼んでいる。あんたの奥さんがいまどこにいるか知っているのか、ヘルメスさん？」

「いや」と彼は答えた。

「第二に」と男は言葉をついだ。「ジョウ・ティンベインという男を殺すように頼んでいる。それから最後に、これが成功したら、あんたの奥さんをあんたのところへ戻ってこられないように捕まえてくれと消去局に頼んでといっている。アニイ・マクガイアは、図書館が教祖を手にいれるまであんたにまといつくつもりだと、それから――」男はセバスチャンをちらりと見た。「あんたも殺すといっている。あんたにされた仕打ちのおかえしに。なにをやったのかね、ヘルメスさん？」

「なぐってやった」

「なぐりたりなかったな」とイアフォンの男はいった。

セバスチャンは踵《きびす》をかえし通りをわたり、ヴァイタリウムへ戻った。なかに入るとアンはビドフォンからだいぶはなれたところに腰かけていた。彼女はにっと笑いかけた。「どこにいっていたの？」と彼女は訊いた。「外を見たけど暗くて、見えなかった」

「その辺をぶらついて考えごとをしていた」と彼は答えた。

「それでどう腹をきめた？」

「いまきめようとしているところだ」

「きめることなんかなにもないじゃない」

「いや、あるね」と彼はいった。「きみの片をどうつけようかとね。腹をきめなきゃならない」

「あたしは協力しているのよ」アンは機嫌をとるようにいった。「さあ横になって少しお休みなさい。ガントリックスがここへ来たら教えてあげる。それから――」彼女は立ちあがり、彼の腕に手をおいて軽く叩いた。「そんなに心配しないで。あんたが教祖を失っても、図書館がとりかえす、それならいいでしょ。彼らはなにをすべきか心得ている。それにもしあんたのところにまだあるとすれば――」彼女はいいよどみ、すばやく計算をする。鋭い青い目が、きらきらと輝く。「あたしならうまくやれる。カール・ガントリックスとの交渉は」

店の奥へ行くと彼はさっきまで教祖が寝ていたベッドに横たわった。ぼんやりと天井を見つめた。わたしの店が、と思った。あの女は、店を、わたしを、すべてを破壊することができるのだ。わたしを思いどおりに操れるのだ。なぜそれを止められない？　銃があるではないか、殺そうと思えば殺せるのだ。

だが彼は人を甦らせるように訓練されてきた、殺すのではなく。彼の生活態度、信条というものは、生命を授けることにかかわりがある。できうるかぎり、あらゆる人に対し、差別なしに。ヴァイタリウムは、掘りあげた老生者の身元調査を要求したことはかつてなかった。彼らが生きかえるべきか否かについて問いただしたことは一度もないのだ。

人を殺すということはそれほどたやすいことではあるまい。それは人間のすることではない。ほかに解決法があるはずだ。しかし平手打ちも彼女にはなんの効果もなかった――彼を報復すべきものとして永久的なくそ《フード》リストにのせただけだ。力ずくでは追いはらえそうにない。彼女がくいさがるつもりならだめだ。言葉は無力だし、彼女の肉体的安全を脅かすことも不可能だ。爆弾はどこにあるのだろう。この部屋だろうか？　やれやれと彼は思った。なんとかしなければならない、行動しなければ。

表のほうでビドフォンが鳴った。

彼ははねおきた、彼女を出してはいけないと思った。息せききって、表の部屋にとびこんだ、彼女はすでにそこにいてレシーバーを耳にあてていた――彼はそれをもぎとった。

「どっちみち、先方さんがあたしとは話したくないそうよ」アンは超然としていった。「あんただけに話したいそうよ、だれだか知らないけれど」彼女はつけくわえた。「声も、口調も気にいらないね。あんたって、ずいぶん奇妙な友達をもっているのね、もしこれが友達なら」

それはボブ・リンディだった。「彼女に聞こえませんかね？」とリンディは訊いた。

「ああ」彼はコードをのばせるかぎり彼女から遠ざかった。「話してくれ」と彼はいった。

「その女を追いはらえないんですか？」とリンディがいった。

「いいから話せ」彼は怒鳴った。

リンディはいった。「やつらをまきました。エアカーがつけてきてね。第一次世界大戦みたいな空中戦だったね。ぐるぐる同じところをまわってやりましたよ、そしたらやつらもぐるぐるついてきてね。それからこっちは宙返りを二回やった……最後にゃやつらを北に向かわせてね、おれたちは南へ飛んだ。やつらがUターンしてくるころにゃ、こちらはとっくに姿をくらましていたってわけですよ。いまやっと落ちついたとこ。彼はまだエアカーのなかにいる」

「居場所をいうな」とセバスチャンはいった。

「とんでもねえ、頭のおかしいあのあまがそこにいるんじゃあ。あの女はあんたをちっとも怖がっちゃいねえな？　女ってもんは、いっしょに寝たことのある男は怖がらねえもんでね。でもおれのことは怖がってますよ。銃を向けたときの目でわかったな。そっちへ戻りましょうかね。教祖さんはサインにまかせておけばいい。四十分もすれば店へ戻れますぜ」

セバスチャンはいった。「こっちはわたしひとりでたくさんだ。だいじょうぶだよ。二時間後にまた連絡してくれ。こんにちは」彼はビドフォンを切った。

窓ぎわで腕を組んでいたアンがいった。「じゃあ、あんた、まだ教祖を抱えてるってわけね。けっこう、けっこう」

「なんでわかる？」

「居場所をいうなといったからよ」彼女は窓からはなれると彼と向かいあった。「あんたひとりでなにをやるっていうの？」

「あんたをかたづける」とセバスチャンはいった。

12

われわれは神がなにであるか知らない……なぜなら神は永遠であり、しかるがゆえに客観的には不可知のものである。神はご自身がなにであるかを知らない。なぜなら神はなにものでもないからである。

――エリウゲナ

ふたりは向かいあった。

「あたしは爆弾をこのヴァイタリウムのどこかにしかけた」とアンはいった。「だからその銃であたしを撃とうなんて考えるんじゃないわよ。あたしをここから追いだしたって爆弾を爆発させることはできるんだから。あんたとカール・ガントリックスを殺せるんだから、あんたたちを殺しちまえば、ユーディたちはあんたの奥さんを追いまわす。彼らはあんたの責任だというわ、あの連中は徹底的に復讐するからね」

彼は考えこむようにいった。「あんたがここにいるかぎり爆弾を爆発させることはない。

あんたも巻きぞえくうからな。生命力が旺盛で活動的すぎるから、自殺はできないだろう」

「恐れいります」彼女はにっと笑った。「お世辞がお上手だこと」

表のドアを叩く音がした。

「ミスター・ガントリックスね」アンがいった。そして戸口に歩みよった。「お入れしますか？」彼女はその質問にみずから答えた。「はい、第三者をここへ入れるのは暗雲を一掃することになる。そうすりゃあんたもいかなる暴力もふるわないだろうから」彼女はドアを開けかけた。

「待て」と彼はいった。

彼女は問うようにちらりと見あげた。

「ロッタには手だしをするな」と彼はいった。「そうすればあんたに教祖をくれてやる」

彼女の目がぱっと明るみ、勝ちほこったように輝いた。

「しかしまず最初に妻をかえしてもらいたい」彼はいった。「妻の肉体がわたしの所有となるように、あんたに教祖を渡す前に。約束などはいらない」彼女にとって、約束など反古同然だ。

なかば開いたドアをおして、だらしない服を着た、ひょろりと背の高い黒人がおずおずと声をかけた。「ヘルメスさん？　セバスチャン・ヘルメス？」表の部屋をのぞきこんだ。

「とうとうお会いできてようございました、お目にかかれて。さよなら、ヘルメスさん」彼は手をさしだしながらセバスチャンに近づいた。

「ちょっとお待ちを、ガントリックスさん」セバスチャンはさしだされた手を無視した。アンにむかって彼はいった。「協定はわかったね？」彼女を注視して表情を読もうとした。だが彼女の心がどう動いているか推《お》しはかるのは不可能だった。彼女の反応を推測することはできなかった。

「お邪魔をしたようですね」ガントリックスは快活にいった。「待たせていただきましょう――」彼はつかつかと椅子に歩みよった。「――そしてお話が終わるまで、本でも読んでいましょう」そして腕時計を一瞥した。「しかし、レイ・ロバーツ猊下をお迎えにいかなければなりません、一時間後に」

アンはいった。「だれだって、人の〝肉体を所有する〟なんてことはできないわ」

「言葉のあやだ」セバスチャンはいった。「あんたはサディスティックな言葉の使い方をする。わたしのいう意味はわかるだろう。わたしはただ妻にここに戻ってきてもらいたいのだ、モーテルや図書館じゃなくて、このヴァイタリウムにだ」

「ピーク教祖はこの建物のなかにおられるのですか？」ガントリックスがくちばしをいれた。「みなさんがお話しあいをなさっているあいだにそっと一目拝見してもよろしいでしょうか？」

「この建物のなかにはいませんよ」とセバスチャンはいった。「よそへ移さざるをえなかったんです。安全をおもんぱかって」

「しかしあなたは実際に合法的な保護をしてくださっているのでしょう？」とガントリックスはいった。

「ええ」とセバスチャンはいった。「それは保証します」

アンがいった。「あたしがロッタをあんたのところへ連れもどせると思うの？　あのひとは自由意思で去っていったのよ。第一いまどこにいるかあたしは知らない、どこかしらね、きっとサン――」

「きっとモーテルを探すんだろう」と彼はいった。「どうせ。あんたは図書館に連絡して、消去局のやつに妻を探すように頼んだじゃないか」

女の顔が蒼白になった。

「ふたつの通話の内容はわかっているんだ」とセバスチャンはいった。「図書館と、それからあんたのご亭主と」

「あれはまったくプライベートなものよ」アンはふてくされ、怒ったようにいった――だが彼は恐怖を見逃さなかった。はじめて彼女は度を失った。彼を恐れた。それは無理からぬことだ。彼女の通話の内容を知ったこと、彼女の真意を知ったことが彼を変えたのだ。彼は新しいものを身内に感じた。そしてアンはそれを敏感に嗅ぎとったのだ。

「あたしはただいらいらしてたのよ」と彼女はいった。「だれもジョウ・ティンベインを殺しゃしない。ただいってみただけよ。あんたに叩かれて気がたっていたのね。男に叩かれたのは生まれてはじめてだもの。それから、あんたにつきまとうっていったことだけど――」彼女は慎重に言葉を選んでいる。可能性をよりわけているのが見てとれた。「率直にいうと、あたし、あんたといっしょにいたい、あんたに惚れちゃったのよ。亭主には口実をつくらなくちゃならなかったのよ。なんとかいいくるめなくちゃ」

「爆弾をとってくるんだ」とセバスチャンはいった。

「ふん」彼女は反射的にいって腕を組みなおした。「そうすべきかどうか」恐怖がうすれたように見えた。

耳をそばだてていたカール・ガントリックスがまたくちばしをいれた。「爆弾？　なんの爆弾です？」彼は不安そうに立ちあがった。

「教祖をこっちによこしなさいよ」とアンはいった。「そうすりゃ起爆装置を切るわよ」

袋小路。

カール・ガントリックスにアンはいった。「教祖がここにいたときに爆弾をもちこんだのよ。彼を殺すために」

ガントリックスは恐怖のまなざしでアンを凝視した。「な、なぜ？」

「あたしは図書館の人間よ」相手の反応にアンは当惑した。「レイ・ロバーツは教祖を殺したくないの？」

「めっそうもない」とガントリックスはいった。

セバスチャンとアン・フィッシャーはまじまじと彼を見つめた。

「われわれは教祖様を崇拝しております」ガントリックスは、激情のあまり口ごもった。「あの方はわれわれの聖人です——われわれがいただいた唯一のお方です。何十年もお帰りを待っていたのです。教祖様は来世の究極的な知恵をもってかえられました。これはロバーツの行脚の目的とするところです。これは聖なる旅です、教祖様の足もとにひざまずき、よき知らせに耳をかたむけるのが目的ですから」彼はアン・フィッシャーに近づいた。手をにぎりしめながら。彼女はあとずさりをした。「啓示」とガントリックスはいった。「あらゆる魂の未来永劫における融合についての輝かしき啓示。この啓示以外のものは問題ではありません」

アンは弱々しくいった。「図書館は——」

「消去局め」とガントリックスはいった、声には侮蔑がこめられ、ざらついていた。「専制君主め。この地球のとるにたらぬ支配者。おまえたちの仕事はなんだ？　あの方がもちかえられた啓示を消去しようというのか？」彼はセバスチャンをかえりみた。「教祖様のお体は安全なのですか、現在？」

「ああ」セバスチャンは答えた。「やつらが教祖を捕まえにきた。実際あわやというところだった」わたしはロバーツを誤解していたのだろうか？　彼のいうことはまことなのか？　なにやら非現実的で不気味な神秘感をおぼえた。まるでカール・ガントリックスが実在せず、現実にはなにもいわなかったかのようだ。なんだか夢のような。ガントリックスの言葉、彼の狼狽、彼の怒り、図書館に対する露骨な憎悪。だがこれらが事実だとしたら、われわれは取引きすることができる。教祖を彼に売りわたすこともできる。すべては変わってくる。

　セバスチャンにカール・ガントリックスはいった。「爆弾の起爆装置は彼女が身につけているのでしょうか？」

「図書館が爆発させることができるわよ」アンはしゃがれ声でいった。

「いや」とセバスチャンはいった。「彼女がもっている」アンにむかって彼はいった。「図書館へのビドフォンで、あんたはそういった」

「彼女は、それで自爆するつもりでしょうか？」とガントリックスが訊いた。

「いいや」とセバスチャンはいった。「これはたしかだね。彼女がまっさきに逃げだすつもりなのは」

　ガントリックスはいった。「では、こうしましょう。わたしが彼女の腕を押さえていますから、起爆装置を探してください」彼は女の腕をつかんだ。鉄のようにかたそうな握力だった。かたすぎる、とセバスチャンは思った。それが気になった。それからガントリックスの非現実的な感じを思いだして、諒解した。こいつはロボットだ、遠隔操作されている。

〈ガントリックス〉が爆弾を恐れないことはたしかだ、彼――あるいは彼の操作者――が、教祖がここを出て無事であることを知ったとなると。殺されるのはわたしだけだとセバスチャンは気づいた。わたしと、そしてアン・フィッシャー・マクガイア。

「できるだけ早く」とロボットはいった。「彼女の体を探しなさい」その声は毅然としていた。

セバスチャンはいった。「アニイ、爆発させるなよ。自分のためだ。そんなことをしたってなにもならない。これは人間じゃない――ロボットだ。ユーディはロボットを破壊したとしても流血を求めはしないだろう」

「それ、ほんとなの？」彼女は〈ガントリックス〉に訊いた。

「そうです」とそれはいった。「わたしはカール・ジュニア。どうぞミスター・ヘルメス、彼女から起爆装置をとってください。われわれは片づけねばならない仕事があるし、時間は一時間たらずしかないのです」

セバスチャンは装置を彼女のハンドバッグのなかに発見した。十五分間探しまわったあげくに。彼女に手を出す機会をあたえぬようロボットがしっかり押さえつけていてくれたので、危険はまったくなかった。

「とったわね」アンはわざとらしく落ちつきはらっていった。「でも図書館に対するあたしの指令は取り消せませんよ。ジョウ・ティンベインと、あんたの奥さんに関する指令はね」ロボットが手をはなすと、彼女は傲然と彼と向かいあった。

「それからわたしに関する、だろう？」とセバスチャンはいった。「わたしにつきまとってわたしと寝て――」

「ええ、ええ、ええ」彼女はいいながら腕をもんだ。髪の毛をなでつけ、頭を勢いよくふる。「こいつは嘘をついているのよ」彼女はカール・ジュニアのほうにひそかな身ぶりをすばやくしてみせた。「もし教祖を彼にわたせば、あんたは一文の価値もないＦＮＭ代用紙幣をあてがわれるだけよ。それから数週間もすると教祖は病気だと発表して、それから彼は永久に姿を消してしまう。彼は死ぬのよ。さっきこいつが来る前に、あんた、協定を申し出たわね。お受けしましょう。あんたはロッタをとりもどす――あんたがいったとおり、彼女の肉体をここ、ヴァイタリウムにね。そしてわれわれは教祖をいただく」彼女はセバスチャンを注視し、返答を待った。

「しかし、もしユーディが教祖を手にいれたら――」

「ああ、あんた、とにかくロッタにもう一度会えるのよ。あたしは脅迫しているわけじゃない。たしかな保証をあたえているのよ」ふたたびアンは落ちついて、自分をとりもどしたらしい。「図書館の気晴らしのほうは忘れて彼女を説得するわ、ジョウ・ティンベインは捨てて、あんたのところへ戻るように。強制はしない。あんたがどれほど心配しているかわからせるだけよ。彼女のためにあんたがどれほどの犠牲をはらったか。彼女をとりもどすために、あんたは四百五十億という金をなげうったんだから。彼女にそれをわからせてやるわ……消去局には複雑な問題を明快に解決しちまうのがいるから」

「おまえを、どこかほかへ連れていこう」セバスチャンはロボットのカール・ジュニアにいった。「取引きのできるところへ」

彼はアン・フィッシャーの腕をつかむと一気に、店の外へ押しだした。ロボット・カール・ジュニアはおとなしく従った。

セバスチャンが店の錠をおろすと、アンがいった。「ど阿呆のくそあたま《フード・ヘッド》、阿呆の阿呆のくそあたま」きんきんとひびきわたる声を聞きながら、彼とカール・ジュニアは屋上の駐車場へ通じる、がたがたの外階段のほうへ歩きだした。

「われわれはつねに図書館と闘ってきました」カール・ジュニアは白木《しらき》の階段をのぼりながらいった。「やつらは教祖様の新しい教義を消去したがっています。教祖様がお持ちかえりになった深遠な教義の一切を消去したがっています。教祖様はお持ちかえりになったとわたしは推測しています。そうではありませんか、ミスター・ヘルメス？　教祖様のお教えは、宏大無辺の宗教体験を啓示するものではなかったでしょうか？」

「まさにそのとおりだ」とセバスチャンはいった。「われわれが甦らせた瞬間から彼は居合わせた人々に話しかけ、書きとらせようとした」

駐車したエアカーにたどりついた。ドアの鍵を彼があけ、ロボットはエアカーにのりこんだ。

「図書館はあなたの奥さんに対してどのような力をもっているのです？」エアカーが夜空に飛びたつと、カール・ジュニアは話しかけた。「あの女が主張したような力があるのですか？」

「どうかな」とセバスチャンは答えた。ジョウ・ティンベインは、どこまでロッタを守ることができただろうか。かなりうまくやった、と彼は思った。とにかくロッタを図書館から救い出してくれたのだ……だから、ふたたび監禁されないようにしてはくれるだろう。あとはじっさいに図書館がどれほど執拗にやるかだ。所詮これは彼らにとっては枝葉の問題で、アン・フィッシャー個人の報復にすぎないのだから、図書館のポリシーの重要な側面ではない。

そしてポリシーを定めるのは消去局だろう、アンではなく。

「脅迫だ」彼はロボットにいった。「威嚇だ。権力になれた女はいつでも、相手が自分の思うままにならないと暴力を仄めかすものだ」彼はロッタを思い、あの女とどれほどのちがいがあるかを考えた。ほしいものを手にいれるために、暴力に訴えると威嚇するような真似はロッタにはとうていできない。

そういう妻をもって幸せだ、と彼は思った。いや幸せだった、というべきだろう。いずれにしろ、そのうちわかる。神のご加護があれば。

「もし図書館が奥さんに危害を加えたら」とロボットがいった。「あなたは復讐をするでしょう。あの女に個人的に。わたしのいうことは誤りか正しいか。どちらかひとつを選択せよ」

セバスチャンは厳しい声でいった。「おまえは正しい」

「あの女にそれを思い知らせるべきでした。そうすれば思いとどまったでしょう」

「まあね」と彼はいった。はったりだ、と彼は思う。まさにそのとおり。アン・フィッシャーには、わたしがどうでるかわかるはずだ。「話題をかえよう」と彼はいった。これ以上考えるのがこわかった。「おまえをわたしのコナプトにつれていく。教祖はそこにはいない。しかし値段や保管物移送などの方法をとりきめることはできる。標準的な取引きの手順があるのだから、この件にそれをあてはめても悪くはなかろう」

「あなたを信用します」ロボットは穏やかにいった。「しかしむろんお支払いをする前に教祖様に会わせていただきます。あなたがほんとうに教祖様を所有しているかどうか、教祖様が生きておられるかどうか確認するために。それからちょっとお話もしたいのです」

「いや、会ってもいいが、話はだめだ」

「なぜですか？」ロボットは好奇心をあらわにして彼を見つめた。

「教祖がなにをいおうがいうまいが、この取引きには関係がないからだ。まったく関係がない。ヴァイタリウムの取引きはそういうベースでは行なわれない」

ややあってロボットはいった。「では教祖様が、なにか尊い啓示をもちかえったという点については、あなたの言葉を信用するよりしかたがないのですね」

「そのとおり」彼はうなずいた。

「そちらのお申し出の金額で――」

「かまわん」とセバスチャンはいった。この種のかけひきには長じている。決して負けたことがない。

ロボットはいった。「支払いはわれわれの通貨でいたします。自由黒人共同体《FNM》の通貨で」

アン・フィッシャーが警告したとおりだ。セバスチャンは寒気をおぼえた。これだけは彼女も真実を語っていたことになる。そしてローマの連中も――警告してくれた。

「西アメリカ《WUS》の通貨だ」と彼はいった。

「われわれの取引きは、われわれの通貨に限られています」ロボットの声は断固としている。最後通告。「わたしはほかの条件で交渉する権限はありません。もしあなたが、ＷＵＳの通貨をあくまでも要求なさるなら、わたしはいったん戻らねばなりません。同意に達しなかった旨をロバーツ猊下に報告せねばなりません」

「それでは教祖は市民特殊図書館へ行くことになる」とセバスチャンはいった。そしてわたしは妻をとりかえすのだ。

「教祖様はそれを望まれないでしょう」とカール・ジュニアはいった。

そのとおりだ、とセバスチャンは思った。しかし彼はこういった。「われわれはいずれかに決定をせまられている。いずれのケースも、われわれは合法的な権利をもっている」

「このようなケースはいままでになかったはずです。世界史上にも。いやたった一度」彼は急いで修正した。「ありましたが。それは昔のことです」

「わたしの妻をとりもどしてはもらえないのか？」とセバスチャンは訊いた。「ユーディ教会には、こういう場合に戦える奇襲部隊はないのか」

「親衛隊は、復讐のためにのみ存在するのです」ロボットは冷ややかにいった。「いずれにせよ、われわれはＷＵＳの領土内では非力です。われわれの国ではちがいますが」

ロッタよ、と彼は思う、わたしはきみを失ってしまうのか？　図書館にとられてしまうのか？

そのとき彼はふと気づいた――奇妙なことにいつのまにか――妻ではなく、アン・フィッシャーのことを考えている自分に。数時間前のこと、ふたりして宵の街をぶらついてウィンドウ・ショッピングをしたこと。ベッドの上でがむしゃらに愛しあったこと。あんなことを思いだすんじゃあない、と彼は思った。あれは偽りだった。あの女は任務をあたえられたにすぎないのだ。

だが愉しかった、しばらくのあいだは。策略であることが露顕して、あのあかぬけのした柔らかな外見が消えて、鋼鉄の地肌があらわれるまでは。

「魅力的な女です、あの図書館の手先は」とロボットがするどくいった。

「見せかけだ」と彼はぶっきらぼうにいった。

「いつもそうなのではないですか？　あなたは包装で買います。それにはいつも驚きます。わたしからみれば彼女は図書館員の典型です、魅力的だとかそのほかの点で。さて、わたしをひとまず帰らせることにしますか？　それともＦＮＭの通貨を受けとりますか？」

「受けとろう」と彼はいった。もうそんなことはどちらでもよかった。ビジネスの儀式、多年にわたり巧みに操ってきた儀式も、もう無意味なことだ。大局的に見れば。

警察の無線網を使えば、ジョウ・ティンベインに連絡できるだろうと彼は思った。ティンベインに警告しろ。それで充分だ。図書館がやつを探していることを知ったら、あとのことはやつが考えてくれるだろう……自分自身とロッタのために。そしてそれが大事ではないか？　わたしが彼女をとりもどすかどうかよりも？

彼はエアカーのビドフォンのレシーバーをとり、ティンベインの警察管区の番号をまわした。

「ティンベイン巡査とぜひとも連絡をとりたい」と彼は警察の交換手にいった。「彼は非番ですが、緊急事態なので。彼の身の安全にかかわる問題です」

「お名前をどうぞ」警察の交換手は返事を待った。

くそったれ《フード》、とセバスチャンは思った。わたしの名前をいえば、ジョウは、わたしがロッタをとりもどすために、居場所をつきとめようとしているのだと思うだろう。よもやわたしの連絡に感謝するようなことはあるまい。とすれば警察経由では、こちらの真意を伝えるのは不可能だ。「こう伝えてください」とセバスチャンはいった。「図書館の手先があんたを探していると。そういえばわかります」彼はビドフォンを切った。そしてこの伝言が果たしてやつに届くかどうかとみじめな気持で考えた。

「彼は奥さんの愛人ですか？」とロボットが訊いた。

セバスチャンは無言でうなずいた。

「あなたが彼の身を気づかうとは、まったくキリスト教徒らしいですね」ロボットは認めた。「推賞に価《あたい》します」

セバスチャンはぶっきらぼうにいった。「これはわたしが二日たらずのあいだに、考えぬいておかす危険のふたつ目だ」

教祖を再生前に掘りだしたことだけでも、充分に危険なことだった。そしていまは、図書館が、ティンベインとロッタを見つけて口をふさぐようなことはあるまいというほうに賭けたのだ。そのことが彼の気分を重くした。こうした賭けにつぎつぎに耐えられるような神経はもちあわせてはいない。「彼ならわたしにかわって同じことをしてくれるだろう」とセバスチャンはいった。

「彼には妻がいるのですか？」とロボットがいった。「もしいるなら、あなたはそのひとを愛人にすればいいでしょう、彼があなたの奥さんを自分のものにしているあいだは」

「ほかの女に興味はない。ロッタだけだ」

「図書館の女に魅力を感じたでしょう。あなたを脅迫していたのに」万事のみこんでいるという口調だった。「あなたがあの女にまた会う前に教祖様をいただきたいのです。わたしはいま無線回路で、猊下とご相談しました。その結果、今晩はそちらの保護をうけるようにとの指令をうけました。猊下のもとへは戻らず、あなたのそばにいなければなりません」

「わたしがアン・フィッシャーの誘惑に負けるとでもいうのかね？」

「猊下はそうお考えです」

わたしは驚かない、たとえ猊下の考えが正しいとしても、とセバスチャンはみじめな気持で考えた。

コナプトに戻ると彼はビドフォンの回路を切りかえた。ボブ・リンディからヴァイタリウムへかかる通話は自動的にこちらへ切りかえられることになる。彼がいましなければならないのはただ待つことだ。そのあいだに、特別の貯蔵品のなかから極上のソウガムをたっぷり出してきて、肉体的な精力と士気をたかめるためにそれを吸引した。

「妙な習慣ですね」ロボットはそれを眺めながらいった。「ホバート位相《フェーズ》がはじまる前には、他人の目の前でそのような行為をすることはぜったいなかったでしょう」

「おまえはロボットにすぎない」とセバスチャンはいった。

「しかしわたしの操作者である人間は、わたしの感覚器官を通じて感知することができます」

ビドフォンが鳴った。こんなに早く？　彼は腕時計を一瞥した。「さよなら」彼は緊張してレシーバーにいった。

スクリーンに映像があらわれた。それはボブ・リンディではなかった。利害関係を有するローマ・シンジケートの交渉者、トニイ・ジャコメッティだった。

「われわれはあなたをコナプトまで尾行しました」とジャコメッティはいった。「ヘルメス、あなたはわたしたちに精神的な負債がある。もしわれわれが張りこんでいなかったら、フィッシャーは、教祖を爆弾で吹きとばしていたでしょう」

「わかっています」とセバスチャンはいった。

「それに、あなたは、彼女がヴァイタリウムからかけたビドフォンのふたつの通話の内容も知らずにいるところだった。だからわれわれは、あなたの奥さんの命と、あなたの命も救ったことになる」

「わかっていますよ」と彼はもう一度いった。ローマのバイヤーの勝ちだ。「わたしになにをしろというのです」

「教祖がほしい。彼はそちらの技師のボブ・リンディといっしょですね。リンディがさっきあなたに連絡してきたとき、彼の居場所を逆探知でつきとめました。彼と教祖の居所はわかった。腕ずくで教祖を奪いとろうと思えば奪えるが、それはわれわれが本来好むやり方ではありません。この取引きは公明正大、倫理的なベースでやりたいのです。ローマは市民特殊図書館でもユーディ教会でもない――われわれは、どんな情況になっても、彼らのようなやり方はしません。わかりますか？」

「ああ」と彼はうなずいた。

「したがって、道義上、あなたはわれわれと取引きする義務がある、カール・ガントリックスではなく。取引きの交渉にうちのバイヤーを、そちらのコナプトへやりましょうか？十分で着きます」

「あんたがたの取引きの仕方は、効果的ですよ」と彼は認めた。ほかにどうしようもないではないか。ジャコメッティは正しい。「おたくのバイヤーをよこしてください」といって彼はビドフォンを切った。

とに動揺する気配はなかった。

ロボット・カール・ジュニアはこのやりとりを一部しじゅう聞いていた、だが奇妙なこ

「おまえの教祖は」とセバスチャンはいった。「死ぬことになるだろう。もし彼らが——

——」

「あなたは肝心なことを忘れていますよ」ロボットは無知な子供にいいきかせるように、辛抱強くいった。「教祖様の身のふり方は、教祖様ご自身のご意志にしたがうべきものです。それこそ守らねばならない道徳上の義務です。あなたがとるべき道はこういうことでしょう。まずおたくの技師から連絡が入ったら、教祖様に、だれに売ってもらいたいか訊ねてもらう、それまで交渉は一時おあずけということですね」ロボットは確信ありげに補足した。「教祖様がわれわれのもとにおいでになるのは確実ですが」

「ジャコメッティは同意しまい」とセバスチャンはいった。

「決定権は、彼にはありません。ともかくローマの人間はこの取引きを、倫理的基盤にのせて行ないます、これはよろこばしいことです。しかしながら、われわれの倫理的基盤は彼らの上をいくものです」ロボットは顔を輝かせた。

宗教というしろもの、とセバスチャンは苦々しく考えた。なんとしち面倒で、なんと複雑怪奇なんだろう、並みの商取引きに比べると。決疑論はすでに彼の手の及ばないところへいってしまった。彼はあきらめた。「ジャコメッティのバイヤーがきたら、おまえから

説明してもらおう」彼はそういった。そして元気づけに、さらに十オンスのソウガムを吸引した。

「ローマの人間は、われわれより何世紀も多く経験をもっています。彼らのバイヤーはさぞかし抜け目ないでしょう。彼があなたのために掘るにちがいないさまざまの陥穽《かんせい》を避けるようにとりはからいましょう」

「おまえからいってくれ」セバスチャンはものうげにいった。「やつが来たら。いまいったことをその男にもいってくれ」

「承知しました」

「いいくるめられると思うのか？」

「神はわれわれの味方です」

「そいつにもそういうつもりか？」

ロボットはしばらく考えてからいった。「相手は使徒承伝の継承を主張するでしょう。自由意思は最良の論拠です。市民法では、老生者を、それを再生させたヴァイタリウムの動産と見なします。これはしかし神学上の主意には一致しません。人間は、老生者であろうとなかろうと、所有さるべきものではありません。なぜなら、両者とも、魂をもっているからです。それゆえわたしは、まず第一に老生者である教祖様が魂をもっておられるという事実を提起するつもりですが、これはローマのバイヤーも認めるでしょう。そしてこれを前提として、教祖様の身のふり方は教祖様ご自身がおきめになる。これがわれわれの主張です」ふたたびロボットはだまりこんだ。しばしの間。「ロバーツ猊下はこの論法に賛成なさっておられます」ロボットはようやく口を開いた。「わたしは猊下と連絡をとっているのです。もしローマのバイヤーがこれに反論してくるならば――ありそうにないことですが――わたし、カール・ガントリックスにかわりロバーツ猊下ご自身が、カール・ジュニアを操作されることになります。そしてレイ・ジュニアとなります。われわれがこの取引きのために首尾万端ととのえてきたことはご存じですね。このために、ロバーツ猊下ははるばる西海岸へ旅してこられたのです。猊下は手ぶらでＦＮＭへお戻りになるようなことはないでしょう」

「アン・フィッシャーはどうしているだろう」セバスチャンは気がかりそうにいった。

「図書館はもはや重要ではありません。だれが正当な買い手であるかという問題は、二者に帰着しました、われわれとローマと」

「あの女はあきらめまい」彼女があきらめることはありえない。彼は居間の窓に歩みよって、眼下の暗い街路を見おろした。彼とロッタはよくこうしたものだった。コナプトにあるすべてが、ロッタを思いださせる。あらゆる物、あらゆる場所が。

居間のドアにノックの音がした。

「入れろ」とセバスチャンはロボットにいった。椅子に腰をおろし、灰皿から吸い殻をつまみあげて火をつけ、さしせまった談合に耐える用意をした。

「さよなら、ヘルメスさん」アントニイ・ジャコメッティが入ってきた。彼みずからのおでました……カール・ガントリックスがボスをひっぱりだしたのと同じ理由で。「さよなら、ガントリックス」ジャコメッティは渋面をつくってロボットにいった。

「ミスター・ヘルメスは」ロボットが口をきった。「ご自身のおとりになった立場をあなたに説明せよとわたしに申しつけられました。ミスター・ヘルメスはお疲れで、また奥さんの身を非常に案じておられます――そのためにこの問題をご自身で論議しようという気にはなられないのです」

ジャコメッティは、ロボットにではなく、セバスチャンにいった。「これはどういうことです？　ビドフォンで諒解ずみのはずですが」

「それは」とロボットがいった。「わたしが、教祖様だけがご自身の売買を決定する権利があるとお教えしたからです」

「スコット対タイラーの判例がある」とジャコメッティがいった。「二年前、コントラ・コスタ郡の最高裁判所で。ウィンズロウ判事が担当だった。老生者の売買の選択権は再生させたヴァイタリウムの所有者に属し、その販売担当者もしくは老生者に帰属するものにあらず――」

「しかしながらわれわれは」とロボットがさえぎる。「精神的な問題を抱えております。

法律的問題ではなく。老生者に対する市民法は二百年も遅れています。ローマは――あなたご自身も――老生者が魂をもつものであることは認めておられるはずです。これは、老生者が著しく損傷をあたえられた場合に授けられる終油の秘蹟の儀式によって証明されます、また――」

「ヴァイタリウムは魂を処理したりはしない。魂の所有主であるところの肉体を処理するだけだ」

「否」ロボットは異議をとなえた。「ヴァイタリウムは、死者の魂がその肉体にふたたび宿り、その肉体を甦らせぬうちは、死体を掘りだすことはできないのです。それが単なる肉体、骨と肉からなる死体にすぎないときは、ヴァイタリウムは売ることも――」

「教祖は」とジャコメッティがいった。「生命が甦る前に不法に掘りあげられた。ヘルメスの瓶ヴァイタリウム商会は犯罪をおかしたのだ。市民法の下では、ヘルメスの瓶ヴァイタリウム商会は実際には教祖を所有しているとはいえない。ジョンソン対スクラッグズ、カリフォルニア最高法廷、昨年のことだ」

「ではだれが教祖様を所有しているのです?」ロボットが途方にくれたように訊く。

「おまえは」とジャコメッティはいった。その目は燃えるように輝いた。「これは法律的問題ではなく精神的な問題だといった」

「むろん、これは法律的問題です！　われわれのどちらかが教祖様を買う前に、法的な所有権を確立する必要があるのです」

「それでは」とジャコメッティは穏やかにいった。「スコット対タイラー事件がこの売買の先例であることを認めねばならない」

ロボットは沈黙した。やがてふたたび口を開いたときは、音声がかすかではあるが変わっていた。前より低く力強かった。ロバーツ猊下だな、とセバスチャンは思った、こいつを操作しているのは。カール・ガントリックスはローマの使者にやりこめられ、ひきさがったのだ。「もしヘルメスの瓶ヴァイタリウム商会が老生者ピーク教祖を所有していないとするならば」とロボットはいった。「法律によれば、教祖は所有主をもたず、したがって、たまたま自分で自分の棺を開け、土をかきわけ、外部からの助力なしにみずから墓より出た老生者と同じ法的地位を有することになります。したがってそのものはみずからの所有主であり、そのものの身の処し方に関してはそのもの自身の意思がただひとつの要因となるのです。それゆえわれわれユーディ教会は、所有主をもたぬ老生者として、教祖のみが合法的にみずからを売却しうると考え、教祖の決定を待っているのです」

「教祖を早く掘りだしすぎたというのはたしかなのですか？」ジャコメッティが用心深くきいた。「実際に、不法行為を行なったと認めますか？　重い罰金を科せられることになるが。わたしは否定するように忠告する。もしあなたが認めるなら、われわれはロサンゼルスの地方検察庁へ報告することになります」

セバスチャンは無表情にいった。「わたしは——教祖を時期尚早に掘りだしたことは否定する。われわれがそうしたという証拠はない」白《しら》をきりとおせる自信はあった。店のものだけでやったことだ、彼らが証言する気づかいはない。

「現実の問題は」とロボットはいった。「霊的なものです。われわれは、魂が地下の死体にいつ入りこむかその正確な瞬間を決定して合意に達せねばならない。それは死体が掘りあげられた瞬間だろうか？　声がはじめて地下から聞こえ、助けを求めるときだろうか？　心臓の最初の鼓動が記録されるときだろうか？　すべての脳細胞が再形成されたときだろうか？　ユーディ教会の意見は、魂はすべての組織の再生が行なわれたときに死体に入るのであり、これは心臓が動きだす直前であると考える」セバスチャンにむかってロボットはいった。「あなたが教祖を掘りだす前に、心臓の鼓動は感知されましたか？」

「ああ」とセバスチャンは答えた。「不規則だが。たしかに聞こえた」

「それでは教祖が掘りだされたときは」ロボットは勝ちほこったようにいった。「魂をもたれたひとりの人間であり、それゆえ——」

ビドフォンが鳴った。

「さよなら」とセバスチャンはレシーバーにむかっていった。

こんどはボブ・リンディの革のようにこわばった顔があらわれた。「やつらが彼を連れていっちまった」と彼はいった。わななく指で髪の毛をかきあげた。「図書館の手先だ。

もうおしまいですよ」

「これであんたたちの神学論争もおしまいだ」とセバスチャンはロボットとジャコメッティにむかっていった。

いうまでもなかった。議論はすでに終わっていた。

コナプトの居間はようやく静まりかえった。

13

人間は動物である。それは人間の属名である。だが人間は種であり、理性を有している、それが違いである、笑うことができる、それが人間の特性である。

——ボエティウス

小さなモーテルの一室の、外が見わたせるあたりを、ジョウ・ティンベイン巡査は歩きまわっていた。だれかがあらわれたときの用心に。妻のベセル、セバスチャン・ヘルメス、図書館の奇襲隊——それらのいずれかが、あるいは全部があらわれるのを覚悟していなければならない。いかなる組合わせであらわれても驚かないだろう。

そうしているあいだに彼は北アメリカのもっとも扇情的な新聞であるシカゴ・マンデイ・ヘラルドの最新版を読んだ。

酔った父親、わが子を食う

「人間の人生なんてわからないものだなあ」と彼はロッタにいった。「新生児にしろ老生者にしろ——この男も、こんな結末になろうとは夢にも思わなかっただろうな、マンディ・ヘラルドのこの記事だけれど」

「そんな記事をよく読めるわねえ」とロッタは落ちつかなげにいった。彼女は部屋のすみにすわって茶褐色の長い髪をとかしている。

「いや、警官にとってはこんなことはしょっちゅうだからね。もっともこんなひどいのには、出くわしたことはないな——父親が自分の赤ん坊を食ったなんて、めったにないよ」

彼は二ページ目をひろげて見出しを見た。

カリフォルニア図書館が殺人と誘拐
自分本位の法律、報復の恐れなく

「ほう」とティンベインはいった。「これはぼくたちのことかもしれないぞ。市民特殊図書館の記事がでている。やつらがきみにした仕打ち——きみを人質にとったこと——」彼は興味をもってその記事を読んだ。

　これまで何人のロサンゼルス市民が、あの不気味な建物の灰色の壁の向こうに消えたであろうか？　公式な統計はとられていないが、民間の推定によれば、月平均三件もの不可解な蒸発者があるといわれている。図書館側の意図は不明であるが、複雑な背景があるものと推測される。書物を事前に消去してしまいたいという願望……

「信じられない」とティンベインはいった。「やつらは頬かむりをしているわけにはいかないだろう。たとえばぼくを例にとってみてもいい。もしぼくの身になにかがあれば、ぼくのボスのゴアが探すだろう。もしぼくが死ねば、ボスはやつらに仕返しをするだろう」ゴアのことを考えたので、彼は、レイ・ロバーツがまもなく到着することを思いだした。特別警護の任務を彼はひきうけているから、ゴアは彼と連絡をとろうと躍起になっているだろう。「連絡を入れといたほうがいいね」と彼はロッタにいった。「すっかり忘れていた」

　モーテルのビドフォンでゴアに連絡をとった。「伝言が来ていますよ。匿名の。図書館の手先があなたを探しているっていってました。なんのことかわかりますか」

「ああ、わかってるよ」とティンベインは答えた。そしてロッタをふりかえった。「図書館がぼくたちを探しまわっているって」それから彼は交換手にいった。「ゴアさんを頼みます」

「ゴアさんは、ロサンゼルス空港で、レイ・ロバーツの警護の総指揮にあたっています」

「じゃあ帰ったら伝えてください。もしぼくの身になにかあったら、それは図書館の仕業だと。もしぼくがいなくなったら図書館を探してくれと。それからぼくが死んだら、それもやつらの仕業だとね」彼は重い気分でビドフォンを切った。

「あたしたちを探しだせるかしら？」とロッタが訊いた。

「いや」と彼はいった。そしてしばらく考えこんでいたが、やおら化粧机の抽出しをひっかきまわして、ビドフォンの番号帳を探しだした。むずかしい顔で番号帳をくり、ダグラス・アップルフォードの自宅の番号を見つけだした。前にも何度かビドフォンをかけたことがあるが、たいていアップルフォードは在宅していた。

彼は番号をまわした。

「さよなら」といってほどなくアップルフォードが画面にあらわれた。

「おやすみのところすみませんが」とティンベインはいった。「おたくの個人的な力を早急に借りたいんです。おたくのマクガイア館長に連絡がつきますか？」

「緊急事態だったら」とアップルフォードはいった。

「これは緊急事態だと思いますよ」と彼はいった。そして知るかぎりの情況を図書館員に告げた。「わかったでしょ？」と彼は最後にいった。「ぼくはいまきわめてむずかしい立場にいるんです。やつらにはぼくを攻撃するだけの理由がある。もしやつらがいまここにあらわれると、だれかが死ぬことになる。おそらくやつらがね。ロス警察に連絡してあるから、面倒なことになったらこっちにはすぐ援軍がくる。ぼくのボスのゴアは、ぼくの立場をわかって、同情してくれている。パトロール・カーを少なくとも一台は——四六時中、この近辺にはりこませてある。ぼくは事件をおこしたくないんですよ、ご婦人がいっしょで、そのひとのために暴力沙汰はおこしたくない——ぼくだけならいっこうにかまわないんですが。どっちみち、それが仕事だから」

「いまどこにいるんだ？」とアップルフォードが訊いた。

「そりゃいえない」とティンベインはいった。「いったら馬鹿みるのはこっちだから」

アップルフォードもそれは認めた。「そうだろうね」と。そして考えこんだ。あいまいな表情で。「ぼくにできることはあまりないな、ジョウ。ぼくが図書館の方針をきめるわけじゃないんだから。消去局次第でね。ただあんたのためにとりなしはできるな、明日マクガイア館長に会ったら」

「明日じゃ遅すぎる。ぼくの職業的な勘からいうと、やつらは今晩やってくる」なにしろロス警察は文字どおり総力をあげてレイ・ロバーツの警備に忙殺されているから、図書館が彼を捕まえるなら今晩が絶好のチャンスなのだ。実をいえば、パトロール・カーなどはどこにもはりこんではいないし、やってくる見込みもない、少なくともゴアと連絡がつくまでは。

「じゃあこういっておこうかね。あんたは待ちかまえている。むろん武装はしていると」

「いや、そんなことをいえば大部隊をよこすだけですよ。このことは忘れてくれってやつらにいってくれませんか。自分のやったことは悔やんでいる――ヘルメスの奥さんを助けるために図書館に押し入って、ピストルを使ったことをね――しかしほかにどうしようもなかった。やつらは奥さんを拘禁していたんですから」

「ほう、消去局のやつらがそんなことをしたのか？」アップルフォードは、不快な表情をあからさまにうかべた。「やつらはまだ――」

「やつらにいってください」とティンベインはきっぱりといった。「ぼくは警察の武器庫に寄って、地雷ぐらいの大きさの弾丸を発射する武器をとってきたって。速射砲でね、例のスコダの軽量の怪物ですよ。ぼくなら公然と使えるんだ、警官ですから。どんな武器だって手に入るんですよ。けどやつらはこそこそ隠れまわらなけりゃならない、やつらには厳しい制約がありますからね、ぼくにはそれがわかっているとやつらに伝えてくださいよ。やつらがあらわれるのを手ぐすねひいて待っているって。愉しみにしているって。こんにちは」彼はビドフォンを切った。

ロッタは髪をとかしながらいった。「ほんとうにそんな鉄砲をもっているの？」

「いいや」と彼はいった。「ピストルならあるけど」そしてベルトにつけたホルスターをぱしっと叩いた。「それからエアカーのなかに職務用のライフルがある。あれをとってきたほうがいいね」彼はドアに歩みよった。

「匿名で連絡してきたのはだれかしら？」

「きみのご主人だろう」彼は部屋からとびだし、歩道を横切って道路ぞいの駐車場へ行き、エアカーからライフルをとりだした。

夜はひえびえとして人気《ひとけ》は絶え、生きものの動きまわる気配はなかった。不穏な空気は感じられない。みんな空港につめかけているのだろう。おれが行くべきだった場所に。ゴアからさぞ大目玉をくらうだろうなと彼は思った。警護の任務をほったらかしてしまったのだから。だがこんなことは、経歴に汚点をつけたなんてことは、数ある心配のなかではもっとも小さなことだ。

モーテルの部屋に戻るとドアに鍵をかけた。

「だれか見かけた？」とロッタがやさしくたずねた。

「だれも。安心しておいで」彼はライフルの弾倉を調べ、完全に装塡されているかどうかたしかめた。

「セバスチャンに連絡をしたほうがよくない？」

「なぜ？」彼はいらだたしそうにいった。「伝言は聞いた。いや」と彼はいった。「彼と面とむかって話をする気にはなれないんだ。きみのせいだ、ぼくたちの関係のせいだ」彼は当惑をおぼえた。この種のことは苦手だった。実際いままでこんなことはしたことがなかった——人妻とモーテルに隠れるなどということは——生まれてこのかた一度もなかった。彼はそのことについてじっくり考えてみた、彼の注意は内にむかった。

「べつに恥ずかしいことではないでしょう?」とロッタが訊いた。

「ただね——」彼は肩をすくめた。「デリケートな問題だから。彼になんていえばいいのかわからないんだ」彼はロッタを見つめた。「連絡したいなら、すればいい。ぼくは聞いているから」

「あたし——手紙を書いたほうがいいと思うの」彼女はすでに苦心惨憺して手紙を書きはじめていた。数行ほど書きかけた便箋がベッドの上にほうりだしてあり、ペンがそばにころがっている。しばらく書く手を止めていた。書こうにも書きあぐねていたのだ。

「わかった。手紙を書けばいい。来週には彼の手もとに届くだろう」

彼女はみじめな面持ちであたりを見まわした。「エアカーのなかになにか読むものがないかしら?」

「これを読めば」彼はマンディ・ヘラルドをほうりなげた。

ロッタは体をよけた。「ああ、いや。そんなもの、いやよ」

「もうぼくに飽きたのかい?」ティンベインは相変わらずいらだたしそうに訊いた。

「夜のいまじぶんは、いつも読書をするの」彼女は室内を歩きまわって、読むものを探しまわった。ベッドわきの小卓にギデオン協会の聖書があった。「これを読むことにするわ」彼女はふたたび腰をおろした。「あたしね、これに質問をして、それからでたらめに開くの。聖書のこういう使い方もあるのよ。いつもやっているの」彼女は神経を集中させた。「訊くわよ」彼女は心をきめた。「図書館はあたしたちを捕まえにきますか？」彼女は聖書を開き、目を閉じたまま指を左のページのいちばん上にあてた。『汝の愛するもの、いずくへ去りしか、汝、あまたなる女のなかのもっとも美しきものよ』」彼女は目を開いて一心に読みあげる。「『汝の愛するもの、いずくへ消えしか？』」彼女は視線をあげた。その目は厳しかった。「これはどういう意味かわかるわね？　あなたは、あたしからひきはなされるんだわ」

「それはセバスチャンのことかもしれないね」彼は冗談めかしていった。

「いいえ」とロッタはかぶりをふった。「あたしが愛しているのはあなた。だからこれはあなたのこと」彼女はふたたび聖書に訊ねた。「あたしたちはこのモーテルにいれば安全ですか、それともほかの場所に隠れたほうがいいでしょうか？」ふたたび彼女は聖書を開くと、目を閉じてある一節を指さす。「詩篇九十一」彼女は読みあげる。「『至上者《いとたかきもの》のもとなる隠れたる処に住まうその人は全能者の陰にやどらん』」ロッタは考えた。「ここは隠れたる場所でしょうね。だからここにいれば安全なわけね……でもあのひとたちはあたしたちを捕まえにくるでしょうね。それはどうしようもないわ」

「銃で逃げ道をつくればいい」とティンベインはいった。

「聖書によれば、それはだめなの。絶望的ね」

彼は、興がりながら、一方では彼女の消極的な態度に腹がたった。「ぼくがそんなことをしていたら、とっくの昔に死んでいるね」

「あたしのやり方はちがうの、それは――」

「そうさ、それがきみのやり方なんだ。きみが心のなかでそうなってほしいと思っているように、そいつを勝手に解釈しているんだ。ぼくの意見をいえばね、人間は、男は、自分の運命は自分できりひらいていくものなんだ。女はそうじゃないんだな」

「あたしは図書館のことを考えているの」ロッタは悲しげにいった。「違いなんてないわ」

「男と女の考え方には根本的な違いがあるよ」とティンベインは断言した。「じっさい女にもいろいろなタイプがあってさ、そのなかで根本的な違いがあるんだよ。たとえばきみとぼくの女房のベセルをくらべてみてもいい。きみは彼女には会ったことはないね。でもふたりの違いはたいへんなものだ。たとえばきみが愛をあたえるやり方を考えてごらんよ。きみは無償で愛をあたえる――男は、この場合はぼくだけど、なにもしなくてもいいし、ことにこうでなくちゃならないということはない。ところがベセルは、規準に従うことを要求するんだよ。たとえばぼくがなにを着るかというような問題だがね。それから彼女を何度ぐらい外へ連れだすかというような、たとえば、週に三度は、ソウガム・パレスに連れていくとかいうような問題でね。それからぼくが——」

ロッタがふいにおびえたような声をだした。「屋根でなにか音がする」

「鳥だよ。鳥が歩いたんだ」

「ううん。もっと大きな音」

彼は耳をそばだてた。そしてその音を聞いた。屋根でぱたぱたという音。だれかが、なにかが歩いている。子供。「がきだな」と彼はいった。

「どうして？」とロッタが訊いた。彼女は窓を凝視した。「だれかがのぞいている」

彼はさっとふりむき、窓にぺったり押しつけられた小さな顔を見た。「図書館が」彼は重苦しい声でいった。「やつらを使うんだ。図書館の児童局から借りてきて」彼はピストルをとりだした。ドアに歩みよりノブに手をかける。「捕まえてくる」と彼はいった。そしてドアを開けた。

大人を狙うつもりで撃った弾は高すぎて、そこに立っていた小さな子供の頭上をかすめた。もう一度狙いをさだめたとき、相手が縮みつつある大人の図書館員であることに気づいた。子供を殺せるだろうか？　だがどうせ子宮へ戻るやつらだ。それもまもなく。蜘蛛の子を散らすように逃げていく四人の子供めがけて彼はピストルを発射した……

ロッタは滑稽なくらいおびえて泣きわめき、彼を困惑させた。「落ちつくんだ」と彼はどなった。子供のひとりがチューブみたいなものを彼に向けていた。武器だと気づいた。戦時中使用されたレーザー銃で、国内用ではない。この使用は警察でも忌避されている。「そいつをおろせ」彼はそういって銃を向けた。「おまえを逮捕する。それは使用が禁止されている」子供が操作の仕方を知っているかどうか、と彼は思った。彼は——

レーザー銃は、その昔のルビーのように赤い不吉な色の光線を発射した。光線がすうっとのびた。

そしてティンベインは死んだ。

大きなダブルベッドの陰にちぢこまってかくれていたロッタは、レーザー光線がジョウ・ティンベインを殺すのを見た。子供たちはあとからあとから数がふえ、一ダースもの子供がうれしそうに顔をゆがめながら黙々と動きまわっている。いやらしい虫けら、ロッタは恐怖にかられた。「降参します」彼女は、自分の声とは思えない震え声で呼びかけた。「いいこと?」彼女はよろよろと立ちあがり、ベッドにぶつかって倒れそうになった。「図書館へ戻ります。いいこと?」彼女は待った。そしてレーザー光線はふたたび発射されることはなかった。子供たちは満足したようだった。インタコムにむかって、上司と連絡をとっている。事の次第を告げ、指示を仰ぐ。ああなんてこと、とロッタは心のなかで叫びながら、ジョウ・ティンベインを見おろした。彼らがこうするだろうということはわかっていたのだ。だのにティンベインは自信満々だった、だがそれはつねに死を招く。それで一巻の終わり。

「ヘルメスさん？」と子供のひとりが甲高い声で訊ねた。

「ええ」と彼女はいった。なぜとぼけるのかしら？　何者か知っているはずなのに。ジョウ・ティンベインが何者であるかも知っているはずなのに――消去局員を襲い、彼女を図書館から連れだした男。

そこに大人があらわれた。彼女たちに部屋を貸してくれたモーテルの男だ。この男が図書館に密告したにちがいない。男は子供たちとなにやら話しあっていたが、やおら顔をあげると彼女を手まねきした。

「なぜ、このひとを撃ってしまったの？」ロッタは茫然とした面持ちで訊いた。彼女はのろのろと、ジョウ・ティンベインの横を通りすぎた。もしかしたら彼といっしょにここに残って、彼のように撃たれるべきかもしれない――そのほうが図書館へ戻るよりましだろう。

モーテルの男はいった。「こいつはわれわれを襲った。はじめは図書館で、つぎにここで。われわれを手玉にとれると、アップルフォードにうそぶいた。あれは彼の宣戦布告だ」男は表にとまっているVWのエアバスを顎でしゃくった。「おのりいただけますか、ヘルメスの奥さん？」バスの横腹に文字が見えた。〈**市民特殊図書館**〉。〈公用記号のついたバス。

ロッタはおぼつかない足どりでバスにのりこんだ。子供たちは汗をかき、息をはずませて、あとからぞろぞろとのりこんでくると、彼女をとりかこんだ。だが話しかけるわけではない。仲間同士で嬉々と喋りあっている。うれしくてたまらないんだわ、とロッタは思った。まだ図書館の役に立っているということがうれしくてたまらないんだ、こんなに小さく縮んでしまっても。ロッタは彼らを憎悪した。

14

しかし未だ明日にいたらぬうちに昨日を失ってしまった。そしてあなたは今日という日の生命のなかにとどまっていないのと同じように、あの移ろいやすい束の間の時にもとどまってはいない。

——ボエティウス

テレビのニュース・アナウンサーがいっている。「現場は、こよいロサンゼルスが全市をあげてユーディ教会の教主であるレイ・ロバーツの一挙手一投足を注視し、歓呼の声をあげているかのような大盛況であります。教主は、今夕七時数分前、ロサンゼルス空港にその一歩をしるしました。ロサンゼルスのサム・パークス市長が出迎え、サクラメント州議会の特使として、ミスター・ジャド・アスマンも姿を見せております」

テレビ・スクリーンはぎっしりとつめかけた大群衆を映しだした。人々は手をふり、どよめきをあげ、ゴーホームからウェルカムにいたるまで、さまざまなスローガンを書きなぐったプラカードがゆれる。概して友好的なムードだ。

われわれの細々としたささやかな人生における大事件か、とセバスチャンは苦々しく考えた。

「教主は」アナウンサーは言葉をついだ。「教主はドジャー・スタジアムまで自動車パレードを行ないます。スタジアムでは、照明の下で満場の大観衆に説教をする予定であります。観衆の大半は信者でありますが、単なる好奇心にもえた野次馬も相当数いるもようです。主たる宗派の教主がロサンゼルスを訪問したのは十年ぶりであります。またこれはロサンゼルスが世界の宗教の中心地のひとつであった古きよき時代を思い起こさせます」アナウンサーは相棒のアナウンサーに話しかけた。「ところでチック、ドジャー・スタジアムのこのお祭りさわぎの、熱狂的な雰囲気は、八〇年代のフェストゥス・クラムやハロルド・エイジイのときを偲ばせるものがありますね？」

「はあ、まったくですね、ドン」とチックはいった。「ただしひとつだけ違いがありますが。フェストゥス・クラムやハロルド・エイジイを迎えた群衆の一部にはもっと戦闘的な雰囲気がありましたね。いまドジャー・スタジアムや空港につめかけている四百万の群衆は、有名な人物、ドラマチックな印象深い演説をするであろう人物を一目見ておこうという野次馬的な興味で集まっているんですね。テレビで見るのと実物を見るのとはだいぶ違いがありますからね」

パレードはいよいよドジャー・スタジアムにむかって空港を出発した。沿道は人で埋まっている。阿呆どもが、とセバスチャンは思った。あんな愚かな人物をもてはやしているとは。真《まこと》の宗教人が甦り、われわれのもとにいるというのに。図書館が捕らえているとはいうものの。

「レイ・ロバーツを目のあたりにするにつけても」チック・アナウンサーが言葉をついだ。「前任者であった、ピーク教祖を思いださずにはいられません」

「教祖が近々再生するというような噂がありますが？」とドンが訊く。「それから、レイ・ロバーツが、当地を訪れた目的は、近々老生者となる教祖を訪問し、自由黒人共同体に戻ってもらうよう説得するためだと多くの人たちが信じているようですが」

「そのような見方もたしかにできますね」とチックはいった。「またそれがユーディ教会にとって最大の利益であるかどうか——あるいはレイ・ロバーツがそれをユーディ教会にとって最大の利益と考えているかどうかについても種々の憶測がなされています——教祖が現時点でふたたび登場することがです。ロバーツは、もしそのようなことになったら教祖の再生を妨害するのではないか、そう考える人も多数いるようです」しばしの沈黙があった。スクリーンはいぜんとしてパレードを映しだしている。

テレビ局にいるアナウンサーがふたたび登場する。「レイ・ロバーツのドジャー・スタジアム到着を待つあいだに、ローカル・ニュースをお伝えします。ロサンゼルス警察のジヨウゼフ・ティンベイン巡査は、サンフェルナーンドーのハッピー・ホリデイ・モーテルにおいて他殺死体となって発見されました。警察では狂信者の犯行と断定しております。モーテルに泊まりあわせた客のひとりは、今夕、付近のソウガム・パレスにおいてティンベイン巡査が婦人を同伴していたのを見かけたと証言しておりますが、これが事実であるにせよ、この婦人の行方は不明であります。この事件につきましては、モーテルの経営者とのインタビューをふくめ、十一時の定時ニュースでお伝えいたします。次に北の丘の洪水は――」

セバスチャンはテレビを消した。「なんてことだ」彼はふたたびカール・ジュニアとなったロボットにむかっていった。「やつらはロッタを捕まえて、ティンベインを殺した」彼の警告はティンベインに伝わらなかった。徒労に終わったのだ。彼はすわる場所を探しながら、もうだめだと思った。両手で頭を抱え、床を見つめた。わたしにできることはなにもない。あの連中が、ティンベインのようなプロを消すことができたのなら、わたしを消すことなど造作もないだろう。

「図書館に押し入ることは」とロボットがいった。「ほとんど不可能のようですね。Bセクションに、極小ロボット群を散布するというわれわれの試みはあえなく失敗しました。これ以上うつ手は考えられません。あそこで働いている人間でわれわれに同情的な人物がいれば――」ロボットは考えこんだ。「ダグ・アップルフォードは協力的だと思っていました。館員のなかでももっとも分別のある人間だと思われましたが。その点では期待を裏切られました。われわれのロボット群を排除したのは彼ですから」ロボットはつけくわえた。「テレビをつけてください。パレードを見たいのです」

セバスチャンは肩をすくめた。「自分でつければいいだろう」彼は立ちあがる気力もなかった。

ロボットはスイッチをいれた。チックとドンがふたたびあらわれた。

「……そして多数の白人も」とドンがいった。「というわけで、これは教主のご託宣どおり、両人種のための行事であることが判明したのであります。もっともわたしどもの推定によりますと、黒人が白人を圧倒的にうわまわっておりまして、その比率は――五対一ぐらいだとわたしは見ておりますが。あなたは、どれぐらいだと思いますか、チック？」

「まあ、そんなところでしょうか、ドン」とチックはいった。「黒人五人に対して――」

ジャコメッティがくちばしをいれた。「図書館のなかにシンパを探さなくてはだめですな。あそこの職員のなかに」彼は渋面をつくり下唇をぎゅっと嚙んだ。「さもないと教祖は二度とふたたび出てはこないだろう」

「ロッタもだ」とセバスチャンはいった。

「それはかなり重要性が低いですね」とロボットがいった。「もっともあなた個人にとっては、たいへんなご心配でしょうが、ミスター・ヘルメス」ロボットはジャコメッティにむかっていった。「ローマには、こちらの人間を図書館に送りこめるような信任状を偽造できる人間がおりませんか？　お国の方々は、その方面に秀でていると聞いています」

　ジャコメッティは苦笑いをした。「それは過大評価だよ」

「時間をくだされば」とカール・ジュニアは考えこむようにいった。「たとえば、ミス・アン・フィッシャーに似せたロボットをつくることができます。だがそれには二、三週間かかります。ジャコメッティさん、ここはご相談ですが、おたがいの能力をもちよれば、図書館へ突入できるのではありませんか？」

「わたしの上司は、そのようなことでは動かない」とジャコメッティはいった。とりつくしまもない。にべもない口調だった。

　セバスチャンはロボットにいった。「わたしがどうしたらいいか、レイ・ロバーツに訊いてみてくれ。図書館に入るには」

「目下、猊下《げいか》は――」

「訊くんだ！」

「よろしい」ロボットはうなずいて、数分ほど沈黙した。セバスチャンとジャコメッティは待った。ついにロボットが口を開いた。きっぱりした口調だった。「図書館のBセクションへお行きなさい」とロボットはいった。「ミスター・ダグラス・アップルフォードにお会いなさい。彼はあなたの顔を知っていますか、ミスター・ヘルメス？」

「いや」とセバスチャンは答えた。

「あなたはこういうのです。ミス・シャリース・マクファデンに紹介されたと。あなたの名前は、ランス・アーバスノット、隕石の衝突による死の心因性起源について愚かしい理論を提唱した人物です。あなたはFNM出身の奇人ですが、特異な主張のために追放されたのです。ミスター・アップルフォードはあなたを待っています。あなたとあなたの珍理論についてはすでにシャリース・マクファデンから彼の耳に入れてあります。彼はあなたに会いたくなくても、職務上会わないわけにはいかないのです」

「それでどうにかなるというのか?」

「それが隠れみのの役目を果たします。あなたが図書館にいる口実になります。あなたの図書館への出入りを黙認してもらえます。変人がBセクションをうろついているのは珍しいことではありません。アップルフォードは、彼らの存在には慣れています。ミスター・ジャコメッティ」ロボットはローマの使者に注意を向けた。「あなたがたは、ミスター・ヘルメスに、図書館内で使用する護身用装備を貸すという形で、わがユーディ教会に協力していただけないでしょうか。ここのところはおたがいの結束が必要です」

ジャコメッティは考えていたが、やおらうなずいた。「協力できると思う。人間の生命を破壊するような武器はいっさい含まないという条件ならば」

「ミスター・ヘルメスは防御のみにしか使わないでしょう」とロボットはいった。「攻撃的な計画は含まれておりません。人間ひとりが図書館を向こうにまわして攻勢にでるなどというのは、うぬぼれもはなはだしいものです。成功するはずがありません」

セバスチャンがいった。「もし本物のランス・アーバスノットがあらわれたら？」

「〈ランス・アーバスノット〉は存在しません」ロボットは簡潔にいった。「ミス・マクファデンはユーディ教会の一員です。ミスター・アップルフォードに出した要請は、はじめから当方の企みです。レイ・ロバーツ猊下ご自身の創意豊かな頭脳から生みだされたものです。隕石の衝突による死の心因性起源についての愚かしい理論も、実は当方でこしらえたものです。明朝早く、この論文をあなたのコナプトの戸口まで配達させます。ユーディ教会の特別メッセンジャーの手で」ロボットは晴れやかに笑った。

テレビのスクリーンではドンが喋っている。「……少なくとも。ここドジャー・スタジアムは、立錐《りっすい》の余地もないほどの群衆であります、この天気を考えますと。ああ、レイ・ロバーツ教主がまさにあらわれんとする瞬間であります」いままでなりをひそめていた群衆のあいだに、耳を聾せんばかりのどよめきがわきおこった。「ロバーツ教主が、ただいま、ビジターのダグアウトから姿をあらわしました」ドンの声がかろうじて聞きとれる。「さあ、クローズアップでいきましょう。われわれのカメラで捉えられると思いますが」カメラがズーム・インし内野をよぎって、急造の演壇に向かう四人の姿がスクリーンいっぱいに映しだされた。

「みなさん、静粛にねがいます」とロボットがいった。「ロバーツ猊下が演説をなさるあいだは」

「彼はいまなにをしているのでしょうか、わかりますか、ドン？」とチックがきいた。

「集まった人々のために演壇で祈りをささげているらしいですね」とドンは答えた。「群衆の頭上にむかって手をふっています。聖水をふりかけているように見えます。そうですね、群衆に祝福をあたえているのですね、みんな、ひざまずいています」群衆のどよめきはつづいた。

　セバスチャンはロボットにいった。「では今晩はこれ以上することはないわけだね。図書館へ押し入るについては」

「明朝の開館時間まで待たねばなりません」とロボットはきっぱりといった。そしてしいっというように唇に指をあてた。

　マイクの前に立ったレイ・ロバーツは群衆を見わたした。

　華奢な体つきだと、セバスチャンは思った。たいそう繊細な感じ、鳥籠のような胸、ほっそりした腕――そして人並みはずれて大きな手。目は鋭い光輝をはなち、話しかける聴衆を見わたしながら爛々と輝いている。黒の質素なローブを着て、椀型の小さな帽子を頭にのせ、右手に指輪をはめている。彼らすべてを統率するひとつの指輪、とセバスチャンはあのトールキンを思いだした。彼らを探すためのひとつの指輪。彼らすべてを――どうしたんだっけ？――そう、導いて、闇のなかで彼らを束ねるための指輪。影がよこたわるモルドールの国で。現世の力をもつ指輪。ラインの黄金の指輪のように、それをはめた人に呪いをもたらすもの。この呪いは、教祖を捕らえた図書館にもたらされるだろう、とセバスチャンは思った。

「スム・ツ」とレイ・ロバーツは両手をあげながらいった。「わたしはあなたであり、あなたはわたしであります。われわれのあいだに、われわれの内に存在する差別は、錯覚であります。年老いた黒人の門番が、古い冗談をとばすでしょう、そりゃ、どういう意味だんべ？　それは――」彼の音声はドジャー・スタジアムに朗々とひびきわたる。彼は天をふりあおぎ、その目はドジャー・スタジアムの向こうの天の一点を凝視した。「黒人は、あるものが白人であるという理由でそのものより劣っているとはいえない。白人がかつて黒人に暴力をふるったとき、白人はみずからを破滅させたのであります。今日、自由黒人共同体の市民が白人を傷つけ苦しめるとき、彼もまたみずからを傷つけ苦しめているのです。わたしはあなたがたにいう。ローマの兵士の耳を切りおとすなと。それは枯葉のように、おのずから落ちるでありましょう」

　群衆はうおーっと歓声をあげた。

　セバスチャンはキッチンに行き、タバコの吸い殻に火をつけ、ぷかぷかと煙を吸い殻に吐きこんだ。吸い殻はしだいに長さをましていく。ボブ・リンディなら、今晩わたしを図書館へ送りこむことができるだろう、と彼は考える。リンディは器用な男だ。機械、電気関係の仕事ならなんでもこなす。彼でなかったらR・C・バックレイはどうだ。彼はいつでもどこでも、弁舌で道をきりひらいていく。わたしの部下たち。彼らに頼るべきなのだ、ユーディ教会ではなく。たとえユーディ教会が、万端ととのえているにしても。

「ここで思いだします」とロバーツは、居間で説教をつづけている。「ごく最近再生されたある老婦人でありますが、この婦人のもっとも恐れたことは、掘りだされたときに、自分にふさわしからぬ衣服を着用しているのを見られるということだった」群衆の間に笑いの波がひろがった。「しかしこのような神経症的な恐怖は」とロバーツは重々しく言葉をつぐ、「人間や国家をも滅ぼすことができるのであります。二正面作戦におけるナチス・ドイツの神経症的恐怖は――」彼はものうげに語りつづける。セバスチャンは耳をかたむけるのをやめた。

おそらくロボットの申し出た方法にしたがうべきだろう、と彼は思った、そして明日まで待とうと。ジョウ・ティンベインは銃によって、ロッタを救いだし、銃によって退路を開いたが、それがなんの役に立ったか？ ティンベインは死に、ロッタは図書館に逆戻りだ。なにひとつ得たものはない。

図書館を攻めるには、それなりの方法があるのだ――彼らにとって日常茶飯の方法。ユーディ教会は正しい。図書館のほうから自発的に受けいれられるようにしなければならない。
だがたとえなかへ入ることができたとしても、どうすれば逆上せずにいられるだろう？　いざ彼らと対決したら……その緊張感は耐えがたいだろう。はかりしれない。そしてわたしはあそこにすわってアップルフォードと話さねばならない、精神錯乱者の偽論文について——

彼は居間に戻った。そしてレイ・ロバーツの騒々しい長広舌に負けぬようロボットにむかってどなった。「そんなこと、できるものか！」

ロボットは迷惑そうに耳に手をあてた。

「今夜、図書館へ押し入るぞ」セバスチャンはどなったが、ロボットはなんの反応も示さない。頭はもうくるりとまわって、ふたたびテレビの騒音を吸収している。

ジャコメッティが立ちあがり、セバスチャンの腕をつかんでキッチンへひっぱっていった。「こんどの場合はユーディ教会のいうとおりです。ゆっくり時間をかけてやらねばだめです、少しずつ、われわれは——ことにあなたは——辛抱しなければいけない。これから行ったところであの警官のように殺されるだけですからね。これはすべからく——」彼は手をひろげた。「搦手《からめて》からいかなくては。いっそう——臨機応変に。わかりますね？」

彼はセバスチャンの顔をうかがった。

「今晩、あそこへ行くさ」とセバスチャンはいった。

「行っても、生きて帰れませんよ」

完全に復元したタバコを下においてセバスチャンはいった。「こんにちは。じゃまた。とにかく行ってくる」

「図書館に近づいてはいけない！　だめだ――」ジャコメッティの言葉がテレビの喚声といりまじる。セバスチャンはコナプトの部屋のドアをしめた。そして廊下に、ほっとするような静寂のなかに出た。

何時間とも思われるあいだ、暗い通りをさまよいつづけた、ズボンのポケットに手をつっこんで、店屋の前を通りこし、家々を通りこし、時がたつにつれ、あたりはしだいに暗くなり、やがて視線をあげたときは、灯がまったくついていない住宅街にいた。歩道に人影は絶えていた。彼はまったくひとりぼっちだった。

そのとき、ユーディ教会の会員が三人、ぬっと目の前にあらわれた、男がふたり、若い女がひとり、三人とも〈スム・ツ〉のバッジをつけている。女のバッジは右の胸のふくらみの尖端についていて、金属製のきらめく乳首のようにとびだしている。

三人は陽気な声でいった。「さよなら、同志《バレ・アミカス》」三人が声をそろえていった。「今晩の教主さまの演説はどうだった？」

「すばらしかった」とセバスチャンはいった。演説の内容を思いだそうとした。一節だけ記憶にあった。「ローマの兵士の耳の話はおもしろかった」と彼はいった。「心に残った」

「少しばかりスピリット・ソウガムがあるよ」と背の高いほうの男がいった。「いっしょにやらないか？　あんたは兄弟じゃないけど、いっしょにお祝いしてくださいよ」

　こういう申し出は斥けるわけにはいかない。「いいとも」と彼はいった。スピリット・ソウガムを吸引するのは何年ぶりだろう。スピリット・ソウガムとは、いうなれば、その昔、酒屋やバーで売られていたアルコール飲料に類するものだ――これをやると、数年前に、ホバート位相《フェーズ》のはじまる以前に、ひきもどしてくれる。

　彼らは駐車してあったエアカーにどやどやと乗りこみ、長いパイプのついたフラスコがまわされた。雰囲気はいっそう和やかになった。

「こんなおそくになにをしていたの？」と女が訊いた。「女でもあさっていたの？」

「そう」セバスチャンは答えた。スピリット・ソウガムが舌をほぐした。親しい友人にかこまれているような気がした。そういってもいいかもしれない。

「あら、それがお目当てなら、いっしょに――」

「いや」セバスチャンは女をさえぎった。「あんたが考えてるようなことじゃないんだ。妻を探している。居場所はわかっているんだが、ただ連れだせないだけだ」

「おれたちが連れだしてきてやるよ」と背の低いほうの男が快活にいった。「どこにいるんだい？」

「市民特殊図書館」とセバスチャンはいった。

「ちきしょう《フード》」三人のユーディ教徒がいっせいにいった。「行こう」運転席にいる男がエンジンをかけた。

「もうしまっているんだ」とセバスチャンがいった。

その言葉は一瞬、彼らの出鼻をくじいた。三人は額を集めていたが、やがてひとりが彼らのあいだでまとまった意見の検討を求めた。「図書館には夜間用受入れ口があるね、消去日をすぎた本のための。不問受入れ口。あそこからもぐったらどうかね」

「せますぎるな」とセバスチャンはいった。

これも、彼らの気負いたった熱意に水をかけた。

「明日まで待てばいいよ」と女がいった。「警察を呼ばないんなら。でも、あん畜生《フード》、図書館には介入せずっていう方針だし。世の中はもちつもたれつ、ってやつ」

「ただし」とセバスチャンがいった。「図書館は今日の夕方ロサンゼルス警察のパトロール警官を殺したよ」だが犯人が図書館であることを証明するすべはない。テレビでは、すでに〝狂信者〟の犯行ときめつけていた。

「レイ・ロバーツに、奥さんのことお祈りしてもらえばいいじゃないの」と女がいった。期待をこめて。

「おれはね、この四人でどっかへ行って、どんちゃんさわぎやればいいと思うがね」と背の高いほうの男がいった。

セバスチャンは礼をいい、エアカーからおりて、ふたたびあてどなく歩きだした。だがエアカーがあとについてきた。彼と並ぶと、ウィンドウをおろして男が体をのりだした。「もしなぐりこみかけるんなら、手をかすよ。おれたちは市民特殊図書館なんか怖くない」

「そのとおり、怖くなんかねえや」と女がやさしくうたうようにいった。

「もういいんだ」とセバスチャンはいった。これはひとりでやるべきだ。ユーディ教会のこの三人も好意でいってくれているのだが、所詮役には立つまい。

「家に帰ったほうがいいよ、あんた」男のほうがなだめるようにいった。「今晩はどうせなにもできやしないから。明日もう一度やってみるんだな」

そのとおりだと彼はうなずいた。「わかったよ」と彼はいった。疲労が重くのしかかるのを感じた、事実を認めるやいなや。すっぱりと思いきると、たちまち肉体もそれに同調した。彼はこんにちは——というよりはさよなら《サルベ》——の手をふり、明るい交叉点にむかって歩きだし、エアタクシーを探した。

生まれてこのかた、これほど気分が滅入ったことはなかった。

15

神の知はあらゆる時間の流れを超越しているゆえ、神の存在の単純性は普遍である。

——ボエティウス

半時間後コナプトに戻ってみると、ありがたいことにだれもいなかった。ジャコメッティもロボットのカール・ジュニアもすでに立ちさっていた。どの灰皿も新しいタバコでいっぱいになっている。彼はそれらをかきあつめて箱につめこむと、無気力な絶望感にひたりながらベッドに入った。少なくとも部屋の空気だけは新鮮な匂いがした。おびただしいタバコの排煙のせいだった。

ドアをこつこつ叩く音で目をさました。ふらつく体をおこし、服を着たままなのに戸惑いながら、ドアのほうへよろよろと歩いていった。だれもいなかった。気づくのに手間どったらしい。だが戸口に明るいブルーの包み紙できちんと包んだ紙包みがおいてあった。

ランス・アーバスノットの偽論文。

やれやれ、彼は心のなかでうめきをあげた。頭は痛いし、全身がけだるい。九時だと、台所の壁から時計が告げている。台所の壁から。朝。図書館はもう開いている。

居間の長椅子にふらふらとすわりこんで、包みを開いた。数百ページのタイプ原稿に入念なペン書きの注釈。いかにも説得力のある論文に……彼は感服した、ユーディ教会がみずから作成したこの偽造論文に。どこを拾い読みしても、ちゃんと筋が通っているように思える。それなりの奇異な論理になっている――ともあれこういう情況にはおあつらえむきだ。これならきっと図書館の検問をパスするだろう。

ソウガムも入れず、朝の髭植えもせず、早々に図書館にビドフォンをかけ、ダグラス・アップルフォードを呼びだした。横柄な面構えの職員のぼやけた小さな顔があらわれた。

「アップルフォードです」相手はセバスチャンを見つめた。

「わたしの名前は」とセバスチャンはいった。「ランス・アーバスノットです。マクファデンさんからお話があったと思いますが」

「ああ、はい」アップルフォードは、不快そうにうなずいた。「連絡を待っていましたよ。『隕石による死』の方ですね」

スクリーンの前にタイプ原稿の文書をかかげて、セバスチャンはいった。「午前中にこの論文をおもちしてもよいでしょうか？」

「十時ごろでしたら——短時間ですが——なんとかお入れできないことはありません」

「ではのちほど」セバスチャンはビドフォンを切った。これでわたしは最上階のAセクションを除いた全セクションに出入りする許可をあたえられたわけだ。ユーディ教会は経験豊かなオペレーターだ……彼らを味方にしておけばやはり心強い。

ビドフォンが鳴った。出てみると、なんと相手はレイ・ロバーツ教主だった。「さようなら、ヘルメス君」ロバーツは威厳をもっていった。「図書館に対するきみの行動の重要性をおもんぱかって、きみとじかに話しあいたいと思ったのだ。なんらかの手ちがいがないことをたしかめるために。アーバスノットの論文原稿は受けとったかね」

「はい」とセバスチャンはいった。「よくできていますね」

「きみは、図書館に入れるだろう、あの論文をもっていけば、ほんの数分だが。ダグラス・アップルフォードは原稿を受けとり、礼をいい、それをファイルするだろう。おそらくその間《かん》十分たらずだ。むろん、それでは充分な時間ではない。きみのなすべきことは、オフィスや読書室や書架の迷路のなかをかなり長時間さまよい歩くことだ。それにはもっともらしい口実がいる」

「こういえばいいでしょう——」セバスチャンがいいかけると、教主はさえぎった。

「聞きたまえ、ヘルメス君。その口実はもう以前から慎重に準備されている。これは長期にわたる計画だ。きみは例の原稿をもってアップルフォードのオフィスへおもむく、彼の前で、原稿をぱらぱらめくってみせる、そしてさりげなく百七十三ページを開く。そこできみはきわめて重大な事柄に関する誤りを発見する、きみはアップルフォードに、ペンとインクで訂正を行なうために立入制限区域内にある読書室の使用許可を求める。原稿の訂正がすんだらその旨を彼に告げ、原稿は彼に手わたす。訂正のための所要時間は十五分から四十五分とする」

「なるほど」とセバスチャンはいった。

「立入制限区域内の読書室の警邏《けいら》は行なわれていない。なぜなら、ここにあるのは長い硬材のテーブルだけだからだ。だからきみが読書室を出てもだれも見ているものはいない。もし見とがめるものがあったら、アップルフォードのオフィスに戻ろうと思っているうちに迷ってしまったというのだ。われわれにとっては教祖の居場所を突きとめることが先決だ。われわれの分析によれば、図書館側は隠し場所として最上階か、その下の階をあてる公算が強い。だからきみに探してもらうのは上のほうの階なんだが……当然、その辺は立入りが困難だ。それらの階にいる図書館員は特殊染料で染めた腕章を腕に巻いており、それは、小型レーダースコープにしかるべき反応を示す。染料は発光性のあざやかなブルーで——その効用は、図書館の警備員が、どんなに遠くからでもひとめで、それをつけているかいないかを判別できることだ。原稿を包んであった紙、あれはその特殊加工をした青い原料からできている。包み紙に点線をつけておいたからそのとおりに切って腕章をつくりたまえ。それをポケットにいれていき、アップルフォードの部屋を出たら、左腕に巻くのだ」

「左腕に」とセバスチャンはくりかえした。頭がくらくらし、体がけだるい。ソウガムと冷たいシャワーと着がえがほしい。

「さてそこで、もどし食品用の冷蔵庫を開けてみたまえ」とレイ・ロバーツはいった。「ロボット・カール・ジュニアとジャコメッティ君が共同で用意した救命用具が入っている。これはきみにとって重要なものだ」ロバーツ教主は言葉をきった。「もうひとつ、ヘルメス君。きみは妻を愛している、妻はきみにとってかけがえのない人間だ……しかし歴史の流れからみれば、かけがえがないとはいえない――教祖ほどには。そこの価値判断、つまりきみ個人の欲求の有限性とピーク教祖のほとんど無限に近い価値とを弁別してほしい。きみが妻を探そうとするのは本能だ――だからその動物的ともいうべき衝動を抑制するように努めてもらいたい。わかっただろうか」

「わたしは」セバスチャンは食いしばった歯のあいだからいった。「ロッタを見つけたい」

「たぶん見つかるだろう。しかしそれはあくまできみが図書館へ入る主な目的ではない。われわれがきみのために用意したのは彼女を探すためのものではない。わたしの意見では――」レイ・ロバーツはビド・スクリーンのほうに体をのりだしたので、その目が、すうっと、催眠術をかけるかのように大映しになった。セバスチャンは、ひな鳥のように、黙々と聴くばかりだ。「われわれが教祖をとりもどせば、彼らはきみの妻を無傷でかえしてくれるだろう。彼らはきみの妻に興味はないのだから」

「いいや、あります」とセバスチャンはいった。「わたしに対する復讐なんです、わたしとアン・フィッシャーとのあいだにあったことに対する」この点に関するレイ・ロバーツの論理にはついていけない――信じることもできない。これは見せかけだと感じた。「あなたは、アン・フィッシャーに会ったことがない。遺恨、憎悪、嫉《ねた》みなどの感情が、彼女の主な性格を――」

「あの女には何度か会っている」とレイ・ロバーツはいった。「消去局はあの女を、わが連邦政府に対する無任所使節としてカンザスシティに送りこんでいたからね。図書館のさまざまな委員会をしばしば牛耳っていたが、やりすぎて、とつぜん権勢を失った。ティンベイン巡査に関してもやりすぎだったのかもしれない。ティンベインを殺したのは、図書館の手先で、〝狂信者〟ではないということをロサンゼルス警察の耳にはいれておいた」顔が、にじみでる怒りでひきゆがむ。「ユーディ教会は、つねに暴力犯罪の濡れ衣を着せられる。それが警察やマスコミの常道なのだ」

「ロッタも上のふたつの階のどこかで見つかるでしょうか?」

「たぶん見つかるだろう」教主はセバスチャンをしげしげと眺めた。「わたしがいかに勧告しようと、きみはあたえられた短い時間の大半を、妻を探すことに費やしてしまうだろう」彼は悟りきったような身ぶりをした。それは感情移入の反応であり、ある種の理解であり、非難ではなかった。「さあ、ヘルメス君、緊急装備を点検して図書館との約束を果たしに行きたまえ。きみと話ができてよかった。あとでもう一度話しあおう、おそらく今日のうちに。こんにちは。こんにちは」

「こんにちは、教主」とセバスチャンはいって、ビドフォンを切った。

スーパーマーケットに持ちこまれるばかりの、さまざまな食品がぎっしりつまっている冷蔵庫の前で、ジャコメッティとロボットがおいていった白い小さな箱を点検した。期待に反して、その箱にはたった三点の品物が入っていただけだった。噴霧式のLSD手投弾。LSDに対する経口解毒剤――おそらく精神安定剤《フェノチアジン》だろう――プラスチックのカプセルに入っていて、図書館のなかで探しまわるあいだ、口中にふくんでいるわけだ。これが三点のうちの二点。そして三点目は。はじめは正体がわからなくてしばらくひねりまわしていた。静脈用の注射器で、青い樹液のような液が少量入っている。包み紙に使用上の注意が記されていたので、はがして読んでみた。

この溶液を注射することによって、ある一定時間、彼はホバート位相《フェーズ》から解き放たれるという。

つまり時間の流れのなかで静止している状態になるわけだ。事実上、前にも後にも動けない。逆説的にいえば、それは有限の時間だろう。普通の時間でいうと六分たらず。だが彼としては、数時間を体験することになる。

この最後の品はローマからきたものだった。過去においては、瞑想を永続させるために用いられ、若干の成果をあげたものだ。現在では法律で使用を禁止されており、入手は不可能だった。だが現にこうしてここにある。

ローマのおえら方は、たえまない霊的探究とともに、実用的側面というものも決して看過してはいない。

図書館の警備員にふりまくＬＳＤと彼自身の注射という組みあわせ——それによって彼は動く、そして彼らは動かない。単純明快だ。ジャコメッティの要望にもかなうわけで、だれも傷つかない。

一時間から三時間という主観的な時間のなかで、彼は図書館の最上階のどこへでも自由に入りこめるし、なんでもできるわけだ。実に巧妙に考案された救命装備、しかも簡単だ。いそいでシャワーを浴び、ほどよく汚れた服に着がえ、髭をちょっぴりはりつけ、ソウガムを吸引し、いつもの皿に各種の食物を吐きだし、それから原稿を小脇に抱え、だれもいない、わびしいコナプトの部屋をあとにして、前夜エアカーをとめておいた通りに出た。心臓が喉もとまでせりあがり、恐怖が喉を締めつける。わたしの唯一のチャンス、最後のチャンス。ロッタを救いだすための、そしてできればいっしょに教祖も。もしこれに失敗すれば、ロッタはこんどこそ去ってしまう。逃げだしてしまう、永久に。

やがてエアカーに乗りこんだ彼は明るい朝の空へ飛びたった。

16

わたしはこうした考えを、哀れなわが胸のうちで思いめぐらし、細心の注意をはらっている、真実を発見せぬまま死んでしまわぬように。

――聖アウグスティヌス

「アーバスノットという方がご面会です」ダグラス・アップルフォードの秘書が、インタコムで告げた。

彼はうめいた。とうとうやってきたか。このお荷物は、年がら年じゅう仕事熱心なシャリース・マクファデンが押しつけてきたものだ。「通しなさい」とアップルフォードはいうと、椅子をうしろにひき、両手を組んで待ちかまえた。小ざっぱりした身なりの、大柄な年配の男がオフィスの戸口にあらわれた。「わたくし、ランス・アーバスノットです」男は小声でいった、男の目は、罠にかかった獣のようにきょときょとと不安そうに動いている。

「見せてください」アップルフォードは前置きなしにいった。

「どうぞどうぞ」アーバスノットはおどおどとダグ・アップルフォードの机の前に腰をおろし、分厚い、はしのめくれあがったタイプ原稿の束を手渡した。「終生の労作です」と彼はつぶやいた。

「そうするとあなたは」ダグ・アップルフォードはきびきびといった。「もし人間が隕石によって殺されたとしたら、それはその人間が祖母を憎んでいたせいだと主張するんですね。たいした理論だ。そいつを消去したいっていうんだから、まあ現実的ではあるね」彼は好奇のまなざしで原稿をぱらぱらめくりながら、あちこちを拾い読みした。冗漫な文章、難解な専門用語、不自然な倒置法、荒唐無稽な論旨……彼がしじゅう読みなれている手のものだった。図書館ではこの種のくだらない原稿に日に十部ぐらいはお目にかかる。Bセクションでは日常茶飯事だった。

「ちょっとお返しねがえませんか？」とアーバスノットがしゃがれ声でいった。「最後にもう一度だけ目を通したいので。そちらに永久におわたししてしまう前に」

アップルフォードは分厚い原稿を机の上においた。ランス・アーバスノットはそれをとりあげ、じっと眺め、やおらページをめくりはじめる。しばらくして彼はページをめくる手をとめて、ある一節を食い入るように見つめる。唇が動く。

「どうしました？」アップルフォードが訊く。

「どうやら——百七十三ページのこの重要な部分を書き損じたようだ」とランス・アーバスノットはつぶやく。「消去していただく前に手を入れねばなりません」

アップルフォードはインタコムのボタンを押して、秘書のミス・トムスンを呼んだ。

「アーバスノットさんを、立入制限区域の読書室に案内してください、あそこならだれにも邪魔されずにすむ」アーバスノットにむかって、「どのくらいで返してもらえますか？」

「十五分か、二十分くらい。いずれにしても一時間以内には」アーバスノットは立ちあがり、手垢のついた大切な原稿を抱えこんだ。「たしかに消去してくださるんですね？」

「まったくそのとおりです。訂正してくだされば、のちほどお目にかかりましょう」彼も立ちあがった。アーバスノットはぐずぐずしていたが、やがてよろよろと部屋を出て、外の待合室のほうへ歩いていった。

そしてアップルフォードは別の仕事にとりかかった。ランス・アーバスノットという頭のおかしい著者のことはたちまち念頭から消えた。

読書室でひとりになるとセバスチャン・ヘルメスはふるえる指で腕章をとりだし、服の袖にとめつけた。上着のポケットに手をつっこんで救命用具をとりだし、ＬＳＤ解毒剤のカプセルを、噛みくだかぬように注意しながら口にふくんだ。手投弾をぎこちなく左手で持ちながら彼は思った。これはわたしじゃない。この先どうすればいいか、わたしにはわからない。ジョウ・ティンベインならやってのけるだろう。こういう訓練を受けてきたのだから。

文字どおり、片手、片腕は動かせない恰好で、少量のうす青い樹液のような液体を自分に注射した。さあ、やってしまった。いよいよだ。これから何時間かの——彼にはそう感じられる——あいだ。

読書室のドアを開け、すばやく廊下をうかがった。だれもいない。歩きだす。階段という標識を見つけ、そのほうへ歩きだす。

階段をのぼるのは造作なかった。あたりに人影はない。だが、最上階のその下と思われるフロアのドアを開けたとたん、冷ややかな目つきの制服の警備員が、すぐ目の前に立っていた。

警備員は映画のスローモーションのような動きで向かってきた。

警備員からは難なくのがれることができた。すばやく身をかわして廊下を小走りにかけだした。

横手のドアから、書類を小脇に抱えこんだアン・フィッシャーが、警備員と同じようにもうろうとスローモーションであらわれた。彼を見ると、彼にとっては数分にも思われるゆっくりした動作で向きをかえた。顎がのろのろと開き、苦悶の果てに驚きの声を発した。「アンタ——ナニヲ——シテイルノ」と彼女はいった。だが極度に間のびしたその言葉を最後まで待ってはいられなかった。彼は失敗したことを悟った——彼女に出会ってはいけなかったのだ、それもこんなに早く——彼女のわきをすりぬけて廊下を走りながら、彼はむなしくも悟った、自分が一カ所にじっとしていたので、ふたりのあいだに時間差がありながら彼女に姿を見わけられてしまったのだ。自分はたえず動いていなければいけなかったんだ。一定の、加速された動き。だがもうとりかえしがつかない。

警報ベルが鳴るだろう。彼女がベルをならすまでには、彼の時間単位でいえばあと数分はかかる。だが鳴るはずだ。かならず。

前方の戸口には武装した制服の警備員がふたり立ちはだかっている。彼は、全速力でそのほうへ突進した。警備員たちは、彼をかすかに感知したらしい。彼らの頭が回転した、まるで機械じかけのように——だがそのときはすでにわきをすりぬけてドアのノブをまわしていた。

警報ベルが鳴った。ジン——ジン——ジンと、かなりの間をおいて。回転速度をまちがえたテープレコーダーのようだ。回転速度が遅いほうの。ドアを開けた。

四人の消去局員が——着ている新式の寛衣《トーガ》でそれとわかった——室内をぶらぶら歩いていた。中央の椅子にピーク教祖がすわっていた。

「あなたはいらない」とセバスチャンは即座にいった。「妻がいるんだ。ロッタはどこだ？」彼の言葉を理解したものはだれもいなかった。彼らにとってそれはわけのわからない騒音だった。彼は干からびた、しわくちゃの教祖を残し、部屋の外へとびだした。廊下に出るとまた武装した警備員のわきをすりぬけた。彼らはやっといま、セバスチャンを追って部屋へ入ろうとするところだった……彼らの腕がのろのろとのびてくるのをさっとかわして次の部屋へつっ走った。

机がひとつあるだけでなにもない。そしてファイル・キャビネット。

三つ目の部屋にとびこむ。だれか——見なれない人間が——ビドフォンをかけている。

彼はまたとびだす。

四つ目の部屋は貯蔵品置場だった。ひんやりと冷たく殺風景な部屋。

この上の階だ、と彼は思った。前方にふたたび階段という標識が見えたので、そちらへむかって駆けだした。

最上階では、廊下で大勢の男女に出会ったが、みんな彼と同じように光る腕章をつけていた。彼らのなかにとびこんで手当たり次第にドアを開けた。

背後で銃の撃鉄をおこす音がした。体をひねるとライフルの銃身があがるのが見えた。

彼はぎこちない手つきでＬＳＤの手投弾を投げた。と同時に解毒剤のカプセルを噛んだ。銃身が静止した。警備員の手から銃がぽろりと落ちる。警備員はどさりと床に倒れ、その両手は、襲いかかってくるものを防ぐかのようにあげられる。幻覚。

ＬＳＤは煙のようにうずまいて、廊下じゅうにひろがった。彼はその下をかいくぐり、スローモーションで動きまわる人影をすりぬけ、ドアを次々に開けていく。大勢の図書館員が執務中だった。消去局員の記章もいくつか見えた……図書館の階級組織は、彼の存在と彼がもちこんだものによって崩れてしまったのだ。だがロッタはいない。

とうとう彼は、弱々しそうな中年の婦人の消去局員がたったひとりでいる部屋に追いつめられた。女は大きく目を見開いて彼を見つめた。「ドコニイルカ」彼女の時間相にあわせ、ゆっくりという。「ミセス・ヘルメス。ナン——ガイ——ニイルカ」彼は恐ろしい形《ぎょう》相《そう》で女につめよった。

だがＬＳＤガスがすでに女にまで達していた、彼女はうつぶせにゆっくりと倒れはじめる、顔に恐怖をうかべて。彼は女の体におおいかぶさり肩をつかんで、質問をくりかえす。「チ——カ——シ——ツ——ニ」やっとしぼりだすようなのろのろした答えがかえってきた。そのまま中年の消去局員は色彩ゆたかな自分の世界へと没入していった。女を残し、彼はふたたび廊下へとってかえした。

廊下は人と騒音とでわきかえっている。だが人々はすべて各々の領域に没入していた。対人的な行動、あるいは統制のとれた活動というものはもはや存在しなかった。だからエレベーターへたどりつくにもなんの苦労もいらなかった。だれひとり彼に注意をはらうものはいなかった。

彼はボタンを押した。エレベーターは、異様なほど長い時間をかけてあがってきた。

完全武装した警備員がエレベーターをぎっしりとうずめていた。全員がガスマスクをつけている。彼は矢のような速さで飛びのいた——彼らの目にはそう映った——だれかが銃を発射した。

弾はそれた。だが少なくとも彼の方角を狙って撃つことはできたのだ。ＬＳＤガスは彼らには効かないだろう。

もうロッタはとりもどせない、と彼は観念した。エレベーターにも乗れない、満員なのだから。レイ・ロバーツのいうとおりだ。ピークをここから救いだし、ロッタのことは忘れるべきだった。死者は甦り、生者は死ぬ、と彼は皮肉にも考える。そして楽の音は天をかきみだす。そしてわたしもかきみだされる。彼らはわたしを捕らえるだろう。結局、だれも連れだせなかった、ジョウ・ティンベインのように。ほんのいっときですら。アン・フィッシャーにさえ出会わなければ、もっと別の道も開けていただろうに。

彼はいま、注射した薬の作用で、永遠という摩訶不思議な感覚を味わっている。不死の感覚といえそうな。だがそれは活力の感覚ではない。威厳ある力の感覚ではない。彼は疲れ果て、無気力で、絶望していた。これでアン・フィッシャーは望みのものをすべて手にいれたわけだ。彼女の予言は実現していく、ひとつずつ。わたしは最後の役どころ、そしてわたしも、ジョウ・ティンベインや教祖やロッタと同じ運命をたどってしまった。

わたしは挫折したのだ。ほんの数分で。もしジョウ・ティンベインがここにいたら、事態はちがっていただろう。そうにちがいないのだ。

どうしてもそう考えずにはいられなかった。自身の無力さがひしひしと感じられた。セバスチャン対ジョウ。彼の弱さ、ジョウの勇敢さ。にもかかわらず彼らはジョウを殺してしまった、と彼は絶望におしひしがれる。ジョウは死んだのだ！

そしてわたしも。まもなく死ぬだろう。ジョウと力をあわせてやっていれば成功しただろうに。ふたりが協力してロッタをとりもどせばよかった。ふたりともロッタを愛していたのだ。そしてひとりずつ、ひとりぼっちで死んでいく。けっきょくなにもかもうまくいかなかった。もしジョウがわたしの警告を受けとっていたら、もし彼がモーテルから連絡をよこしていたら、もし――

わたしは老人だ、不能者だ。墓のなかに捨てておいてくれればよかったのだ、彼らは無を掘りあげたのだ。空虚を、死を。墓穴の冷気が、黴《かび》が、いまだにわたしにまとわりつき、わたしのなすところすべてに影響をあたえる。ふたたび死んだような気がする。というより、自分はずっと死人でありつづけたのだ。

彼は考える。たとえ彼らがわたしを殺してもかまわない、殺してもわたしは変わらないから。だがロッタはちがう、ティンベインがちがうように。

しかしわたしは、たとえここから逃げだせなくとも、自分をふくめてだれひとり救いだすことができなくとも——アン・フィッシャーは殺せるかもしれない。やってみるだけの価値はあるだろう。ジョウ・ティンベインのためにも。

17

しかしいまという時をどのようにして測ればよいだろう、時間が、ひろがりをもたぬとなれば？　それは、過ぎていくあいだに測られるものだが、過ぎてしまえば測れない、なぜなら、測られるものはなにもないことになるから。

――聖アウグスティヌス

ゆっくりと動いている警備員のひとりからライフルをうばうと、セバスチャン・ヘルメスは階段のほうへ駆けだした。階段に行きついたとき、下のほうで人声がひびいた。おそらく次のフロアより下だろうとセバスチャンは思った。彼は急いでおりはじめた。襲ってくるものはだれもいない。

次の階の廊下は、上の階と同じように、よたよたした重装備の警備員たちでいっぱいだった。彼は、ガラス越しに見るようにはっきりと、はるか前方にアン・フィッシャーがひとり立っているのを見つけた。そこでのろのろと阻もうとする連中を造作なくかわしながら、彼女のほうへ突進した、そしてさっきのように彼女の前に立ちはだかった。彼女はセバスチャンを認めると、またもや蒼白になった。

彼女の時間感覚にあわせてゆっくりという。「ワタシハ――ニゲルコトガ――デキナイ。ダカラ――アンタヲ――コロシテ――ヤル」彼はライフルをあげた。

「マッテ」と彼女はいった。「アンタト――トリヒキヲ――シマショウ――イマ――ココデ――」彼女は、彼をたしかめるようにのぞきこむ、まるで彼の存在がぼんやりとしか感じられないとでもいうように。「アタシヲ――ミノガシテ」と彼女はいった。「ソウシタラ――ロッタヲ――ツレテ――ココカラ――デテイクガイイ」

本気だろうか？　疑わしかった。「アンタハ――ソレヲ――メイレイスル――ケンゲンガ――アルノカ？」と彼は訊く。

「アル」彼女はうなずく。

「ダガアンタヲヒトジチニツレテイク」と彼はいった。「ロッタトワタシガココカラデルマデ」

「ナンデスッテ？」彼女は速すぎる彼の言葉を聞きとろうと耳をそばだてる。「わかった」とようやく彼のいったことを理解したらしくアンはうなずいた。これが運命と観念したようだ、驚いたことに。

「怖いんだな」と彼はいった。

「ええ、もちろんよ」彼女の言葉が正常の速さに戻ったので、ぎょっとした。明らかに注射の効果がうすれはじめたのだ。「あんたはここへとびこんできて暴れまわって、手投弾をなげて、みんなを脅かしたのよ。あたしはあんたに図書館から出てってもらいたいの、手段はえらばない」彼女は衿の折りかえしにつけたマイクにむかっていった。「ロッタ・ヘルメスを屋上のエアカーに乗せなさい。あたしもそこへ行く」

「あんたに、そんな権限があるのか？」彼は驚いて訊いた。

「あたしの父は消去局の元局長よ。それに母には会ったでしょ。屋上へ行きましょうか？」

　彼女は、平素の落ちつきをかなりとりもどし、前より冷静になっていた。「あたしは異常者に殺されたくないのよ」彼女は辛抱強くいった。「あたしはあんたを知ってるんですからね。あんたがこういうことをやるんじゃないかってすごく心配してたのよ、そしたらまさにそのとおりのことをやった。できれば図書館からはなれていたかったんだけど、こういうこみいった情勢では——」

「屋上へ行こう」彼はさえぎった。「さあ」彼はアンをライフルで小突きながら、手近のエレベーターに近づいた。

「落ちつきなさいよ」とアンがとがめるような目つきでいった。「なにも起こりゃしないわよ、取引きしたこと以外には。ロッタが待ってる。あんたがばかげたまねをして発砲でもしたらロッタは殺されるかもしれない、そうはさせたくないでしょ」

「ああ」彼はうなずいた。彼女のいうとおりだ。いまは自制しなければいけない。エレベーターがやってくると、アン・フィッシャーは武装した警備員に外へでるようにと身ぶりで示した。「消えておしまい」彼女は荒々しく命じた。「鉄砲なんてものは」アンはエレベーターで上にあがりながら軽蔑的な口調でいった。「鉄砲を使う人間なんてものはね。弱いエゴを鉄砲でおぎなっているわけよ。そいつをもってるあんたをごらん。あんたはとつぜん、なにものも恐れなくなった。なぜかというと、あんたは、その鉄砲で、自分の思いどおりに他人を動かせるからよ。〈ヴォクス・ディ〉。ユーディの親衛隊は鉄砲のことをそう呼んでるわ。神の声って」彼女は考えこむように、「あんたの奥さんを二度も捕まえて拘留したのはまちがいだったかもしれないわね。図にのったのよ」

「ティンベイン巡査を殺したのは」とセバスチャンはいった。「残虐非道な行為だ。やつはあんたになにをしたというんだ？」

「あんたと同じことをしたのよ」とアン・フィッシャーはいった。「あんたは銃をもってここへ押し入って、罪もない年老いた消去局員たちを殺した——丸腰の消去局員たちをね」

「それに対する報復か」セバスチャンは苦々しげにいった。「それじゃ、今日のわたしがしたことの仕返しに、わたしを追いかける気だな。打ち倒すまで」

「さあ、どうかしら」とアン・フィッシャーは冷たくいいはなった。「局で会議をひらいて投票できめなくちゃ。さもなければ、あたしに決定権をあたえる議決をするかね」彼女はセバスチャンを注視した。

「図書館は暴力を尊重するからな」とセバスチャンはいった。

「ええ、そう、そりゃそうよ。じっさいのところわれわれは、暴力を恐れているのよ、暴力によってなしとげられるものがわかっているから。あたしたちだって、暴力は用いる、なにもよろこんでというわけじゃない、でもその効能は認めてるわけよ。ね、今日、あんたがなしとげたことを考えてごらんなさいよ」彼らは屋上へやってきた。エレベーターが止まり、扉が音もなく開く。「そのライフル、どこで手にいれたの？」彼女が興味ありげに訊いた。「あたしたちのみたいね」

「そうさ」彼は答えた。「武器はなにももたずに来たからね」

「へえ」アンはあきらめ顔でいった。「銃なんてものに忠誠心はないんだから、犬とはわけがちがうわ」ふたりは屋上へ足をふみだした。「彼女はあそこにいる」アンは目をこらした。「たったいま残していったところよ。さあ、行きましょう」アンは先に立って大股に歩きだした。彼も急いでそのあとを追った。ロッタを屋上に連れてきた警備員はこそこそと逃げるように姿を消した。彼はそれには目もくれなかった。アン・フィッシャーと妻だけが目下の関心事だった。

彼とアンがエアカーのところへたどりつくのを待ってロッタがいった。「教祖を連れだしたの、セバスチャン？　あのひとたちが話しているのを聞いたわ、教祖もここに連れてこられたのよ」

アン・フィッシャーは間髪をいれずぴしりといった。「それは取引きには入ってませんよ」

セバスチャンは平然とアンを自分のエアカーのフロントシートにおしこみ、運転席にすわるとライフルをロッタにわたした。

「これでミス・フィッシャーを狙っていなさい」と彼はロッタに命じた。

ロッタはおずおずといった。「あたし――」

「きみの命がこれにかかっているんだ、わたしの命もだ。やつらがジョウ・ティンベインをどうしたかおぼえているだろう？　彼を殺すことをきめたのはこの女だ、この女が命令したんだ。さあ、ライフルをこの女に向けていてくれないか？」

「ええ」ロッタは低い声でいった。ライフルの銃身があがるのを彼は見た。ジョウ・ティンベインの身におこったことを思いだして彼女はそうしたのだ。「でも教祖はどうするの？」彼女はくりかえし訊いた。

「彼を連れだすことはできない」とセバスチャンはいった。声がかすれ、うわずった。

「わたしに奇蹟はおこせない。きみを連れだせたことだけでも信じられないほどの幸運なんだ。だからもういいだろう？」

　ロッタはうしろでおとなしくこっくりをした。

　エアカーのエンジンをかけた。またたく間に彼らは図書館の上空に舞いあがり、朝がたの買物客のエアカーの流れにまぎれこんだ。

　ダウンタウンの公共建造物の屋上にエアカーをとめ、アン・フィッシャーを解放した――衿の折りかえしにつけたマイクをとりあげてから。そしてまた空に飛びあがった。しばらくロッタも彼も無言でエアカーにゆられていたが、やがてロッタが口をひらいた。「助けにきてくださってありがとう」

「運がよかったんだ」と彼はぽつんといった。自分がいったんはあきらめたこと、ただアン・フィッシャーを殺すつもりだったことなどはいわなかった。妻を救ったのは、文字どおり、ほんの偶然にすぎなかったことも。だがその偶然に彼は狂喜した。それに感謝した。

「ジョウ・ティンベインのニュースをテレビが流したんだよ」と彼はいった。「それでわかったんだ。それから彼が女を連れていて、その女は、事件のあとで消えてしまったとテレビでいったんだ」

「あのひとの死は永久に忘れられないわ」とロッタは弱々しくいった。

「そんなことはないよ。遠からず忘れてしまうさ」

「あたしの目の前で殺したのよ。あたし、この目で見たの、ぜんぶ。子供たちなの、図書館からきた……悪夢みたいに、グロテスクだった。あのひとも撃ったんだけど、いつも大人を狙いつけていたから、狙いが高すぎてしまって、子供たちの頭の上を通りすぎてしまったの」ふたたび彼女はだまりこんだ。

セバスチャンは、彼女の気持をひきたてるようにわざと荒っぽくいった。「とにかく図書館から逃げだせたんだ。もう二度と捕まるもんか」

「ユーディ教会は、あなたのこと、怒るでしょうね？」と彼女はいった。「教祖を連れださなかったから。ほんとに申しわけないわ……あの方はとても大切な人物だし、あたしはどうでもいい人間なのに。なんだか不公平みたい」

「きみはわたしにとって大切なひとだ」セバスチャンがきっぱりといった。

「あなたが使ったあの装備はどこで手にいれたの？　動きを速くする薬だのＬＳＤの手投弾だの。あそこの人たちがいっていたわ、とても驚いていた。普通の人間がＬＳＤなんか持っているはずはないし――」

「ユーディ教会がくれたんだ」彼はぶっきらぼうにいった。「いっさい準備してくれたんだよ。図書館へ入ってＢセクションまでたどりつけるような口実もつくってくれたんだ」

「じゃあきっと怒るわね」ロッタはおびえたようにいった。「だって、教祖を連れだしてもらうために、そうしたんでしょう？」

彼は答えなかった。エアカーの操縦に神経を集中し、追手がこないかどうか警戒していた。

「いわなくてもいいわ」とロッタはいった。「わかってますから。ユーディ教会には親衛隊だか、殺人部隊だかがあるんでしょう？　あたし、なにかで読んだことがあるわ……あれはほんとうに存在するものなの？」

「ああほんとだ」と彼は認めた。「ある程度まではね。たぶん」

ロッタは考えこむようにいった。「きっとロバーツ教主はその部隊を図書館に送りこむでしょう、あなたのあとは追わせないで。最初からそうすべきだったのよ。教祖を連れだすのはあなたの仕事ではないわ。あなたは奇襲隊じゃないんですもの」

「わたしが行きたかったんだよ」と彼はいった。

「あたしのために？」ロッタは彼をうかがう。執拗な詮索の目を彼は感じた。「最初のときはあたしを連れだしにきてくれなかったから？　だからこんどはその埋め合わせをした、そうね？」

「そのつもりだった」とセバスチャンはいった。そういう計画だったのだ。

「愛していて？」とロッタが訊いた。

「ああ」心から。前にもまして。エアカーの彼女のそばにすわったときにそれがわかった。

ふたりきりになったときに。

「あなた——怒っている？　あたしがジョウ・ティンベインのところへいったことを？」

「モーテルのことかい？」と彼はいった。「いいや」所詮あれはわたし自身の罪なのだ。それに自分自身のアン・フィッシャーとのいきさつ。「ただジョウが殺されたのが残念だ」と彼はいった。

「とても忘れられないわ」とロッタはいった。まるでそう約束するかのように。

「図書館のやつらはきみになにをしたんだ？」彼は訊いた、覚悟をきめて。

「なにも。でもおかかえの精神科医にあたしを診察させる予定だったの。そのお医者があたしの心をどうかするはずだったんでしょう。それからあの女のひと、ミス・フィッシャーだかミセス・フィッシャーだか——あのひとがあらわれて、いろいろなことを喋っていたわ」

「なにを？」

「あなたのこと」ロッタはもちまえの小声で話しつづけた。「あなたとあのひとは親しい関係だったといったわ——ベッドにいっしょにとびこんだって。そういうようなことをいろいろ喋ったわ。でもあたし、耳をかさなかった」

「よかった」と彼はいいながら、数々の嘘の重みをあらためて感じた——自分のついた嘘——が重くのしかかってきた。まず妻に、そしてまもなく、レイ・ロバーツにつくであろう嘘。彼らにも作り話をしなければならない。だれもかれも懐柔しなければならない……それが処世術というものだ、とセバスチャンは悟っていた。そしてわたしはそれに従うことにきめたのだ。それをごく自然にやってのけるR・C・バックレイのように、老獪《ろうかい》に。だがわたしにとっては、自然なことではない、と彼は思った。それでも——わたしはここにこうしている。

「あたし、なんとも思わないわ」とロッタはいった。「たとえあのひとがいったように、あなたとあのひとのことがほんとでも。だって、あたしもあんなことを——モーテルで。あなたに隠しておくのはいいや。隠してはおけないわ」

「あれは、ほんとのことじゃない」彼はあっさりといった。

「あのひと、とても魅力的ね、あの真黒な髪と青い瞳。あたしよりずっと魅力的」

「わたしはきらいだ」

「ジョウを殺させたから？」

「それもだが、ほかにもいろいろと理由がある」彼はくどくはいわなかった。

「これからどこへ行くの？」とロッタはいった。

「コナプトへ」

「ユーディ教会に連絡するつもり？　そして彼らに——」

「向こうから連絡があるだろう」とセバスチャンはいった。冷静に、観念したように。

18

わたしは、わたしの本性である力をのりこえて、わたしを創りたまうた神の御《み》許《もと》にしだいにのぼっていく。そしてわたしの記憶の原野、宏壮なる宮殿にたどりつく。

――聖アウグスティヌス

コナプトからヴァイタリウムにビドフォンをかけて、店が平常どおりに営業しているかどうかたしかめた。シェリル・ヴェイルがビドフォンに出た。

「ヘルメス商会」と彼女は陽気な声でいった。

「今日はそっちへ行けないが」とセバスチャンはいった。「みんなそこにいるね？」

「社長以外はみんなおそろいです」とシェリルはいった。「ああ、社長――ボブ・リンディがお話したいそうです。図書館がどんなふうに教祖をうばっていったかくわしくお話したいそうです。お時間がおありでしたら――」

「それはあとで聞くことにしよう」とセバスチャンはいった。「あとでいいんだ。こんにちは」

「考えたんですけど」といいながらロッタは、さしむかいの長椅子に腰をおろした。顔は動揺の色をうかべていた。「もし図書館が、ジョウ・ティンベインのしたことに対して報復をしたというなら、あなたにたいしても同じような行動をとるでしょうね」

「それは考えたよ」とセバスチャンはいった。

「それからユーディの親衛隊」とロッタはいった。「あたし、こわい――」

「ああ」彼はそっけなくいった。みんなだ。ローマ・シンジケート、図書館、ユーディ教会――自分のしたことで、彼らすべてを敵にまわしてしまったのだ――彼らすべてを。ロス警察までも。警察はジョウ・ティンベインをわたしが殺したと思うだろう、わたしの妻とモーテルにしけこんだから。わたしは動機といわれるものをもっているのだ。

ロッタが訊いた。「だれに頼ればいいの？」

「だれもいない」と彼は答えた。それは身の毛のよだつような恐ろしさだった。「きみ以外にはだれも」と彼はいいなおした。とにもかくにもロッタはとりもどした。それでおおよそ埋めあわせはついた。

だが充分とはいえない。

「きっと」とロッタは言葉をついだ。「隠れたほうがいいと思うわ、ふたりとも。どこかよそへ行って。彼らがジョウにしたことは――あたし、いまでもありありとおぼえているの。決して忘れられない、この目で見たら。屋根をぱたぱた歩く足音がして、それから、あの子供が、窓をのぞきこんで。ジョウは銃をもっていたわ、彼らがやってくることを知っていたから――でもそれも役に立たなかった。あたしたち、ロサンゼルスを、いいえ、西アメリカ《WUS》を出たほうがいいと思うわ。地球から出たほうがいいのかもしれない」

「火星へ移住するか？」と彼はもの思いに沈んだようにいった。

「あそこならユーディ教会の力もおよばないわ。あそこじゃ、国連《UN》だけが唯一の権威ですもの。植民ドームは具合よくいっているんですって。なにもかも規律正しくいっているそうよ。それにあのひとたちはいつだって移住者をやっきになって募集しているわ。毎晩テレビのコマーシャルでやっているのは知っているでしょう」

「二度と戻ってこられないんだよ」と彼はいった。「いったん移住したら。法的な書類に署名する前にその点について念をおされるよ。片道旅行なんだ」

「わかっているわ。でも生きてはいられるでしょう。屋根の上か、ドアの外か、ある晩足音が聞こえるなんてこともないわ。あなたは教祖を連れだすべきだったのよ。そうすれば少なくともユーディ教会の力を借りることができたはずなのに。でもこれでは――」

「やるだけはやった」と彼は機械的にくりかえした。「アン・フィッシャーの話を聞いただろう。教祖に関しては取引きすることができなかったのだ。わたしは手にいれられるものをとった――きみをとった――そしてやっと逃げだした。レイ・ロバーツにはそれで納得してもらわなけりゃならない、それが事実なのだから」だが、彼は知っていたのだ、心の奥深くでは、自分が教祖をとりもどそうと努力したことは一度もなかったことを。ロッタのことしか考えていなかった。ロバーツがいったように、それは、動物的な衝動に等しい。ロバーツが恐れていた衝動、そして結局ロバーツの予感どおり現実のものとなった衝動。いったん図書館に足をふみいれるや、〝歴史上の無限な価値〟に関する議論は霧散してしまった、LSDの手投弾とともに煙のごとく消えてしまったのだ。

「あたし、火星に行けたらうれしい」とロッタはいった。「いつか話しあったわね？ 胸がわくわくするでしょうね……宇宙の茫漠とした感覚、宇宙の凄絶さみたいなものが感じられるんだわ――よその惑星の上に立つ人間。一度は経験しなくちゃ、あのひとたちがいうように。知っておかなきゃ」

「わたしにできる仕事は」とセバスチャンは耳ざわりな声でいった。「嗅ぎだすことだけなんだ」

「甦ろうとしている死人を見つけだすこと？」

「それがわたしの唯一の才能だということは知っているね」彼はゼスチュアをまじえていった。「火星へ行ってなにかいいことがある？ 火星ではホバート位相《フェーズ》は、ごく弱くしか働いていない、ほとんど零に近い」それゆえに行きたくない理由がある。あそこへ行けば、彼は尋常に年をとっていくだろう、つまり、彼にとっては、それが致命的であることがすぐ明らかになるだろう。このままいけば、彼が病いと死にたどりつくまでには数年しか残されていないのだ。

ロッタにとっては、むろん話は別だ。彼女は正常の時間のなかであと数十年は生きられる。じっさいホバート位相《フェーズ》のもとで生きるよりもっと長く。

だがわたしは、すぐまた死ぬのなら、なにを心配することがあるだろう？　わたしは一度死を体験してきたのだ。それほど悪くもなかった。ある意味では、わたしは死を歓迎するだろう——すばらしい永遠の眠り。あらゆる重荷からの完全な解放。

「そうよね」とロッタはいった。「火星には死者はいない。忘れていたわ」

「なにか手先の仕事か事務員でもやるよりしかたがないね」と彼はいった。

「いいえ、あなたの経営者としての才能、管理能力というものはおおいに役に立つと思うわ。きっと適性検査をやってくれる。きっとそうしてくれると思うわ。だからあなたのいろいろな才能が、あのひとたちにもわかるわ。ね？」

「きみには若者の楽観主義がある」そしてわたしには老いの絶望が、と彼は考える。「ともかく待とう」と彼はいった。「レイ・ロバーツと話をするまで。彼が納得するような話をでっちあげられるかもしれない。つまり」と彼はいいなおす。「わたしがおかれていた情況を理解してもらえるかもしれない。それにきみがいったように、親衛隊が教祖を救出するかもしれない。それがあの連中の仕事なんだからね、わたしなんかの仕事じゃなく。その点を指摘してやろうと思うんだ」

「うまくいきますように」とロッタは憂わしげにいった。

一時間しないうちにレイ・ロバーツから連絡があった。

「戻ってきたね」とレイ・ロバーツはいいながら、鋭く彼を見つめた——非難するように。極度に緊張し、たいそう興奮して返事を待ちうけている。「どう申しひらきをするのだ？」

「申しわけのないことで」とセバスチャンは用心深くいった。どうしても白《しら》をきりとおさねばならない、いささかの疎漏もなく。

「教祖はまだ図書館に拘禁されているがね」とロバーツはいった。

「一度は近づいたんですが、どうにも——」

「きみの妻はどうした？」

墓のように冷たく彼は答えた。「妻は連れだしました。ひょんな偶然から。彼らが————図書館当局が——妻を釈放することを決定したのです。わたしが頼んだわけではないんです。これは、図書館側の意向でして」

「緊張緩和《デタント》か」とロバーツはいった。「図書館の建物から退去するかわりにロッタを受けとったのだね、友好的に事は運んだというわけだ」

「いや」

「そのように受けとれるがね」ロバーツは無表情に彼を注視した。その黒い精悍な顔には動揺の気色もない。「彼らはきみを買収した。それにだ――」と声が鋭くなる。「きみに教祖を連れだす見込みがなかったら、彼らはそんなことはしなかっただろう」

「アン・フィッシャーがきめたんです」とセバスチャンは応酬した。「わたしは彼女を殺そうとしました。彼女はわたしを買収して逃げ道をつくった。わたしは彼女を人質にして連れだした。わたしはさらに――」

「彼らがきみの妻をふたたび図書館に拉致したのは、そのためだとは思わなかったのか？　人質として使うためだと？　きみを骨抜きにするためだと？」

「どちらを」とセバスチャンは強情にいった。「選ぶかという問題が――」

「彼らはきみの心理構造を推測したのだ」とロバーツは悄然といった。「彼らは精神科医を抱えている。きみが応ずる取引き方法を知っていた。アン・フィッシャーは死を恐れてはいなかった。あれは狂言だ。彼女はきみを〝買収して逃げ道をつくった〟のではない。きみを、教祖からひきはなしたのだ。もし、アン・フィッシャーがきみをほんとうに恐れていたのなら、きみの目にとまるところにのこのことあらわれるはずはないだろう」

セバスチャンはしぶしぶといった。「おそらく――あなたのいわれるとおりでしょう」

「きみは教祖に会えたのか？　教祖はたしかに生きておられたか？」

「ええ」とセバスチャンはいった。緊張のあまり汗がにじみだすのがわかった。汗は脇の下にたまり、背中を流れおちた。毛穴がそれを吸収しようとし――吸収できないでいるのがわかった。おびただしい汗だった。

「それで消去局員は教祖を調べていたか？」

「たしか――教祖のそばにおりました。はい」

「きみは人間の歴史を変えてしまったんだぞ」とロバーツはいった。「いや、むしろ、変えそこなったというべきだろう。きみにチャンスはあったが、それも失った。きみは教祖を救い甦らせたヴァイタリウムの所有者として、永久に世上の記憶にとどめられることもできたのだ。ユーディ教会や、この惑星の人々から忘れられない人物となるはずだった。そして信仰に対するまったく新しい基盤がつくられるはずだった。確信が単なる信仰にとってかわっていただろう、そしてまったく生まれかわった聖書が生まれていただろう」ロバーツの声音に怒りはこめられてはいなかった。冷静に、ただ事実を述べているにすぎなかった。

「彼にいって」ロッタが背後から烈しくいった。「もう一度やってみるって」彼女は手を彼の肩において、勇気づけるようにさすった。

セバスチャンはいった。「図書館に戻ってみます。もう一度」

「きみを図書館に送りこんだのは」とロバーツはいった。「ジャコメッティに対する妥協なのだ。彼はわれわれに暴力を避けるようにと要求した。だがいまやきみに関する協定は消滅した。われわれは自由に、熱狂的信者を送りこめる。だが――」彼は口をつぐんだ。「彼らはおそらく死体を発見することになるだろう。図書館は、親衛隊があの地域に入ればすぐに見破るだろう――先頭のひとりが建物に足をふみいれたとたんに。ジャコメッティがゆうべわたしにいったように。しかしほかに方法はない。彼らとはいかなる交渉も不可能だ。われわれの手のうちにあるもの、あるいはわれわれが示しうる条件で、図書館に教祖を釈放せしめるようなものはなにもないのだ。ミセス・ヘルメスの場合とはちがうのだ」

「いや、お話できてよかった」とセバスチャンはいった。「事情がわかってうれしく思っています。どうも――」

スクリーンが消えた。レイ・ロバーツは通話を切った。挨拶もせずに。

セバスチャンはしばらくレシーバーをにぎったまますわりこんでいたが、やがてそろそろとレシーバーを戻した。五十も年をとったような感じがした……そして百になったような疲労をおぼえた。

「あのなあ」彼はやがてロッタにいった。「棺のなかで目をさますと、まず奇妙な疲労を感じる。頭のなかはからっぽだ。体はまったくいうことをきかない。それからさまざまな考えがうかんでくる、いいたいこととか、やりたいこととか。わめいて、もがいて、外へ出たいと思う。だがまだ体は反応しない。喋ることも動くこともできない。そんな状態が――かれこれ四十八時間つづく」

「なんて恐ろしいんでしょう？」

「わたしの体験のなかで最悪のものだ。死ぬより悪い」いまのわたしの感じがそれだ、と彼は思う。

「なにかもってきましょうか？」ロッタが心得たように訊いた。「あたたかいソウガムでも？」

「いや、けっこうだ」と彼はいった。立ちあがり、居間をゆっくりと横切って通りを見おろす窓に近づく。レイ・ロバーツのいうとおりだ。わたしは人間の歴史を変えそこなったのだ。わたしは自分の私生活のほうを重視した――全人類を、そしてとくにユーディ教徒を犠牲にして。世界の神学をまったく変貌させるような基盤を、わたしは破壊してしまったのだ。レイ・ロバーツのいうとおりだ！

「あたしにできることがあって？」とロッタがやさしく問いかけた。

「だいじょうぶだよ」彼は眼下の通りを、道行く人を、いわしのような恰好の乗り物をじっと見おろした。「ああいうふうに棺のなかに横たわっているとき」と彼はいった。「あれほど恐ろしい思いを味わうのは、心が生きかえったのに体が生きかえっていないからだ。

そして二重性を感じる。ほんとうに死んでいるときにはそんなものは感じない。体とはまったくかかわりがないからだ。しかし――」彼は痙攣《けいれん》するような身ぶりをした。「生きている心が死体につながれている。死体のなかに閉じこめられている。そしてその体はとうてい生きかえりそうもない。まるで永久に待たねばならないように思われる」

「でもあなたはもう二度とそんな思いをせずにすむのよ。もう終わってしまったのよ」

「でも記憶にあるんだ。あの体験はいまだにわたしの一部なんだ」彼は額を烈しくこづいた。「たえずこのなかにあるんだ」わたしがなにかをひどく恐れるときに、思いだすのはそのことなのだ。それが浮かびあがり、わたしの前に立ちふさがる。わたしの恐怖の徴候。

「あたし、手続きをします」とロッタはいった、彼の心を読み、彼の気持をくんだようだ。

「火星移住のための。あなたは床に入ってお休みなさい。あたしが連絡しますから」

「きみはビドフォン使うのが嫌いなんだろう」と彼はいった。「きみはこわがっていたじゃないか。ビドフォンはきみの大きらいなもの《ベト・ノワール》じゃないか」

「もうだいじょうぶなの」彼女は夫を寝室へ連れていった、彼女の手はやさしかった。

19

しかし、これらの物のうちには休息の場所はない。それらは留まってはいない、それらは逃げさっていく、そうだとすれば、人間の五感によってそれらを追うことがだれにできようか？

——聖アウグスティヌス

眠りのあいだにセバスチャン・ヘルメスは墓の夢を見た。ふたたび彼は、窮屈なプラスチックの棺のなかに、あの小さき処《ところ》に、暗闇に横たわっていた。彼は何度も何度も呼びつづけた。「わたしの名はセバスチャン・ヘルメスだ、外に出たい！　だれか聞こえないのか？」夢のなかで彼は耳をすませる。そしてふたたび遠くのほうでだれかが墓のほうへむかって歩いてくる足音を感じる。「出してくれ」彼は金切り声をふりしぼる、何度も何度も、そして、彼を閉じこめているプラスチックを、溺れかけた虫けらのようにもがいては叩く、絶望しながら。

だれかが掘っている、シャベルのひびきが伝わってくる。「空気をくれ！」と叫ぼうとするが、もう空気がのこっていないので、呼吸をすることができない。窒息してしまいそうだ。「急いで！」と叫ぶが、空気がないので声にならない。彼は巨大な真空によって圧搾され、押しつぶされる。圧力は増しつづけ音もなく肋骨が折れる。骨がぽきぽきと折れていくのが感じられる。

「ここから、出してくれたら」といおうとする、いいたい。「図書館へ戻って、教祖を探す。いいね？」耳をすませる。土を掘る作業がつづいている。ざくざくという鈍い音が、間断なく。「約束する」と彼はいう。「取引きだ」

シャベルの先が棺の蓋にガリガリとあたる。

認めるよ、と彼は思った。彼を連れだせば連れだせたのに、そうしないで妻を救うほうをえらんだ。やつらはわたしを止めなかった。自分が止めたのだ。だが二度とあんなことはしない、約束する。彼はじっと耳をすませる。ドライバーで棺の蓋をあけている。彼と、光と空気をへだてる最後の障壁。こんどこそやってみる、と彼は約束した。いいね？

蓋が音もなくずらされる。光がさっと注ぎこみ、彼は顔をあげ、のぞいている人物の顔を見る。

しわくちゃの黒い小さな老人の顔。教祖の顔。

「おまえの呼ぶ声が聞こえたのだ」と教祖はいった。「だからやりかけの仕事をほうりだして助けにきたのだ。なにをしたらいい？　いま何年か知りたいか？　紀元前四世紀だ」

「なぜです？」とセバスチャンは訊いた。「それはなにを意味しているのですか？」それはなにか巨大なものを予示しているのだと彼は感じる。彼は畏怖した。

教祖がいった。「おまえは人類の救世主だ。おまえによって人類はあがなわれるだろう。おまえはこの世に生をうけたもののなかでもっとも大切な人間だ」

「わたしはなにをすればいいのです？」とセバスチャンは訊く。「人類の罪をあがなうために」

「ふたたび死なねばならない」と教祖は答えたが、そのとき夢は亡霊のようにはかなくなり、彼は目ざめに向かいつつあった。コナプトのベッドに寝ていて、ロッタがそばにいるのを感じた。夢を見ているのだと感じた。そして夢は消えさった——格別の残滓《ざんし》をのこしたまま。

あれはお告げなのだ、と彼は考えながら、寝がえりをうって起きあがり、ふとんをおしのけ、ベッドからよろよろとおりたつと、そのまま深いもの思いに沈んだ。いまみた夢をできるかぎり思いだそうとして。

わたしはなにをしなければならないのだ？　教祖はわたしになにをいおうとしたのだ？　死ねと？　夢は彼になにも語ろうとはしなかった、彼はただ、囚われ、身動きならなくなったように感じた、ただ、限りない罪の意識にさいなまれた、教祖を図書館におきざりにしたことに。彼が意識してやったことのすべてに。たいしたものさ、と彼は陰鬱に考えた。

よろよろとキッチンに入っていくと——黒い絹の服を着た三人の男が、テーブルの前にすわっていた。三人の親衛隊。三人は疲れていらだっているようだった。テーブルの上には皺になった手書きのメモが山と積まれている。

「この男だ」とそのうちのひとりがセバスチャンを指さした。「教祖様を図書館におきざりにしたのは。連れだせば連れだせたというのに」

三人の親衛隊員は、やつれた顔に複雑な表情をうかべて、セバスチャンをじっと見つめた。

セバスチャンに親衛隊の親玉が説明した。

「われわれは今晩、図書館に対し行動をおこす。こそこそとはやらない。大砲をひっぱっていって、核爆弾を撃ちこんで一挙に粉砕するつもりだ。教祖様は救いだせないかもしれないが、少なくともやつらは始末してやるからな」その声音には侮蔑と烈しい敵意がにじみだしていた。

「なかへ入って救い出すことはできないのか?」とセバスチャンは訊いた。彼らの計画のずさんさが彼を慄然とさせた。暴力革命主義。教祖を救わずに図書館を破壊する。彼らは肝心かなめのものを見おとしている。

「ほんのわずかなチャンスはある」と親衛隊の親玉は認めた。「だからこそあんたと話しあうためにここに寄った。あんたが教祖をどこで見つけたか、やつらはどうやって教祖を警護しているかを正確に知りたい……人数はどのくらい、どんな種類の武器をもっているか。むろん、われわれが行くまでにはすべて変わっているだろうが――たぶんもうすっかり変わっているだろう――だがなにか役に立つことがあるかもしれない」彼はセバスチャンを見つめ、返事を待った。

ロッタが、ねむそうな目をして、キッチンの戸口にあらわれた。「あたしたちを殺しにきたの？」ロッタは彼の腕にすがりついた。

「そうじゃあない」とセバスチャンはいった。ロッタの腕を軽く叩いて、落ちつかせようとした。「おぼえているのは、武装した図書館の警備員だ」と彼はいった。「どこの部屋だったかはおぼえていないが、たしか最上階のすぐ下だ。ごくありふれた部屋のようだった。とくに変わったところもない。やつらは、適当にあそこを選んだのではないか」

「そのあと教祖様の夢を見なかったか？」驚いたことに親衛隊の親玉がそういった。「教祖様は生前、信者たちに夢のお告げをしていたそうだ」

「ああ」セバスチャンは慎重に答えた。「彼の夢をみた。彼はなにかいおうとした、わたしに。なにかをしなくてはいけないといった。年は紀元前四世紀だといった、そしてわたしは人類の救世主になるだろうと。それをなしとげることによって」

「あまり役には立たないな」と親衛隊の親玉がいった。

「だがある意味では真実だ」と別の男が口をはさんだ。「もしこいつが教祖様を連れだしていたら、こいつは人類の救世主になっていただろうから。教祖様は、そうしてもらうことを望んでおられた。夢の話を聞くまでもない」彼は顔をしかめながら、なにやらノートに書きとめた。

「あんたは、せっかくのチャンスを逸したな、ヘルメス君」と親衛隊の親玉がいった。

「一世一代のチャンスを」

「わかっている」とセバスチャンは無表情にいった。

「こいつは殺すべきだろう」第三の男がいった。「このふたりは殺すべきだ。それもいますぐに、図書館へぶっぱなしたあとでなく」

セバスチャンは、心臓の鼓動がとまるのを感じた。肉体が死にむかって縮んでいくのを感じた。まるであの小さき処にいたときのように。だが彼はなにもいわなかった。ただロッタを抱きしめた。

「役に立つあいだはだめだ」親玉はそっけなくいった。ふたたび彼はセバスチャンをしげしげと眺めた。「レーザー光線や自動ライフル以外の禁制武器に出会わなかったか？」と彼はきいた。

「いいや」セバスチャンはぎこちなくかぶりをふった。

「力場とか、最新兵器とか、最高機密を扱っているあの建物の上層階を守っているものはなさそうだな」

「すべて携帯武器だ」とセバスチャンは答えた。

「図書館の警備員の警報システムは？　無線か？」

「そうだ」セバスチャンはまたうなずいた。

「麻酔ガスで攻撃してこなかったか？」

「ガスを使ったのはわたしのほうだ。教主とローマの連中からもらった」

「ああ、なにをもらったかはわかっている」親衛隊の親玉は鉛筆をもてあそび、口のすみを舌でなめながら考えこんでいる。「やつらはガスマスクをもっているか？」

「もっているものもいる」

「じゃあガスはもっているんだな——どんな種類のものか知らないが——効くやつを。徹底した侵攻にそなえて。われわれの爆弾があの建物に命中したとき、携帯武器よりもっと大がかりなものが、あそこからあらわれるかもしれないな」彼はふたたびセバスチャンをしげしげと眺めた。「それはないと思うね。つまり、あんたを信じるってことだ——だが、守りはいっそうかためているだろう。やつらはあんたを本気でくいとめようとはしなかった。もしひとりじゃなく何人か組んでいけば、教祖様は連れだせただろう」彼はふたりの仲間をふりかえった。「図書館はあいかわらず謎だな」と彼はいった。「四十八時間のあいだに二度、男がひとりであそこへ入りこみ、ロッタ・ヘルメスを連れだした。だが教祖様はまだあそこにおられる。まるでまだ手がとどくぞ、敏速な攻撃をしかければ奪いかえせるぞといわんばかりだ。おれの意見では教祖様はすでに死んでおられて、ヘルメスが見たのは教祖様に似せて作られたロボットではなかったかと思う、あらかじめ用意された」仲間の男がいった。「だがヘルメスの夢は。あれは教祖様がまだ生きておられるという証拠だ。どこかで。図書館のなかではないかもしれない」

ロッタはセバスチャンから体をはなし、キッチンのテーブルごしに、三人の親衛隊員と向かいあってすわった。「ユーディ教会はこれまで――」彼女は言葉がわからず手ぶりをした。「あのう――あなたがたのようなひとをだれか送りこめなかったのかしら。職員として。スパイを」

「やつらは、志願者を面接するときは、準テレパシイ検査をやる」と親衛隊の親玉がいった。「何度かやってみた。そのたびに撃ち殺された。そのつど、死体をとりもどすだけだった」

「本の著者だと名乗る手はどうかな」とセバスチャンがいった。

「そいつはあんたが使っちまった」親衛隊の親玉は鋭くいった。「おれたちが何ヵ月も前に準備をしておいた手をだ。ローマのやつらのお節介で、あんたがそいつを使うことになった。おれたち……親衛隊は、おもしろくなかった。ヘルメス、あんたが失敗してレイ・ロバーツは当惑されたかもしれないが、おれたちはちがう。図書館の能力、創意にはおおいに敬意をはらっているからね。おれたちはロバーツの命令があれば、教祖様の仇をとるためにあんたを殺すだろう……だがおれたちにいわせれば、あんたにゃこれっぽっちのチャンスだってありはしなかったんだ」

　セバスチャンはしゃがれ声でいった。「だがわたしはやってみようともしなかった」

「そんなことはどうでもいい。たとえあんたが見たものが、身代わりロボットでもだ。さもなきゃ、やつらはもっと高性能の武器をもちだすまでだ、あんたが成功しそうになったらすぐにやっつけられるような。やつらは妥協案にすぐ同意したろうが？　あんたはかみさんといっしょに生きて外へ出る、ただし教祖様は連れずにだろう？」

「やつらのほうからいいだした」とセバスチャンはいった。

「それが罠だ」親衛隊の親玉はいった。「おれたちを、カミカゼ作戦におびきよせるための罠だ。親衛隊全員を。われわれ全隊員を。教祖様はおそらくここから何マイルもはなれた場所に、オレゴン方面の太平洋沿岸の図書館支所に移されているにちがいない。WUSには支所が八十以上あるからね」そこで彼は考えこむ。「それとも消去局員の私宅に連れ去られたかもしれない。あるいはホテルか。図書館の幹部をだれか知らないか、ヘルメス？　消去局でも？　図書館員でも？　つまり、個人的にだ」

「アン・フィッシャーなら知っている」

「ああ、図書館長と消去局の元局長の娘か」彼はうなずいた。「どの程度親しいのかね？

正確に。肝心なことだから」

「ひとまず、かみさんの存在は忘れるんだ」ともうひとりの男が口をはさんだ。「こっちのほうが優先だ」

セバスチャンはいった。「彼女と寝た」

「ああ」ロッタは息をのんだ。「じゃあ彼女のいったことはほんとだったのね」

「おたがいさまだ」

「それはそうね」ロッタはみじめそうにいった。彼女は両手に顔を埋め、額をこすり、それから顔をあげて彼を見つめた。「いってちょうだい、なぜあなたは――」

「生きのびたらゆっくり話しあうんだな」親衛隊の親玉が割って入った。「アン・フィッシャーを図書館の外へおびきだせると思うか？」と彼はセバスチャンに訊く。「口実をつくって。そうしたらこちらで彼女のテレパシイ検査をするが？」

「やってみよう」と彼はいった。

「なんというつもりなの？」とロッタがいった。「またいっしょに寝てくださいというの？」

「こういうつもりだ、親衛隊がわたしたちを殺しにやってくる。だからふたりして図書館に匿《かくま》ってもらいたいと」

親衛隊の親玉が居間のビドフォンを指さして、「やつにかけろ」といった。

セバスチャンは居間へ歩を運んだ。「彼女は高層アパート《コナプト》に部屋をもっている」と彼はいった。「図書館の外に。そこへわたしを連れこんだ。あそこがいいだろう、ここよりは」

「どこでもいい」と親玉はいった。「とにかく彼女を捕まえて、検査のできるところなら」

セバスチャンはビドフォンの前にすわり、図書館の番号をまわした。

「市民特殊図書館」交換手が即座に応じた。

彼はビドフォンをぐるりとまわして、キッチンにいる四人がカメラに入らないようにした。「アン・フィッシャーさんをねがいます」

「どちらさまですか？」

「ヘルメスといってください」彼は待った。スクリーンはいったん暗くなった。やがて、ちりちりという音がしてふたたび明るくなった。

スクリーンにアン・フィッシャーの魅力的な顔が映しだされた。

「さよなら、セバスチャン」と彼女はしずかにいった。

「命を狙われているんだ」

「親衛隊に？」

「ああ」と彼はいった。

「いい、セバスチャン」アンははっきりした声でいった。「それは自業自得だと思うわね。忠誠をつくせなかったんだから。図書館へやってきて押し入ったけれど、教祖を連れだすかわりに――ユーディからもらった装備を使ったでしょう、ちゃんとわかっているんだから――教祖を連れだすかわりに――」

「ちょっと」彼はしゃがれ声でさえぎった。「逢いたいんだ」

「あたしは助けてあげられないわ」彼女の声はよそよそしかった。彼の苦境にも彼女の臨《サヴ》機応変《ワール・フェール》の才はびくともしなかった。「あんなことをしてくれたあとで――」

「聖域に逃げこみたい」とセバスチャンはいった。「図書館に。ロッタとわたしと」

「それで？」アンはうすい眉をあげた。「まあ、消去局に訊いてみてあげてもいいわ。めったにしないことだけど。でも期待してもらっちゃ困るわ。あんたの場合、答えはイエスとは考えられないから」

セバスチャンのかたわらにロッタがあらわれ、レシーバーを彼の手からとった。「主人はとても有能な管理者です、フィッシャーさん。主人の能力を利用なさったらいかがでしょうか。ＵＮへ行って火星行きの手続きをするつもりですの、でも親衛隊がすぐ近くにやってきているんです。身体検査を受けたりパスポートをもらいにいったりする前に殺されてしまいます」

「親衛隊から連絡があったの？」とアンは訊いた。どうやら興味をそそられたらしい。

「ああ」セバスチャンは、ロッタからレシーバーをとりもどして、そう答えた。

「彼らが」とアンはかたい冷ややかな声でいった。「教祖に関してなにか計画しているかどうか知っているの？」

「ひとつだけもらした」とセバスチャンは慎重にいった。

「へえ？　なにを？」

「それは逢ったときにいおう。わたしのコナプトでもそちらのコナプトでも」

アン・フィッシャーはためらい、計算し、心をきめた。「二時間後に会いましょう。あたしのところで。住所はおぼえている？」

「いや」彼が手をのばすと、親衛隊のひとりがさっと紙と鉛筆をさしだした。

彼女は住所をいって、ビドフォンを切った。セバスチャンはしばらく身じろぎもしなかったが、やがてぎくしゃくと立ちあがった。三人の親衛隊員は彼を無言で見つめている。

「うまくいった」と彼はいった。これで満足だ、と彼は思った。結果がどうなろうと、教祖を連れだせようと連れだせまいと。「そら」彼はアンの住所を書いた紙片を親衛隊の親玉にさしだした。「わたしはどうすればいい？　武装していくのか？」

「おそらく戸口に標準の電波探知装置がしかけてあるだろう」親玉は住所を眺めながらいった。「どんな武器でも警報を発する。だから、丸腰でいって彼女と話せ。こちらはガス爆弾かなにかを窓から投げこもう……その辺のところは心配するな、こちらにまかせてくれ」彼は考えこんだ。「そうだな、熱誘導ダーツにするか。あんたもいっしょにやられるが、あとで蘇生させるから、ふたりとも正気づかせるから」

ロッタは親衛隊の親玉にいった。「主人が、ここでお手伝いをすれば、あたしたちを殺さないんですね？」

「ヘルメスが教祖様を連れもどすのに手を貸してくれたら」と親玉はいった。「レイ・ロバーツが宣告した死刑の罪を軽減してやろう」

セバスチャンはぞっとした。「じゃあ、正式な命令だったのか？」

「そうだ」と相手はうなずいた。「ユーディ教会の長老会議で決定したのだ。教主様は、この決議にあずかるために、魂の集会から一時ぬけだしておいでになったのだ」

「ミス・フィッシャーをほんとに図書館の外へおびきだせるのね？」とロッタはセバスチャンに訊いた。

「きっとくる」と彼はいった。だが親衛隊が彼女を捕まえることができるかどうかは——別問題だ、と彼は思った。アン・フィッシャーの用心深さには敬服している。おそらくこのようなことは見越しているのではなかろうか。いずれにせよ、アンは、自分に対する彼の気持は知っているのだから。

彼らがアンを訊問することはないだろう。われわれが想像も及ばないような方法で、アンは彼らを殺すだろう。そしておそらくわたしも。だが、アン・フィッシャーも死ぬだろう。その考えが彼を慰めた。たったひとつのこの冷厳な可能性が彼を魅了した。自分の手では彼女を殺すことはできないだろう。わたしの手にはあまることだ。わたしは本質的にああいう行為が果たせるようにできてはいない。だが親衛隊はちがう。ジョウ・ティンベインと同じように、殺しが職業なのだ。

彼はいいようのないほど気分がよくなった。彼はユーディ教会の暗殺者をアン・フィッシャーにさしむけてやったのだ。大成果。

アンにだ、そして彼とロッタからは追いはらってやったのだ！

20

それゆえ、彼らが誕生して存在しようとするとき、そのために成長を早めれば早めるほど、それだけ非存在へと急ぐことになる。

——聖アウグスティヌス

二時間後、彼はアン・フィッシャーのコナプトの屋上にとめたエアカーのなかで、自分の一生について、一生のあいだしようとしてきたことについてじっと思いをめぐらせていた。

目を閉じて教祖を思いうかべた。数時間前に中断された夢を思いだそうとしてみた。おまえはしなければならない、と教祖はいったのだ。なにをしなければならないのだろう？彼は夢のつづきを見ようと努力した。干からびた皺だらけの小さな顔、黒い目と、知恵——霊的な、そして世俗的な知恵——のあふれる口。ふたたび死ななければならない、と教祖はいったのだろうか？　それとも生きろと？　どちらだったのだろう。夢は、くりかえすことをこばみ、彼は断念した。体をおこしてエアカーのドアを開けた。

教祖が、みすぼらしい白木綿のローブをまとって、エアカーのそばに立っていた。彼がおりていくのを待ちうけていた。

「これはこれは」とセバスチャンはいった。

教祖はほほえんだ。「さっきは話を中断されて残念だった。先をつづけよう」

「あなたは——図書館から逃げてきたのですか？」

「わたしはまだ捕らえられている」と教祖はいった。「きみが見ているのは幻にすぎないのだ。きみが口にふくんできたＬＳＤガスの解毒カプセルはガスを完全に中和できなかった。わたしはあのガス作戦の副産物だ」教祖の微笑が大きくなった。「わたしを信じるか、セバスチャン？」

セバスチャンはいった。「ガスにやられたのかもしれない。少し——」だが教祖は実体があるように見える。セバスチャンは手をのばし、教祖に触れた……

のばした手は教祖の体を突きぬけた。

「わかったか？」と教祖はいった。「わたしの魂は図書館をぬけだすことができる。わたしは人の夢枕にたつことができる、薬剤が惹起した幻影として。だが肉体的にはまだあそこにいるのだ、そして彼らはわたしを好きなときに殺すことができる」

「殺すつもりですか？」彼はしゃがれ声で訊いた。

「そうだ」教祖はうなずいた。「なぜなら、わたしは、わたしの見解を、特別のある知識をあきらめないだろうから。死のあいだに学んだことは忘れられぬのだ。自分が埋められていると気づいたときの恐怖を消しさることができぬのと同様に。ある種の記憶は一生のこるものだ」

セバスチャンはいった。「わたしはなにをしたらいいのでしょう？」

「することはあまりない」と教祖はいった。「わたしを図書館から連れだす見込みは、きみにはまったくなかったと親衛隊の連中がいったのは事実だ。破裂爆弾が装備されていた、わたしは偽装爆弾というわけだった。もしきみがわたしの体をもちあげれば、爆弾はわたしたちふたりを木端《こっぱ》微塵《みじん》に吹きとばしていただろう」

「わたしの気を楽にしてくださろうと、そのようなことをいわれるのですか？」とセバスチャンはいった。

「事実を述べているのだ」と教祖はいった。

「それで？」とセバスチャンはいった。「なんでもおいいつけのとおりにします。できることなら」

「きみはアン・フィッシャーと会うことになっている」

「はい。親衛隊が待ちかまえています。わたしもあなたと同じです。偽装爆弾です。彼女に対する」

教祖はいった。「彼女をはなすがいい」

「なぜ？」

「彼女にも生きる権利がある」教祖は平静をとりもどしたかのように思われた。ふたたび彼は微笑した。「わたしは逃れることはできない」と彼はいった。「親衛隊は図書館全体を吹きとばすことができるのだ、そしてすべては――」

「しかし、彼女を捕らえることもできます」とセバスチャンはいった。

「おそらく捕らえられるだろう」と教祖はいった。「図書館を爆破したときに。だが、それにしても同じことだ」

「彼らなら彼女を捕らえることができます」とセバスチャンはいった。「だがこの方法なら、わたしでも捕らえることができます」

教祖がいった。「きみは、実はアン・フィッシャーを憎んでいないのだ。じっさいは反対だ。彼女を深く、烈しく愛している。だからこそ彼女が死ぬのを見たいとそれほどねがうのだ。アン・フィッシャーはきみの感情を汲みだしてしまった――ほとんどすっかり。彼女を殺しても、それだけきみがロッタに近づけるわけではない。アン・フィッシャーがここに着地したら、この屋上で、コナプトの部屋のなかへ入るなと警告しなさい。わかったね？」

「わかりません」とセバスチャンはいった。

「図書館へ戻るなと警告しなさい。攻撃計画を話しなさい。図書館側が撤退するように手配しろといいなさい。攻撃は今夕六時に行なわれる。少なくともそれが現時点の親衛隊の計画だ。彼らはおそらくやるだろう。きみが考えたとおり、殺しが彼らの職業なのだから」

自分の思ったことを他人の口から聞かされて、彼は愕然とした。そしてひどくいやな気がした。彼はどぎまぎしながらこういった。「アン・フィッシャーはいずれにしろそれほど重要な人物とは思えません。あなたこそ大切なお方です——あなたとあなたの安全こそ、重要です。ユーディ教会はまさに正しい。図書館を一挙粉砕するだけの価値はあります、もし見込みがあれば——」

「だがないのだ」と教祖はいった。「まったく見込みはないのだ」

「ではあなたの教義は、墓の向こうの究極的現実に関するあなたの知識は、消えてしまう。消去局によって消去されてしまう」彼は空しい思いを味わった。

「わたしは、幻影となってロバーツのもとへあらわれているところだ」教祖は穏やかにいった。「せっせと意思の伝達を行なっている最中だ。ある程度まで彼に啓示をあたえることができた。それゆえ、わたしの新たなる解釈の実質的な部分は、彼を通じて世界にひろめられるだろう。それからきみの秘書のミス・ヴェイルがとってくれた口述筆記がある」

教祖は動揺する気色はない。じっさい彼は聖なる受容のオーラを発散させていた。

「わたしはほんとうにアン・フィッシャーを愛しているのですか？」とセバスチャンは訊いた。

　教祖は答えない。

「猊下」とセバスチャンはせきこむようにいった。

　教祖は手をのばし、昼さがりの空を指さした。そして指さしながら、ぶるぶると震えた。教祖の向こうにエアカーが見えてきた、そして教祖はゆらめきながら消えた。

　一台のエアカーが屋根の上に舞いおりてきて、駐車する場所を探している。

　彼女がやってきたのだ。ほかにだれが来るだろう。

　エアカーが着地すると彼はそのほうへ近づいた。近づいてみるとアン・フィッシャーは安全ベルトから脱けだそうともがいている最中だった。「さようなら」と彼はいった。

「さよなら」彼女はうわの空でいった。「いやになっちゃう、このベルトは。いつも骨を折らせるんだから」彼女はセバスチャンを見あげた。青い目が突きさすように彼を見る。

「妙な顔しているわね。いいたいことがあるのに、いえないとでもいうみたい」

　彼はいった。「ここで話せないか？」

「なぜここなの？」眉がきゅっとつりあがる。「説明して」

「教祖の幻があらわれた」と彼はいった。

「へえ、彼があらわれたって。親衛隊はなにをするつもり。ここで話しなさい、そうしたいなら。さあ、早く！」目がいきりたつように光った。「なにかあるわね、わかるわ。彼がほんとにあらわれたっていうの？　そんなの迷信よ。彼は図書館に、半ダースの消去局員に守られて閉じこめられているんだから。ユーディ教会があんたと連絡とっているのね。あの連中は、彼が好きなときに生霊となって姿をあらわすことができると信じているのよ」

セバスチャンはいった。「彼を釈放しろ」

「彼は社会に害毒を流すだけよ、ああいう奇人は。狒々《ひひ》おやじが生きかえって聖なる書をまきちらすってわけ。あんたは彼のそばにいるべきなのよ、あたしみたいに。そうして、彼のいうことを聞くべきなのよ」

「彼はなんといっている？」

「あたしはそんなことを話すために来たんじゃないのよ。ユーディ教会の変人どもがなにを企んでいるか知っているといったから来たのよ」

彼はエアカーの彼女の横に乗りこんだ。「教祖はガンジーのような方だ」と彼はいった。

アンは溜息をついた。「いいでしょ。彼はこういったわ、死は存在しない、死は幻影だ。時も幻影だ。存在する瞬間は決して過ぎ去ることはない。とにかく——と彼はいったわ——それはかつて存在するようになったことはないと。それはつねにあそこにあった。宇宙は実在の同心の環だ、環が大きくなればなるほど、それは絶対的実在をより多くわかちあう。これら同心の環の究極は神だ。神は万物の根源だ、そして万物は神に近づけば近づくほどより実在的となる。これは、神からの流出の原理だと思うわ。悪は単に、実体のとぼしい、神からより遠くへだたった環だというのよ。つまり絶対的実在の欠如であって、悪い神が存在するわけではない。だから二元論は存在しない、悪い神も悪魔も存在しない。悪は腐敗のごとき幻影だ。それから彼は中世の哲学者たち、聖アウグスティヌスやエリウゲナの、ボエティウスや聖トマス・アクィナスの言葉を盛んに引用したわ――はじめて彼らの言葉が理解できたといっていた。さあ、これで充分でしょ？」

「あんたのおぼえていることをもっと聞きたい」

「なぜあたしが彼の教義の受け売りしなくちゃならないの？　あたしたちの役目は、教義を消去することで、売りこむことじゃない」彼女はエアカーの灰皿からタバコの吸い殻をとって火をつけ、煙を勢いよく吹きこみはじめた。「ちょっと待って」彼女は目を閉じた。

「エイドスは形相《けいそう》である。プラトンのカテゴリイのごとく――絶対的実在。それは存在する、プラトンは正しい。エイドスは受動的事物に銘記される。事物は悪ではない、それは粘土のごとく、不動であるにすぎない。むろん反エイドスもある。形相破壊の要素だ。これは人々が悪、形相の破壊として経験するものだ。だが反エイドスは幻覚である。幻影である。いったん印象づけられると、形相は永遠となる――それはたえまない進化をとげるので、われわれはこの形相を感知することができない。たとえていえば、子供が成長し大人になる、とか、現在のわれわれのように大人が縮んで子供になるといったたぐいのものだ。あたかもひとりの人間が消えてしまったようにみえるが、じっさいは、それは形而上的実体、カテゴリイ、形相なのであって――なおそこにある。問題は知覚のそれである。われわれの知覚は限られている、なぜかというとわれわれは、ごく部分的な視界しかもっていないからだ。ライプニッツの単子論《モナドロジー》のように。わかった？」

「ああ」彼はうなずいた。

「いまにはじまったことじゃない」アンはいった。「プロティノスやプラトンやカントやライプニッツやスピノザの焼きなおしよ」

「われわれはべつに目あたらしいものを期待していたわけじゃない。それがあらわれたとき、それがどんなものであるか、われわれは知らなかった」

「あんたは死んだんじゃないの。そういうことをみんな経験したんじゃあないの？」

「生きているあいだと同じさ。人それぞれによって経験の仕方もちがう――」

「そうよ、ライプニッツの単子《モナド》のようにね」彼女は元どおりになったタバコを、ほかの同じようなタバコといっしょに箱にしまった。「これで充分？　もういい？」彼女は返事を待った。いらだちから体がかたくなっている。

「そしてこの教義を、あんたは消去したいのだな」

「まあ、この教義が真実ならば、われわれだって消去できないわ。だからなにもあんたの口から喧伝するまでもない」

セバスチャンはいった。「親衛隊は、あんたがコナプトの部屋に入ったとたん、しかけた罠の引き金をはずすぞ」

彼女の目がまたたいた。「それであたしに会いたかったのね」

「そうだ」

「気が変わったの？」

彼はうなずいた。

アンは手をのばし彼の膝をつかんだ。「感謝するわ。じゃあ図書館にひきかえす」

「図書館から撤退しろ。全員。今晩六時前に」

「連中は、ＦＮＭからもってきた重砲かなにかで爆破するつもり？」

「原子砲をもっている。核爆弾だ。やつらはもう教祖をとりもどせないことを知っている。やつらは図書館を破壊するつもりだ」

「報復ね」とアンはいった。「報復というとはりきるんだから。マルコムＸの暗殺の時代に逆もどりか」

ふたたび彼はうなずいた。

「あんた個人としては、これをどう思う？」と彼女は訊いた。

「もうあきらめたよ」彼はぽつりといった。

「あんたがあたしをひき止めたと知ったら怒るでしょうね。もしあんたに暴力を――」

「わかっている」もうそのことは考えた。教祖が話しているあいだに。実をいえば、それ以来ずっとそのことを考えつづけているのだ。

「どこか逃げるところがあるの？ あんたとロッタは？」

「たぶん火星へ」と彼はいった。

彼女はもう一度彼の膝をつかんだ。「話してくれてありがとう。幸運を祈るわ。さあ、おりて、なんだかとても落ちつかなくなった――飛びたてるあいだに飛びたちたい」

彼はエアカーからおりてドアをしめた。アンはただちにエンジンをかけた。エアカーはすばやく飛びあがり、昼さがりの市内めざして飛びはじめた。彼はその場に立って、それが消えるまで見送った。

エレベーターから絹の服を着た親衛隊員がふたり、銃を手にしてあらわれた。「どうしたんだ？」とひとりが訊いた。「どうしてあの女と下におりてこなかったんだ」

わからない、と彼はいいかけた。だがそういうかわりにこういった。「警告してやったのさ」

親衛隊のひとりがピストルをあげ、セバスチャンに狙いをつけた。「あとだ」もうひとりがすばやくいった。「たぶん追いつけるだろう。行こう」彼は駐車してあるエアカーのほうへすっとんでいった。もうひとりもセバスチャンを残してしぶしぶとそのあとを追った。そしてたちまち空中へ飛びたった。セバスチャンは全速力で飛んでいく彼らを見送った。それから自分のエアカーのところへ歩いていった。エアカーに乗りこむと、しばらくなにもせずにいた。考えることすらしなかった。頭はからっぽだった。

ようやくエアカーのビドフォンをとりあげると、自宅の番号をまわした。

「さよなら」ロッタが息をきらしてビドフォンに出た。夫の姿をみとめると目を見はった。

「終わったの？」と彼女は訊いた。

「警告して逃がしてやった」

「どうして？」

セバスチャンはいった。「わたしは彼女に惚れているんだよ。たしかにね。わたしのしたことはそれを実証しているように思える」

「あの――親衛隊の人たちはあわてたでしょう？」

「ああ」と彼は短くいった。

「ほんとうにあのひとを愛しているの？　そんなに？」

「教祖がわたしにそうしろといった。幻となってわたしの前にあらわれたんだよ」

「そんなばかな」彼女はいつものように泣きだした。涙がぽろぽろとこぼれおちた。「信じられないわ。幻なんてもうだれにも見えないのに」

「わたしがアン・フィッシャーを愛しているから、それで泣いているのかい？　それともユーディ教会のやつらがわたしたちを追ってくるからか？」

「あたし――わからない」彼女は泣きつづける。途方にくれたように。

セバスチャンはいった。「家へ帰るよ。なにもきみを愛していないというんじゃない。きみのことは愛している。ただ彼女に惚れちまったんだよ。いけないことだが、しかたがない。そのうちにさめるだろう。ノイローゼみたいなものさ。妄想みたいなものさ。病気なんだよ」

「あなたの馬鹿」とロッタは、悲しみにのどをつまらせながらいった。

「いいさ」彼は重苦しい声でいった。「きみのいうとおりだ。とにかく教祖がそういった、わたしが彼女のことをどう思っているか。家に帰ってもいいかい？　それともいっそ――
――」

「帰ってきて」ロッタは、手の甲で目をこすりながらいった。「どうするかきめましょう。こんにちは」彼女は蒼ざめた顔でビドフォンを切った。

彼はエアカーのエンジンをかけ、空へ飛びたった。

コナプトに着くとロッタが屋上で出迎えた。「考えてみると」ロッタは、とめたエアカーからおりたった彼にいった。「あなたを責める権利はないわ。あたしがジョウ・ティンベインとしたことを考えると」ロッタはおずおずと手をのばした。彼はロッタをぎゅっと抱きしめた。「病気みたいなものだってあなたはいっていたけど、そのとおりだと思う」ロッタは彼の肩にもたれかかる。「あたしたちふたりともそういうふうに考えるべきなのよ。あなたもいまに忘れるでしょう。あたしもジョウのことはもう忘れかけているんですものね」

ふたりは肩をならべてエレベーターのほうへ歩いていった。

「あなたにお話してから」とロッタが言葉をついだ。「ロサンゼルスの国連の人に連絡して、火星移住の希望を話したの。そしたら必要書類をきょう郵便で送りますって」

「そりゃよかった」と彼はいった。

「きっとわくわくするような旅でしょうね」とロッタはいった。「じっさいに行けたとしたら。ほんとに行くと思う？」

彼は率直にいった。「ほかにどうしようもないだろう」

階下の住居に入ると、居間の手狭な空間をはさんでふたりは向かいあった。

「疲れたな」とセバスチャンはいった。そして痛む目をまぶたの上からもんだ。

「でもいまは図書館の手先のことを心配する必要はないわ。そうでしょう？　あのひとを逃がしてあげたんだから、あなたに感謝していると思うわ、そうでしょう？」

「図書館はわたしたちにもう危害は加えまい」彼はうなずいた。

「あたしって退屈な女なの？」とロッタが訊いた。

「いいや、そんなことはない」

「あのフィッシャーというひとは、とても——精力的ね。とても積極的なのね」

　セバスチャンはいった。「わたしたちがしなければならないことは、じっと隠れていることだ、書類が受理されて、火星行きの船に乗るときまで。どこかいい隠れ場所はないかな？」すぐには思いつかなかった。あとどれくらいの時間が残されているのだろう。おそらく数分だ。親衛隊はいつ何時《なんどき》戻ってくるかわからない。

「ヴァイタリウムは？」ロッタが期待をこめていった。

「だめだ。まっさきにここを探して、いなければあそこを探すさ」

「ホテルとか。行きあたりばったりのところに」

「そうだね」彼はその可能性を検討した。

「教祖はほんとうに幻になってあなたの前にあらわれたの？」

「そうらしい。きっと——彼がいったんだが——わたしはＬＳＤを吸いすぎたんだよ。そして彼が話したことは、わたし自身の心の一部だったんだ」おそらくそれは永遠にわからないだろう。そんなことはもうどうでもよかった。

「宗教的な幻を見るなんていいわね」とロッタがいった。「でもあなたは死んだ人たちの幻を見たんだと思うわ。生きている人ではなくて」

「やつらは教祖をすでに殺していたかもしれない」とセバスチャンはいった。おそらくもう死んでいるのだろう、と彼は推測した。それで一巻の終わりだ。レイ・ロバーツの言葉を借りれば、〈スム・ツ〉だ。わたしはあなただ。だからあなたが死ねば、わたしも死ぬ。そしてわたしがまだ生きていれば、あなたも生きている。わたしのなかに。われわれすべてのなかに。

21

あなたは呼びたまい、叫びたまい、そしてわたしの聞こえぬ耳を破りたまうた。あなたは閃き、輝き、わが見えぬ目を追いはらいたまうた……あなたはわたしに触れたまい、そしてわたしはあなたの平安に焦《こ》がれた。

——聖アウグスティヌス

その夜、彼とロッタは浮かない顔でテレビのニュースを見ていた。

「ひねもす」とアナウンサーが絶叫している。「ユーディ教会の信者の群れ、レイ・ロバーツ猊下《げいか》の信奉者が、市民特殊図書館のまわりにぞくぞくとつめかけております。不穏な群衆は、怒りをこめた表情で沸きたっております。この群衆を阻止することなく見守ってきたロサンゼルス警察当局は、五時少々前、図書館に対する攻撃が、まもなく行なわれるかもしれないという懸念を表明しました。わたくしどもは群衆のなかへ入りまして、大勢の方々と話し、なぜここへ集まってきたのか、なにをするつもりなのかうかがってみました」

テレビのスクリーンは、群衆の動きを脈絡なく映しだす。どよめく群衆は、大半が男で、怒号をあげながら腕をふりまわしている。

「レオポルド・ハスキンズさんとお話をいたしまして、なぜ図書館へデモにやってこられたかうかがってみました。ハスキンズさんは次のようにいっておられます」

三十のなかばを越えたかと思われる筋骨たくましい黒人の男がむずかしい顔をして画面にあらわれた。「おれがここに来たのは」と男はつっけんどんにいった。「あいつらが教祖様をここへ閉じこめたからだ」

アナウンサーは携帯マイクをつきだした。「トマス・ピーク教祖を拘禁しているとおっしゃるのですね」

「ああ、このなかに閉じこめているんだ」とレオポルド・ハスキンズはいった。「けさの十時ごろ、聞いた話だがね、やつらは教祖様を閉じこめているばかりじゃなくて、片づける計画をたててるというこったぜ」

「殺すわけですね？」とアナウンサーが訊いた。

「そうだ。そう聞いている」

「それでですね、どうなさるおつもりですか、もしその噂が事実だとしたら」

「ああ、このなかに押し入ってやる。それがおれたちの計画だ」レオポルド・ハスキンズは自己満足の面持ちでまわりを見まわした。「できるものならとりかえしてみろとやつらはいった、だからおれはここへ来た。図書館のやつらが教祖様にむごいことをしないようにするためにおれはここへ来た」

「警察は阻止しませんか？」

「うう、しねえ」レオポルド・ハスキンズはいって、わなわな震えながら息を吸った。

「ロス警察のやつらも、おれたちと同じくれえ図書館を憎んでいるからね」

「それはなぜでしょうか」

「ロス警察はな」とハスキンズはいった。「きのうティンベインというお巡りを殺したのは、図書館のやつらだっつうことを知ってるからな」

「しかし、聞くところによると――」

「あんたたちがどんなふうに聞かされているか知ってらあな」ハスキンズはいきりたち、声が高くなる。「やつらがいうような〝狂信者〟じゃねえんだよ。だれがやったかやつらは知ってる、おれたちも知ってるさ」

そのときカメラが切りかわり、かわって白いシャツに黒っぽいズボンをはいた、落ちつきのないやせた黒人を映しだした。「ちょっとおねがいいたします」アナウンサーがマイクを突きだす。「お名前をお聞かせねがえますか？」

「ジョナ・L・ソウヤー」やせた黒人は耳ざわりな声でいった。

「なぜ今日ここへいらっしゃいましたか」

「おれがここへきたわけはね、図書館がものの道理をわきまえねえでさ、教祖様を外へ出そうとしやがらねえからよ」

「すると教祖を連れだすためにここへいらしたのですね？」

「そのとおりさ。教祖様を連れだすために来てるんだ」ソウヤーはしきりにうなずく。

「で、どのような手段を使うおつもりですか？　ユーディ教会は、ちゃんとした計画があるんですか？」

「そりゃね、おれたちにゃ精鋭部隊がね、親衛隊がいるからね、そっちがやってくれるんだ。おれたちに今日ここへ集まれといったのはやつらだぜ。どんな計画なんだか、こっちにゃわからんけど——」

「しかし彼らならできるとお思いなんですね」

「うん、できると思うよ」ソウヤーはうなずいた。

「ありがとうございました、ソウヤーさん」とアナウンサーはいった。そこでまた画面は一変して、アナウンサーは前のように原稿を山のように積んだニュース・デスクの前にすわっていた。「本日六時少々前になりますが」と彼は言葉をついだ。「市民特殊図書館をかこんでおりますほぼ数千の群衆がにわかに緊張の度をましておりまして、いまにもなにかが起きるのではないかと懸念されていたのでありますが。いままさにそれが起こったのであります。いずこからともなく、というように見えましたが、大砲があらわれまして、市民特殊図書館であるところの巨大な灰色の石造建築物に対し、照準のさだまらない散発的な砲撃を加えはじめました。そのため群衆は暴徒化しました」画面には口々に叫びながら恍惚とした表情で押しあいへしあいしている群衆が映しだされる。「先刻、ロサンゼルス警察のマイケル・ハリントン署長にお会いしまして、図書館が警察の協力を要請したかどうか訊いてまいりました、ハリントン署長です」

画面には猪首《いくび》であばた面の、たらみたいな目をした制服姿の白人が唇をなめながら、こそこそとあたりを見まわしている姿が映しだされた。「市民特殊図書館は」とその人物は演説口調で大声をはりあげる。「そのような要請は行なっておりません。われわれは彼らと連絡をとるべく再三努力をしてまいりましたが、本日四時三十分ごろ図書館の全職員はあの建物を撤退しまして、現在同建物はからであります。この無秩序なる不法の群衆の出方いかんに、図書館に対する彼らの意図いかんに、今後の対策はかかっています」彼はいったん口をつぐみ、考えこんでいる。「伝え聞いたところによりますと——これは確認されておりませんが——ユーディ教会の軍部は、核弾頭をつけた大砲を使いまして、図書館の建物を破壊し、群衆のために突破口を開き、建物内にいると信じられる前指導者のピーク教祖を救出せんものと計画しているそうであります」

「ピーク教祖はあのなかにいるのでしょうか、ハリントン署長?」とアナウンサーが訊く。

「われわれの知るかぎりでは、ピーク教祖はあそこにいるはずです。確認はしておりませんが」声が消えた。心ここにあらずとでもいうように、たえず、目のはしで、なにかを、あるいはだれかをちらちら見ている。「いや、それについては、われわれはなにも関知しておりません」

「もし、ユーディ教会が信じているとおり、ピーク教祖があそこにいるとしたらですね、彼らがあそこへ闖入《ちんにゅう》することは合法的なのでしょうか、あなたのご意見では? 彼らのやろうとしていることは? それとも——」

「この群衆は」とハリントン署長はいった。「不法集会を構成するものと、われわれは見なしています。すでに数人を逮捕しました。目下解散するよう勧告しております」

ふたたび、きちんと服装を正したアナウンサーがデスクの前にあらわれた。「群衆はハリントン署長の希望するように解散する気配はありません。ただいま、現場からの報告によりますと、ハリントン署長が先ほど言及いたしました原子砲が、じっさいに姿をあらわしまして、現在、図書館の建物に対してかなりの被害をあたえております。なお、わたくしどもは今晩の定時番組を中止いたしまして、この猛り狂った群衆に代表されますところのユーディ教会の信徒たちの文字どおり正々堂々たる戦いを——」

セバスチャンはテレビを消した。

「よかったわ」とロッタは噛みしめるようにいった。「図書館がなくなるなんて。消えてくれるなんてほんとによかった」

「消えやしないさ。連中はまた建てるだろう。職員も消去局も全部が出ていった。テレビでそういっていただろう。はかない望みをかけるんじゃない」彼はすわっていた長椅子から立ちあがり、室内を行ったり来たりしはじめた。

「あたしたちもしばらくは安全というわけね」とロッタがいった。「親衛隊は図書館へ押し入ろうと躍起になっているから。とても忙しくて、あたしたちのことは忘れているわ」

「どうせまた思いだすさ」と彼はいった。「図書館のほうの片がついたらね」奇蹟でも起これば、ことによったら教祖を殺されずに救いだせるかもしれない。やれやれ、と彼は思った、しかし……少なくとも、論理的には可能なのだ。

だが、彼の心は知っていた、そのようには決してならないことを。教祖は生きてふたたび姿をあらわすことはないだろうと。彼はそれを知っている、教祖も知っている、ユーディ教会も知っている。レイ・ロバーツもユーディ教会の連中も大多数のものが知っている。

「ニュースをつけてちょうだい」とロッタが不安そうにいった。

彼はいわれたとおりにした。

画面にメイヴィス・マクガイアの顔があらわれた。

「マクガイアさん」とアナウンサーがいう。「おたくの図書館に対する攻撃についてですが——彼らの元精神的指導者を、あなたが拘禁している事実はないという声明をあの群衆に発表しましたか？　あるいはそのような率直な声明が、彼らを鎮静させる効果をもっとお考えでしょうか？」

　マクガイア館長はもちまえの厳しい、こわばった声でいった。「先刻、わたしどもはマスコミ関係の代表の方々をお招きし、用意した声明を発表しました。もしお望みならば、それをもう一度読みあげましょう。どなたか——ああ、ありがとう」館長は一枚の紙を受けとり、それをちらりと眺めてから、きびきびとした図書館員口調で読みあげた。「このたびのレイ・ロバーツ教主のロサンゼルス市訪問にあたり、偏狭なる狂信者たちは、あらかじめ用意された大がかりな暴動計画により扇動されたのであります。市民特殊図書館がその暴動の当面の目標とされたという事実は、われわれを驚かすものではありません、なぜならば図書館は、今日の社会の科学および宗教に関係する諸機関の保護のために闘っているものだからであります——いわゆるユーディ教会が破壊せんものと狙っている諸機関を保護するために。警察に対する出動要請の件につきましては、ハリントン署長が申し出るであろう協力を歓迎するものでありますが、しかし、この種の事件は、一九六〇年代におけるワッツの暴動のごとく、周期的な再発を——」

「ああ、いやだ」ロッタは両手で耳をおおい、凍りついたような恐怖の目で彼を見つめた。「あの声、あの恐ろしい声、べらべらとあたしにむかってまくしたてて——」彼女は身震いをした。

「わたくしどもは、アン・フィッシャー女史ともお話をしました」とアナウンサーがいった。「メイヴィス・マクガイア館長の令嬢にあたられます。女史は次のようにいっておられます」画面には、コナプトの居間で、テレビカメラとアナウンサーに向かいあってすわっているアンがあらわれた。美しく、端然とした態度で、目下進行中の事態にも動揺している気色はなかった。

「——前々から計画されていたようですね」とアンはいった。「図書館を破壊するという計画は数カ月前から練られていたんじゃないでしょうか。レイ・ロバーツの西海岸訪問も、これでうなずけますね」

「それでは、図書館に対する攻撃は——」

「ユーディ教会の本年度の主な目標であり、あったというわけです」アンは言葉をついだ。

「われわれは彼らの行事予定表に組みいれられていたんです。ごく簡単なことですよ」

「それでは今日の襲撃は自然発生的なものではないのですね？」

「ええ、そうです。もちろんですよ。なにもかも、だいぶ以前から周到に計画されていたことは歴然としていますね。大砲の存在がそれを立証しています」

「図書館はレイ・ロバーツ猊下に直接連絡をとろうとなさいましたか。あなたがたがじっさいに教祖を拘禁していない事実を伝えるために？」

アンは平然と答えた。「レイ・ロバーツは今回はみずから外部との接触を断ってしまいました」

「それでは、あなたがたの努力は――」

「ついていませんでしたねえ。これからも運がむくとは思えません」

「それでは、ユーディ教会は図書館を破壊することに成功するとお思いですか？」

アンは肩をすくめた。「警察は彼らを阻止しようとはしません。例によって。それにわれわれは武装しておりません」

「警察がなぜユーディ教会を阻止しようとしないのか、おわかりですか、フィッシャーさん？」

「警察は恐れているのです。ワッツの暴動がおこった一九六五年以来恐れているのです。おびただしい暴徒の群れがロサンゼルスばかりか――じっさいWUSの大半を支配したんですからね――何十年も。それがわれわれの身に起こらなかったというのが不思議なくらいです」

「しかし再建なさるのでしょう？　のちのちは？」

アン・フィッシャーはいった。「もとの図書館の建物があった場所に、もっと大きい、もっとモダンなものを建てるつもりです。青写真はすでにできていますし。非常に優秀な建築会社に請け負わせています。来週にもとりかかることになります」

「来週？」とアナウンサーが問いかえす。「まるで図書館はこの暴動をとうに見こしていたようですね」

「さっきも申しあげたとおり、この暴動がもっと前におこらなかったのが不思議なくらいですよ」

「フィッシャーさん、あなたご自身は、ユーディ教会の熱狂的信者、いわゆる親衛隊を恐れておいでですか？」

「少しも。いえ、少しは怖いかな」アンは微笑をもらし、美しいなめらかな歯を見せた。

「ありがとうございました、フィッシャーさん」アナウンサーは、その場にふさわしい憂いの表情をうかべて、ふたたびデスクの前にあらわれた。

「ロサンゼルスにおける暴動。フィッシャーさんのいわれたとおり、一九六五年のワッツ暴動以来、ロサンゼルスを徘徊する悪。神聖なる建物、現代の陸標が、いまや粉々に破壊されております……そしてまたピーク教祖がいずれにいるかという謎——彼が再生したというのが事実だとすればでありますが——この謎はいまだに解明されておりません」アナウンサーはニュース原稿を手荒くかきまわしていたが、やがてふたたび、目をあげて視聴者のほうをむいた。「果たして教祖は市民特殊図書館にいるのでありましょうか？」彼は大仰な口調でいった。「そしてもし彼が——」

「もう聞きたくないわ」ロッタは立ちあがり、手をのばしてテレビを消した。

「きみにインタビューすべきだな」とセバスチャンがいった。「きみなら図書館の神聖なる運営方針についてテレビの視聴者に話してやれるものな」

　ロッタはおびえた。「テレビカメラの前になんか立てないわ。ひとことだって喋れやしないわ」

「冗談だよ」と彼はやさしくいった。

「なぜ新聞社やテレビ局に連絡なさらないの？」とロッタは訊いた。「あなたはあそこで教祖を見たんでしょう。あなたはユーディ教会が正しいことを立証できるのよ」

　しばし彼はその考えをもてあそんだ。「してもいいよ」と彼はいった。「明日かそこいらに。これは当分ニュースになるな」まだ生きていたら、そうしよう、と彼は思った。「ことのついでに親衛隊のことも喋ってやってもいい」と彼はいった。「それを喋ったらおあいこだな」図書館とユーディ教会の両者を告発することになるだろう。そうだとすればまったく立ちいらないのが賢明というものだ。

　ロッタが真剣な声音でいった。「ここから出ましょう、コナプトにはもういないほうがいいわ。あたし——もう耐えられない、こんなふうにただ待っているなんて」

「モーテルへ行きたいのか？」彼はぶっきらぼうにいった。「行ったところでジョウ・ティンベインの二の舞だ」

「親衛隊は図書館の手先ほど利口じゃないかもしれないわ」

「同じようなものさ」と彼はいった。

「あたしを愛している？」とロッタはおどおどと訊いた。「まだ？」

「ああ」と彼は答えた。

「愛情はすべてを克服するものだと思っていたけど」とロッタはいった。「でも真実じゃないみたい」彼女は部屋のなかを歩きまわり、それからキッチンへ入っていった。

そして悲鳴をあげた。

間髪をいれずに彼はロッタのもとに駆けよった。手近にあった暖炉の灰かきをにぎって――それからやみくもに彼女を背後におしやった、灰かきをふりあげて。

小さく干からびたピーク教祖が、キッチンの向こうのすみに立っていた、黒ずんだ木綿の衣をかきあわせながら。悲しみがそのまわりにただよっているようだった。悲しみは彼を萎縮させてはいたが、打ちのめしてはいなかった。右手をあげて挨拶をすることもできた。

やつらは彼を殺したのだ。セバスチャンはぞっとするような悲しみをおぼえた。わたしにはわかる、だから彼は喋らないのだ。

「あなたにも見えるの？」とロッタがささやく。

「ああ」とセバスチャンはうなずいて、灰かきをおろした。ではあのときもＬＳＤの作用ではなかったのだ、アン・フィッシャーのコナプトの屋上で見たのは、幻ではなく本物だったのだ。「話ができますか？」と彼は教祖にたずねた。「話せるといいのだが」

やがて、うちすてられた冬の落葉のかさこそという音にも似た声で、教祖がいった。

「親衛隊員がひとり、いまレイ・ロバーツのもとを出た。彼はいままでレイ・ロバーツと話しあっていた、そしていまここに向かっている。この男は一流の暗殺者と目されている」

沈黙があった。そしてロッタが——例によって——泣きだした。

「わたしたちはどうすればよろしいのでしょうか、教祖様？」セバスチャンは途方にくれたように訊ねた。

「今日ここにやってきた三人の親衛隊員は」と教祖はいった。「きみにある装置をしかけていったのだよ、ヘルメス君、きみの居所をたえず彼らに通報する装置だ。どこへ行こうと、この装置がきみの居所を知らせてしまうのだ」

セバスチャンは、上着や袖をなでまわして、その装置を探した。

「それは電子的に感応する消去不能の染料なのだ」と教祖はいった。「それをとりさることはできない、きみの皮膚についているからだ」

「あたしたちは火星へ行きたいんです」とロッタがようやく口をはさんだ。

「行けばよい」と教祖はいった。「親衛隊の人間がここにやってくるときには、わたしもここにいるつもりだ。できればだが」セバスチャンにむかって、「ひどく弱ってきた。それはむずかしい……かもしれない」その面《おもて》は烈しい苦痛にゆがんでいる。

「やつらはあなたを殺したのですね」とセバスチャンはいった。

「わたしの衰弱している体の組織に溶けこむ有毒な薬剤を注射しおった。だがこれが効くまでにはまだ数分ある……緩慢に作用するから」

畜生め、とセバスチャンは思った。

「わたしはベッドに寝ている」と教祖はいった。「暗くて狭い部屋だ。図書館の支所だ。どこだかわからない。そばにはもうだれもいない。わたしに毒薬を注射して、行ってしまった」

「見たくなかったのでしょう」とセバスチャンはいった。

「ひどく疲れた。いまだかつてこんな疲れ方はしたことがない。棺のなかで目ざめたとき、体が動かず、恐ろしい思いをしたが、このほうがもっとひどい。だがあと二、三分で終わるだろう」

「そのようなお体で、わたしたちの身を案じてくださったとはありがたいことです」とセバスチャンはいった。

「きみはわたしを甦らせてくれた」と教祖はかぼそい声でいった。「この恩は決して忘れない。きみやきみの店の人たちと話しあった、あのこともおぼえている。とてもうれしかった。きみのところの販売担当も。よくおぼえているよ」

「なにかわたしにできることはありませんか？」とセバスチャンは訊いた。

「話をしてくれ」と教祖はいった。「眠りたくないのだ。『死にゆくものは、生命《いのち》、生命、生命』」一瞬彼は沈黙した。何事か考えている様子だった。やおら彼はいった。『かけらのひとつひとつがよりあつまりて人は人となり、花びらのひとひらひとひらがよりあつまりて薔薇は薔薇となる。かけらのひとつひとつが腐りゆき、そして、泡に映りし太陽が、はじけし泡とともに消ゆるごとく、人もかく果てゆく』」

「あなたはまだあれを信じていますか？」セバスチャンは訊いた。

返事はなかった。わずかな実体となった教祖はぶるぶる震えながら、木綿の衣をしっかりと体にかきよせた。

「死んだのね」ロッタは衝撃をうけ、震える声でいった。

まだだ、とセバスチャンは思った。あと二分。あと一分。

教祖であったもののわずかな実体は宙にただよいはじめ、そして消えた。

「そうだ、やつらはあの方を殺した」とセバスチャンはいった。あの方は死んだ。そして二度とふたたび生きかえってはこない。これで終わり。最後だ。

ロッタは彼を凝視しながらささやいた。「もう助けてはもらえない」

「どうでもいいことだ」セバスチャンはいった。生命は死にたえるものだ。死にたえねばならぬのだ。われわれの生命も。あの方の生命も。いまやってくる暗殺者にしてもしかりだ。どのみち縮んでいき、消えてしまうのだ——ゆっくりと何年もかけて、それとも一瞬のあいだか。すべてがいっぺんに。

玄関のドアを叩く音がした。

セバスチャンは灰かきを片手にもってドアを開けた。

黒い絹の服を着た、冷ややかな目をした男が立っており、なにか小さなものを居間に投げこんだ。セバスチャンは灰かきをほうりだし、男の首根っ子をつかんで部屋にひきずりこんだ。

部屋が爆発した。

親衛隊員の体が彼におおいかぶさり、セバスチャンは爆風で体が浮きあがるのを感じた。部屋の向こう側の壁に体が叩きつけられ、彼の両手のなかで暗殺者がのたうちまわる。煙が部屋に充満した。彼と——暗殺者は——吹きとんだドアによりかかった。裂けた木片が暗殺者の背中から突きだしている。暗殺者は死んでいた。

「ロッタ」とセバスチャンは叫びながら、ぐったりと動かない死体をおしのけた。火が壁をなめはじめ、みるみるうちにカーテンや家具に燃えうつった。床も燃えだした。「ロッタ」と呼びながら、探しまわった。

彼女はキッチンにいた。抱きあげなくとも死んでいるのがわかった。爆弾の破片がその頭と体にいくつも突きささっていた。ほとんど即死だったにちがいない。

火がぱちぱちと音をたて、空気がどんよりと濁った。彼は妻を抱えあげて廊下へ出た。すでに大勢のひとたちが廊下にとびだしていた。彼らのわめき声が彼を追いたて、彼らの手が自分にのばされるのを感じた――彼は、ロッタを抱きながら、その手をはらいのけた。血がたらたらと頬を伝ってくる。涙のように。彼はそれを拭おうともしない。そしてエレベーターにむかって突進した。だれかがエレベーターを止めてくれた。彼はいつのまにかエレベーターのなかにいた。

「奥さんを病院へ運ぼう」と声が――聞きなれない声がいった、声とともに手がのばされた。「それからあんたもひどい怪我だ、肩を見てごらん」

左手で――右手は麻痺しているらしい――エレベーターの昇降ボタンを探した。そしていちばん上のボタンを押した。

屋上に出ると自分のエアカーを探した。探しあてるとロッタをエアカーの後部に押しこんでドアをしめ、しばらくその場につったっていたが、ふたたびドアを開けて運転席に乗りこんだ。

そして空にむかって飛びたった。エアカーはたそがれのなかを飛んだ。どこへ？　わからない。やみくもに飛んだ。たそがれが深まるまでただひたすら飛んだ。夜が自分を、地上をすっぽりと包むのを感じた。永遠に続くかと思われる夜が。

懐中電灯を片手に木立のあいだを探した。墓石と枯れた花が見えたので、墓地に来たことがわかった——どこの墓地かはわからない。古い小さな墓地。なぜ、こんなところへ？ ロッタのために？ あたりを見まわした。だがエアカーもロッタもいなかった。いつのまにか遠くはなれてしまったのだ。かまうものか。彼は先へ進みつづける。

黄色い細い光が、彼をついに高い鉄柵のところまで導いた。それ以上先には進めなかった。そこで踵をかえして戻りはじめた、まるで生き物のような懐中電灯の光をたよりに。

掘りかえされた墓。彼は足をとめた。ミセス・ティリイ・M・ベントンだ。彼女がかつてここに横たわっていたのだ。そしてほど遠からぬところに、ピーク教祖がかつてその下に眠っていた立派な墓碑がある。ここはフォレスト・ノルズ墓地だ、と気づいた。なぜこんなところへ来たのだろう。しめった草の上に腰をおろし、夜の冷たさを感じた、心の奥深くにしんしんと冷えるものを感じた。夜よりももっと冷たいもの。冷たい、と彼は思った、墓のように。

懐中電灯のとぼしい光で教祖の墓碑銘を読んだ。シック・イギツール・マグニ・クオクエ・キルクム・モエニア・ムンディ・エクスプグナータ・ダブント・ラベム・プトレスクエ・ルイナス。意味もわからずにただ声をだして読んだ。どういう意味だったろう。思いだせない。なにか意味のある言葉だったろうか？ たぶん意味などないだろう。彼は懐中電灯の黄色い光を碑の面からそらした。

長いこと耳をすませて、そこにすわっていた。なにも考えなかった。考えることはなにもなかった。することがなにもないから、なにもしなかった。とうとう懐中電灯の電池がなくなった。光は小さな点となり、ほとほとと暗くなって消えた。彼は金属とガラスでできた筒を下におき、傷ついた肩にさわってみた。痛みを感じたが、なぜだかわからなかった。ラテン語の碑文のように、なにか意味があるとは思えなかった。

静寂。

そのとき人声を聞いた。ほうぼうの墓から聞こえてきた。墓の下に甦りつつあるものがいるのに彼は気づいた――そのなかのいくつかはすぐこの近くに、またはっきりしないいくつかは、遠くに。だがすべてがこちらの方向へ動いてくる。だんだんと近づいてくる。声がべちゃべちゃとかしましくなった。

わたしの足の下だ。すぐ近くにいる。言葉がはっきりとわかる。

「わたしの名前はアール・B・クイン」しゃがれ声がいう。「わたしはここにいる、閉じこめられている、出たいのだ」

彼は身じろぎもしない。

「だれか聞こえないのか？」アール・B・クインが不安そうな声でいう。「たのむ、だれか、聞いてくれ。わたしはここから出たい――窒息しそうだ！」

「わたしには出してやれない」と彼はいった。やっとの思いで。

声がうわずり、言葉に詰まっている。「ほ、掘れないのか？ 地面のすぐ下にいる。あんたの声がはっきり聞こえる。どうか掘りだしてくれ、さもなきゃ、だれか呼んできてくれ。身うちのものがいる――あいつらなら掘りだしてくれる。頼む！」

彼は立ちあがり墓からはなれた。しつこい騒音からのがれた。そしてぶつぶついうたくさんの声のなかへ入っていった。

それからだいぶたって、エアカーのヘッドライトが彼を照らしだした。エアカーは、エンジンの音をとどろかせながら墓地の駐車場に舞いおりた。それから人の足音、そして大型電灯の光、大きなヘッドライトの光線、光の小径《こみち》が右へ左へと揺れうごく。まるで光の振り子のようだ、と彼は思った。まるで時計みたいだ。彼は身じろぎもせずに待った。光がようやく彼にとどき、彼に触れた。

「ここで見つかると思いましたよ」とボブ・リンディがいった。

彼はいった。「ロッタが――」

「エアカーを見つけましたよ。わかってます」リンディはしゃがみこんで、白く強い光を彼にあびせた。「あんたもひどい怪我だ。血だらけですよ。さあ行きましょう――病院へ連れていく」

「いやだ」とセバスチャンはいった。「いやだ、行きたくない」

「どうして？ 奥さんが死んじまったって、あんたはまだ――」

セバスチャンはいった。「みんなが出たがっているんだ。みんなが」

「死人たちが？」リンディは彼の腰を抱えて立ちあがらせた。「あとでね」と彼はいった。「すこしは歩けますか？　ずいぶんあちこち歩きまわったんだなあ。靴は泥だらけだ。服もほうぼう破れている、こりゃ爆発でやられたんだな」

「アール・クインを出してやろう」とセバスチャンはいった。「彼はすぐそこにいる。息ができないんだ」彼は墓石を指さした。「あそこの下だ」

「あんたは死にかけてるんだ」とリンディがいった。「あんたのほうがね。病院へ連れていかないと。それ、歩いてくださいよ、歩けるだけ。支えてあげますから。おれのエアカーはあそこだから」

「警察を呼ぶんだ」とセバスチャンはいった。「この区域をパトロールしているお巡りに、非常エア・シャフトをうちこむようにいえ。われわれがここに戻って穴掘りにかかるまで」

「ようし、セバスチャン。そうしよう」ふたりはエアカーにたどりついた。ボブ・リンディはエアカーのドアを開け、うんうんいいながら汗だくになって、彼をエアカーのなかに押しこんだ。

「助けがいるんだ」エアカーが離陸し、ボブ・リンディがヘッドライトをつけるとセバスチャンはいった。「ひとりだけじゃないんだ。あそこにいるみんなが呼んでいるんだ」あんな呼び声はいまだかつて聞いたことがない。いちどきにあんなにたくさん——みんなが声をそろえて。

「間に合いますよ」とリンディはいった。「クインをまず掘りだそう。いま警察に通報しますよ」彼は手早くエアカーのビドフォンのレシーバーをとった。

エアカーは音もなく、市民病院へむかって飛びつづける。

解説

作家
神林長平

まだＶＴＲのなかった子供のころ、初めて見た8ミリ映写で一番印象にのこっているのは逆転再生だった。犬をつれて散歩している自分が逆向きに動き、ちぎりとった草がもとどおりになる、などというのは実に珍妙で、見ながら笑いころげていた覚えがある。

本書『逆まわりの世界』でも、こうしたあたかもＶＴＲを逆転再生したかのような場面が出てくる。

墓からよみがえる死者。口から吐きもどされて元の形になる食物。吸い殻をくわえるとだんだん長くなってゆく煙草、人はそれをパッケージにもどしてマーケットへ持ってゆく。身体がだんだん幼くなっていき、ついには子宮にもぐりこみ、性交で卵子と精子に分離して女と男の身体に吸収されてゆく人間。

だが本書に描かれる世界はＶＴＲを逆転再生するような、われわれの現実世界をそっくり逆まわりにしたものではない。もっと非現実的な混乱した世界だ。

たとえば、赤ん坊にまで幼くなった人間がもどる子宮は自分を生んだ母親のものである必要はないし、その子を子宮に入れた女がその子を卵子と精子にもどすべく性交をする男はだれでもよい。

『逆まわりの世界』がもしもＶＴＲ逆転再生のように、その世界体系がわれわれの現実をそのまま逆転させたようなものなら、混乱はない。ＶＴＲ逆転再生を見るのは、そんなことは決しておこらないという点でおもしろいが、ただそれだけのことでしかない。墓から生まれ、やがて母と父の体内に吸収されて死んでゆくという世界は、その世界の人間がそれを異常に思わないかぎりわれわれの世界と同じだといってもよい。時間の流れが逆になればそういうことはおこり得る。時間の流れに正逆があるとすれば、われわれの世界こそ逆転世界なのだという可能性もある。もっとも、時間に〝流れ〟があるのか、そもそも〝時間〟などというのがあるのか、という問題はあるのだが、そういうものがあると仮定した思弁レベルで、時間流逆転世界はさほど奇妙ではない。

本書『逆まわりの世界』での〝逆まわり〟は右のような単純なものとはちがう。本書に記されたデータだけでは本当に時間が逆まわりになっているのかどうかを知ることはできない。こんなことは小説世界についてだけでなく現実にもあって、たとえば、ここに一つのビーカーを写したＶＴＲがあるとする。中に水が入っていて、やがて沸騰する。これを見ただけでは、このVTRが正常に再生されているのかどうかはわからない。冷えてゆくところを撮ったものを逆転再生しているとも考えられるからだ。

本書の登場人物たちは、われわれと同じように思考し、前向きに歩き、前方に射ち出されるレーザービームで殺される。決して、大人がその記憶を失いつつ赤ん坊になるわけではない。ここに〝逆転する時間〟という概念をもちこむのは無意味である。

本書は〝一様に逆転する時間〟について書かれたものではない。『逆まわりの世界(COUNTER-CLOCK WORLD)』で〝逆まわり〟になっているのは、時間ではなく文字どおり〝時計〟だ。なにもしないのに捨てられた時計のバネが力をためこみ、逆にまわりだす……それを人間が正常な感覚で、たしかに逆まわりだということを意識しつつ見ている。なにもしないのに(熱を加えないのに)ビーカーの中の水が沸騰することがおこり得る、『逆まわりの世界』はそういう世界である。こんな現象を理解するには、時間ではない〈なにか〉を想定するほうがよい。本書の世界は、その世界体系内の局所でその〈なにか〉が逆向きに流れているのだ、と考えられる。われわれの世界でその〈なにか〉に似たものがあるだろうか? これがあるのだ。エントロピーという状態関数である。

フィリップ・K・ディックの人と作品についての解説や批評はたくさんあるが、そのいずれにも、時間逆行、エントロピー増大、現実崩壊という言葉がでてくる。このようにディックを語るとき〃エントロピー〃というものを無視できない。エントロピーは〃わけのわからないもの〃というので有名だが、これを理解するとぐっとディックが身近になる。

エントロピーとは熱力学で定義されたものである。短い紙面で正確な解説は難しいが、手短に説明すると、

ある物体が一定時間内でAからBという状態に変化したとする。このとき、吸収熱量をdQ、絶対温度をTとすると、

$$S(A,B)=\int_{A}^{B}\frac{dQ}{T}$$

で定義される関数Sをエントロピーというのだが、のちにボルツマンが統計的運動論から、エントロピーが体系内の〈無秩序の度合〉で定義されることを示した。これによると、体系内のでたらめさのかげんが大きいほど、エントロピーは大きい、となる。

もともと熱力学的エントロピーは、可逆過程において定義されたものである。可逆過程では体系内の全エントロピーの総和は零。しかし現実の現象は完全可逆ではない。熱力学の第二法則は非可逆について述べた法則だ。さまざまな言い方があるが一例として、〈熱は、伝導によって温度の低い方から高い方へ流れることはできない〉

これをエントロピーをつかって表現すると、

〈孤立した系での過程における全エントロピーの正味の変化量は常に増加している〉

この、〝エントロピーの正味量が増加する〟ということは、エントロピーが非可逆過程によって生成される、ということを示している。この生成されたエントロピーがどのように〝流れる〟のかとなると、現象が複雑になればなるほど、当然のことながらとらえるのは困難になるが、こういうことは言える。

〈エントロピーの増加量が大きいほど、その過程の〝非可逆度〟は大きい〉

いずれにせよ、熱力学第二法則によれば、孤立系のエントロピーは常に増大するのであり、いいかえれば、孤立系はだんだん無秩序になってゆき、孤立系は死への過程をとる、のである。その体系内に外部からエネルギーが与えられないかぎり、その系全体のエントロピーを減少させることはできない。しかしエネルギーを与えるにしても、そのときまたあらたなエントロピーが発生するから——もしこの宇宙が閉じているなら、宇宙はやがて死ぬ。宇宙のどの部分も均一な温度になってしまい、ふくれあがったエントロピーのために利用可能なエネルギーをとりだせなくなる状態になる。そのときの均一温度が絶対零度に近い低温であろうと、何億度という高温であろうと、関係ない。宇宙は冷えて死ぬわけではない。エントロピーのために死ぬのだ。この死の世界のエネルギー状態は、T×Sである。つまりエネルギーはすべて系内のでたらめさを保つことのみに使われるといってよい。

ディックは、こうした宇宙を崩壊させるフォームデストロイヤーとしてのエントロピーを常に意識していた作家だった。

　エントロピーとは右のように、〈あらゆる物体に対する、状態をあらわすパラメータ〉である。その量は増大しつつある、というのが現実だ。しかしディックは、このようなわれわれが経験している現実は真実ではないかもしれない、という。われわれは正常な時間軸からそれた、ちがう時間軸を見ているのではないか、と。彼は「人間とアンドロイドと機械」（浅倉久志訳　東京創元社『解放されたSF』に収録）でこう書いている。

「つまり、パウロは、われわれがこの宇宙をさかさまに見ているのではないか、と述べているのです。（中略）「宇宙をさかさまに見る」それはどういう意味なのか？　では、一つの可能性を教えましょう。それは、われわれが時間をさかさまに経験するということです。それとも、もっと正確にいえば、われわれの内部にある主観的な時間経験のカテゴリー（カントが語ったような意味のもの、われわれがそれによって経験を整頓するやり方）、われわれの時間経験は、時間の流れそのものに対して直交的である――直角に交差している――のです」

「真の直交的時間は循環していますが、しかしより大きいスケールでいえば、それは古代人のいうプラトン年（春分点が歳差によって黄道を一周するのに要する時間。約二万六千年に当たる）に似ており、また、ダンテの『神曲』の中で表現されている永遠の時間率に似ています。中世にはエリウゲナのような思想家が、真の永遠あるいは超時性を感得しはじめ、一方では他の思想家が、永遠は時間とかかわりあっている（超時性は静的な状態であるだろうからだ）が、その時間はわれわれの知覚するものとはまったくちがうはずだ、と感得しはじめました」

直交的時間は『ユービック』にもあらわれる。ジェット機が複葉機に退行し、街そのものも昔のものへと退行してゆく。「人間とアンドロイドと機械」でディックはこれについて、こう解説している。

「この直交的時間軸を、わたしはそれと理解せずに『ユービック』の中で表現したのかもしれません。（中略）これ（形態退行）はまさしく直交的時間のドラマティックな眺めを表現しているかもしれないけれども、これを指して、直交的時間が不自然な退行、すなわち逆もどりをしているといえるかどうかは、それほど確かではありません。『ユービック』の登場人物たちが見るものは、正常な軸にそっている直交的時間かもしれないのです。もしわれわれ自身がなんらかの方法で宇宙の逆行を見るとすれば、『ユービック』の中で物体がたどる〝退行〟は、完全性を目ざす動きかもしれません」

「登場人物たち（『ユービック』の）は、われわれ自身のように、夢の中で眠りながら、目覚めよと呼びかける声を待っています。彼らとそしてわれわれが春の訪れを待っているというのは、たんなる暗喩ではありません。春は熱の復活を、エントロピー過程の廃棄を意味します。彼らの生命は熱量単位で表現できるが、これらの単位はなくなったのです」

熱量単位がなくなるということはエントロピーが決定不能になることである。エントロピーとは絶対温度の概念があってはじめて定義されるものだからだ。ディックがいいたいのはこういうことではないかと思う、つまり、『ユービック』での退行現象がエントロピーの増大をもたらさないものならば、その〝退行〟は完全性を目ざしたものだろう、と。完全性を求めるには超時性を感得する必要があり、目ざすところは静的状態――エントロピーが消えるところなのだ、と。

われわれの生きている時間（ディックが生きていた現実）では、これは不可能である。エントロピーは絶対零度という完全静止状態で不定になるが、絶対零度は実現不能（これを熱力学の第三法則ということがある）なのだ。

『ユービック』より以前に書かれた本書『逆まわりの世界』での〝退行〟は完全性を目ざしてはいない。なるほど死者は墓からよみがえり（この現象が起こるとき、その過程は莫大な量のネガトロピー＝負のエントロピーを生成するにちがいない）、死は生へ、混沌から秩序へ向かうのだが、このせっかくの完全性への動きは、〈消去局〉という存在のためにぶちこわしにされるのだ。

〈消去局〉とは、人間が活字にして残してきた歴史を、紙面に記された文字を吸いとって消してしまう組織だ。文書というエントロピーの低い状態を、混乱したエントロピーの高い状態に変えてしまう。そして、この世界の混乱を鎮める能力をもっているかもしれぬ〈ユーディ教〉の教祖が生きかえるのだが、彼も〈消去局〉によって殺されてしまう。

エントロピーを〈秩序の度合〉と定義するとき、〈秩序〉という概念があいまいになってしまうとエントロピーの大小を論ずるのは無意味になるのだが、あえてエントロピーにこだわりつつ本書の世界のエントロピーを想像すると、それは減少どころかどんどん増大しているにちがいない。登場人物たちは〝完全性〟を目ざすどころか右往左往しているだけだ。本書は、主人公が墓から死人を掘り出すシーンから始まり、再び墓から死人を掘り出すところで終わる。主人公は〝真の直交的時間〟を見つけることができず、彼は死人を掘り出すという仕事をつづける以外になかったのだ。

本書の読後にやりきれなさがのこるとすれば、そのやりきれない思いは、われわれが〈エントロピーは常に増大する〉という現実に感ずるものと同じだろう。結局、ディックは本書で現実を語っている。

フィリップ・K・ディックの宗教や哲学に関する情報量はすごいものだが、反面、その情報量の大きいことが彼を悩ませていたのではなかろうか。ディックはチャールズ・プラットのインタヴュウ（浅倉久志訳　S‐Fマガジン一九八二年七月号）でこうこたえている。

「（心理性格テストを受けた結果）ぼくは不治の嘘つきなんだ！　つまり、むこうはいくつかの違った言い回しで、おなじ質問をよこすんだよ。たとえば、こんなふうに――「一つの神的存在がこの世界を支配している」するとぼくは、うん、おそらくそうだろうと答える。もっとあとになって、むこうはこういう――「わたしは一つの神的存在がこの世界を支配しているとは思わない」するとぼくは、たぶんそのとおりだろうと答える。それに同意する理由はいっぱいあるから。さらにそのあとで、むこうはこういう――「一つの神的存在がこの世界を支配しているかどうか、わたしには確信がない」するとぼくは、うん、たぶんそれは正しい、と答える」

　ここでまたエントロピーをもちだせば、情報理論において、情報量が大きい状態はエントロピーが大きいことだ。

　ディックは、頭の中にとりこんだ情報を整頓するために小説を書き、そして頭の中でどんどん増大してゆくエントロピーに負けないため（発狂しないためにといいかえてもいい）書きつづける必要があったのだと思う。小説を書くということ、文字をつづるということは、混沌から確定へと導く行為である。ディックがエントロピーを小さくしようと注ぎこんだエネルギーはたいへんなものだ。それは彼の人生そのものを食ったかのようにみえる。

しかし書いている間は、彼はそこに一種の安らぎを覚えていたのだと思う。ディックの作品を手にするとき、ぼくはそれを感ずる。

ディックは多くの作品を残した。これらの作品は、内容がひとりでに変化したり、〈消去局〉があらわれたりしないかぎり、書かれたままの状態を保ちつづける。ディックもそのことを強く望んだにちがいない。

本書『逆まわりの世界』はそうしたディックの心情が伝わってくる佳作である。

本書は、一九八三年八月にハヤカワ文庫ＳＦ
より刊行された作品の改訳版です。

去年を待ちながら〔新訳版〕

Now Wait for Last Year

フィリップ・K・ディック
山形浩生訳

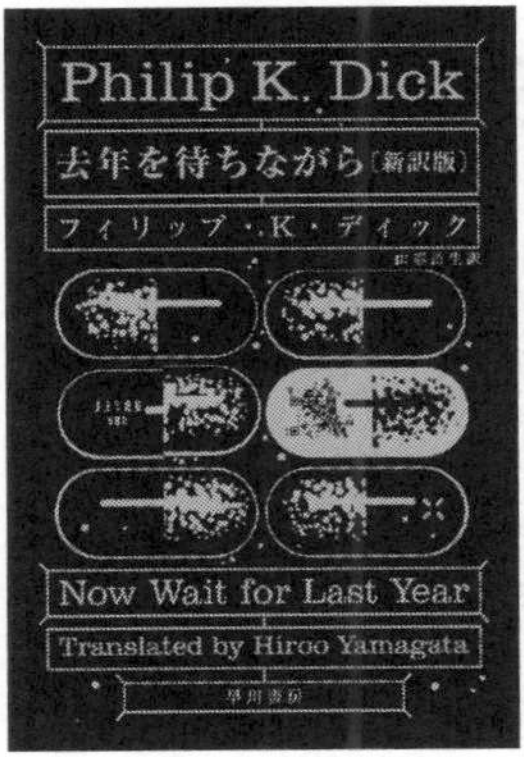

二〇五五年、人類は異星人同士の戦争に巻き込まれ、泥沼の交戦状態にあった。そのさなか、致死性の病に苦しむ指導者モリナーリの主治医となった人工臓器医師エリックは、妻キャシーに騙されて新種のドラッグに手を出してしまう。時空を越えて一年後の自分に出会ったエリックは……。ディック中期の傑作・新訳版

ハヤカワ文庫

銀河の壺なおし〔新訳版〕

Galactic Pot-Healer

フィリップ・K・ディック

大森　望訳

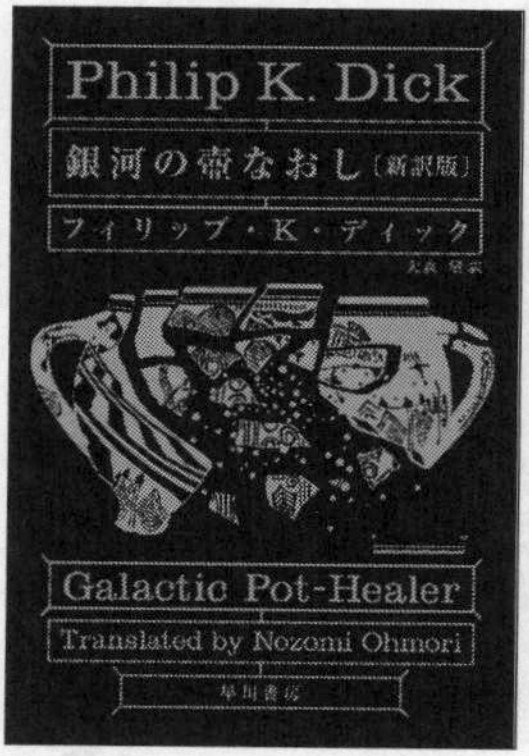

ジョー・ファーンライトは腕利きの壺なおし職人。だが、陶器はプラスチックに取って代わられ、失業手当で食いつなぐ毎日だった。そんなある日、シリウス星系の謎の存在グリマングから巨額のオファーが届く。地球を離れ、グリマングの待つ惑星へと向かったジョーだったが……。ディック絶頂期の幻の長篇・新訳版

ジャック・イジドアの告白

Confessions of a Crap Artist

フィリップ・K・ディック

阿部重夫訳

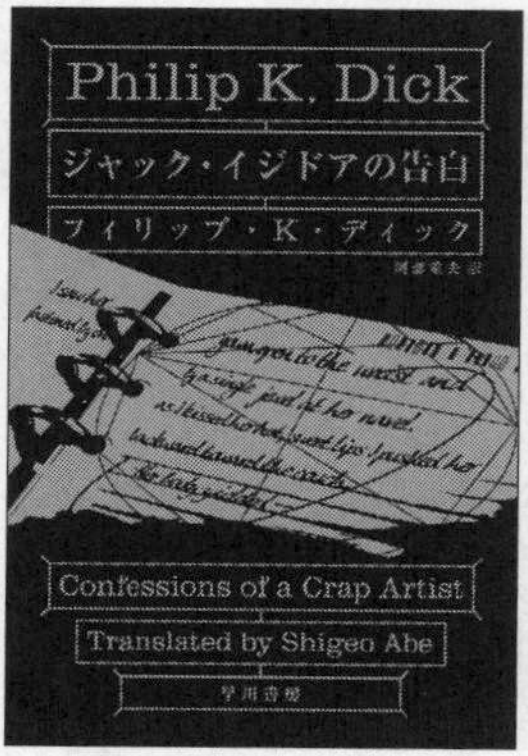

五〇年代のカリフォルニア、古タイヤの溝彫りをして働くジャック・イジドアは雑多な知識を溜め込んでいる三〇代の男。この地では明るい太陽と乾いた大地の中、誰もが精神を病んでいる。やがてジャックは、「世界が終わる」という予言を信じるようになる……。ディック自身の分身であるジャックを描く自伝的小説

ハヤカワ文庫

訳者略歴　1955年津田塾大学英文科卒，英米文学翻訳家　訳書『火星のタイム・スリップ』『偶然世界』ディック，『アルジャーノンに花束を』キイス，『闇の左手』ル・グィン，『われはロボット〔決定版〕』アシモフ（以上早川書房刊）他多数

HM=Hayakawa Mystery
SF=Science Fiction
JA=Japanese Author
NV=Novel
NF=Nonfiction
FT=Fantasy

逆《ぎゃく》まわりの世界《せかい》
〔改訳版〕

〈SF2289〉

二〇二〇年七月　十五日　発行
二〇二四年八月二十五日　二刷

（定価はカバーに表示してあります）

著者　フィリップ・K・ディック
訳者　小《お》尾《び》芙《ふ》佐《さ》
発行者　早川　浩
発行所　株式会社　早川書房
郵便番号　一〇一‐〇〇四六
東京都千代田区神田多町二ノ二
電話　〇三‐三二五二‐三一一一
振替　〇〇一六〇‐三‐四七七九九
https://www.hayakawa-online.co.jp

乱丁・落丁本は小社制作部宛お送り下さい。
送料小社負担にてお取りかえいたします。

印刷・中央精版印刷株式会社　製本・株式会社フォーネット社
Printed and bound in Japan
ISBN978-4-15-012289-8 C0197

本書は活字が大きく読みやすい〈トールサイズ〉です。